SU ENFERMERA CURVILÍNEA

UNA NOVELA ROMÁNTICA DE UNA CHICA
CURVILÍNEA EN UN PUEBLO PEQUEÑO

EN BUSCA DEL GALÁN DE PAPEL
LIBRO SIETE

MARY E THOMPSON

 Formateado con Vellum

EN BUSCA DEL GALÁN DE PAPEL

¡Bienvenido de nuevo, amigo! ¿Estás listo para esta historia? Yo desde luego lo estoy. Me alegro tanto de que no te la hayas perdido. Debes de ser suscriptor. ¿No? Únete ahora. Esperaré.

LIBRO 7

Su Enfermera Curvilínea

Nico

Tenía que mantenerme centrado. En mis pacientes, en expandir mi negocio... No en Laura.

Cada día era una batalla para mí. Era su jefe. No podía actuar siguiendo mi atracción hacia ella. Pero todo lo que hacía para cuidar de nuestros pacientes me hacía desearla más. Su amabilidad, compasión y risa hacían que sus días oscuros fueran un poco más luminosos.

Mi única opción era mantener las distancias. Lo cual era

más fácil cuando estaba enfadada conmigo. Se me daba bien conseguirlo. Quizás demasiado bien. En lugar de entusiasmarse hablando de otros hombres con los que salía, se cerraba cuando yo estaba cerca.

Era mejor así. Era lo que necesitaba.

Pero seguía deseándola.

Laura

Había dejado de esperar a que Nico me viera como algo más que su empleada. Tenía que seguir adelante. Encontrar a alguien que me viera como merecía. Alguien que quisiera compartir conmigo algo más que un lugar de trabajo. Nuestros pacientes morían con sus arrepentimientos. Yo no podía seguir viviendo con los míos.

En cuanto empecé a salir con otros hombres, Nico se puso celoso. Dijo que me deseaba. Que quería ser algo más para mí. No era tan fácil. Tendría que esforzarse. Un beso, una caricia y una palabra derrite-bragas cada vez.

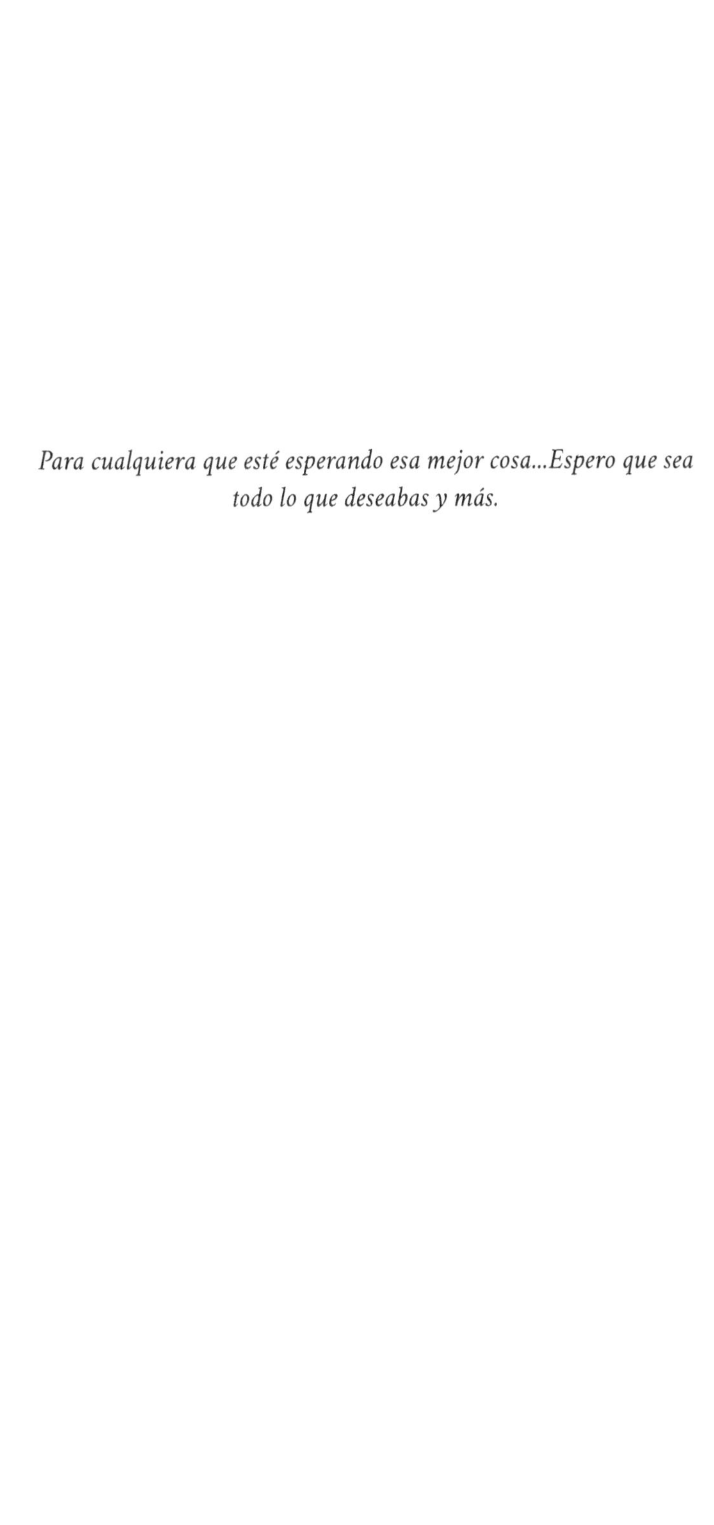

Para cualquiera que esté esperando esa mejor cosa...Espero que sea todo lo que deseabas y más.

LAURA

*M*iré al hombre que tenía enfrente y me pregunté cuánto tiempo más necesitaba quedarme para poder irme sin sentirme como una completa imbécil. Él seguía parloteando sin parar sobre sí mismo y sobre lo inteligente, gracioso y maravilloso que era. En serio. ¿No se daba cuenta este hombre de lo aburrido e insensible que estaba siendo?

Asentí y di un sorbo a mi vino, intentando darle el beneficio de la duda. Quizás estaba nervioso. Lo entendía. Salir con alguien era un asco. Lo odiaba. El único problema era que me gustaban mucho los hombres, así que tenía que aguantar la parte de las citas. La vida sería mucho más fácil si encontrase a ese hombre perfecto para mí, pero...

No, no iba a ir por ahí.

Forcé una sonrisa mientras mi cita hacía una pausa y esperaba a que respondiera. Añadí un asentimiento y él me devolvió la sonrisa como si eso fuera lo único que estuviera esperando y siguió hablando.

Dios mío, no había suficiente vino en el mundo para una cita como esta.

Nuestra camarera se acercó y me ofreció una sonrisa comprensiva. Era grave cuando el personal del restaurante parecía estar intentando buscar formas de rescatarme. Quizás debería fingir una emergencia.

No. Eso solo los animaba más. Ya lo había vivido. Una emergencia, una palabra sobre a qué me dedicaba, y todos pensaban que era una santa. Y todos querían llevar a una santa a casa para presentarla a sus madres.

Era demasiado mayor para esas tonterías.

La sinceridad brutal funcionaría, pero me *caía bien* este chico. Quería llevarme bien con él. Nuestras conversaciones online eran buenas, incluso geniales. Era inteligente, divertido y... nada parecido al hombre aburrido y egocéntrico que tenía enfrente.

—Lo siento, pero ¿me estás haciendo un catfishing? —solté de repente.

—¿Catfishing? —preguntó. Parpadeó lentamente como si intentara ubicar el término.

—Sí. Ser una persona online y otra en persona. Fingir ser alguien que no eres. Es que no pareces el mismo chico con el que he estado hablando.

Él negó con la cabeza. —No, soy yo. Has estado hablando conmigo.

—Hmm. Vale. —Alcancé mi copa de vino, y él continuó justo donde lo había dejado.

Harry. Su verdadero nombre era Harry, no MoneyMan como se hacía llamar online. Trabajaba en el sector inmobiliario. Ni siquiera estaba segura de lo que eso significaba porque no era agente inmobiliario. De hecho, se rio cuando se lo pregunté. Así que lo dejé pasar. Pero no tenía ni idea de lo que hacía realmente.

Intenté escucharlo, pero era tan aburrido. Con su capital y transacciones e inversiones. Mis ojos podrían ganar el Oro por tantas veces como los puse en blanco.

—¿Más vino? —preguntó la camarera. Tenía otra botella en la mano. Bendita sea.

—Sí —dije antes de que Harry pudiera objetar. No sabía si lo haría, pero no iba a arriesgarme.

La camarera llenó mi copa casi hasta el borde. Me guiñó un ojo y dejó la botella abierta junto a mi plato.

—...capital... —Tomé un trago—. ...inversiones... —Otro trago—. ...capital... —Hmm, quizás la conversación era interesante.

Solté un bufido, lo que hizo que Harry hiciera una pausa de dos segundos con siete décimas. Le lancé una brillante sonrisa que afirmaba que estaba interesada —¡ja!— en lo que fuera que estuviera diciendo y él continuó hablando.

Y yo también.

Bebí mi vino y fingí escuchar a Harry mientras terminábamos la cena. Me ofrecí a pagar la cuenta, o al menos dividirla, pero él insistió en pagar. Mientras Harry revisaba la factura para asegurarse de que no le cobraban de más por todo el vino que me había bebido, le envié un mensaje a Elise para que viniera a recogerme.

¿Te has inventado otro juego de beber?

Me conocía demasiado bien.

Sí. La mejor parte de la cita.

Jajaja. Y vaya. Lo siento. Estaremos allí
pronto.

Gracias.

Guardé mi móvil mientras Harry entregaba su tarjeta de crédito y el recibo.

—No me han cobrado de más. No estaba seguro porque la camarera no ha sido muy atenta.

—¿En serio? Yo pensaba que ha sido genial.

Resopló. —Apenas nos preguntó si necesitábamos algo. Casi no la veíamos. Dejaba las cosas y se iba.

—No creo que pudiera meter baza —murmuré.

Inclinó la cabeza hacia un lado como un perro bobalicón que no encuentra la pelota que su dueño nunca lanzó. Vaya.

—Entonces, ¿vas a seguirme a casa o prefieres que te siga yo?

—¿Por qué? Estaba genuinamente desconcertada de que pensara que yo estaba dispuesta a algo más allá de la cena.

—Acabamos de cenar. Ha sido caro. Te has bebido casi dos botellas de vino. Supuse...

—Vaya. Me tomé un momento para ordenar mis pensamientos antes de arrearle. —¿Sabes a qué me dedico? ¿Sabes de dónde soy? ¿Sabes algo sobre mí? Has pasado las últimas dos horas hablando de ti mismo. Dos horas. Quizás si hubieras preguntado aunque fuera una sola cosa sobre mí, estaría abierta a...No. No, en realidad no. Esta es nuestra primera cita. No te conozco. No voy a acostarme contigo.

—¿En serio? ¿Para qué quedar si no vas a tener sexo?

Me quedé ahí sentada, sin decir nada. Él era la razón por la que las citas apestaban tanto. Hombres que creían que tenían derecho a un hueco entre mis piernas simplemente porque pagaban la cena. Eh, no.

—Estoy saliendo con gente porque busco a alguien con quien pasar mi vida. Alguien a quien le importe lo que hay en mi cabeza tanto como lo que hay en mis pantalones. Si solo estás aquí por el sexo, deberías haberlo dicho y nos habrías ahorrado unas horas a ambos.

Me levanté y salí, esperando que Elise y Colin llegaran antes de que la camarera volviera con la tarjeta de Harry y él se marchara.

Estaba casi en la puerta cuando la camarera se apresuró hacia mí. —¿Estás bien?

Me detuve y le sonreí. —Estoy bien. Y lo siento mucho.

—¿Lo sientes? ¿Por qué demonios lo ibas a sentir?

—Ha sido grosero y probablemente te dará una propina pésima. Déjame— Metí la mano en mi bolso.

—No, por favor. No es para tanto. Solo quería asegurarme de que estás bien. ¿Tienes quién te lleve? Sus ojos marrones eran amables y preocupados, más de lo que habían sido los de mi cita en toda la noche.

Asentí. —Mis amigos están de camino.

—¿Ya han llegado?

Miré mi móvil. —Creo que no.

—Voy a salir contigo. El dueño es muy estricto con la seguridad. Te esperaré hasta que lleguen y luego le devolveré su tarjeta para que no tengas que preocuparte de que venga tras de ti.

Suspiré. —Gracias. Eres genial. En serio, Jane, ¿puedo darte una propina? Seguro que te va a dejar sin nada.

Negó con la cabeza. —Ya he hablado con mi encargado, que se lo ha dicho al dueño. Ha accedido a cubrir lo que debería ser mi propina si no es suficiente. Estoy bien.

Mi móvil vibró en mi mano. Lo miré. —Mis amigos ya están aquí.

—Vale, perfecto. Ten cuidado.

—Gracias. No creo que sea violento, pero tampoco pensaba que esperaría sexo en la primera cita, así que ten cuidado.

—Lo tendré. Que disfrutes del resto de la noche.

—Tú también. Por impulso, la abracé y luego salí corriendo para encontrar a Colin y Elise. Elise cogió mis llaves y condujo mi coche a casa mientras le contaba todo sobre mi cita con el Horrible Harry.

Uf. Hombres.

ESTABA MÁS que lista para volver al trabajo el lunes por la mañana. Cuando trabajaba, toda mi concentración iba dirigida a mi empleo. No me preocupaba por el mundo fuera de las cuatro paredes del Centro Oncológico de Cala MacKellar. Estaba centrada en mi trabajo y en los pacientes a los que trataba, y no tenía que pensar en citas o relaciones, ni en el hecho de que mis posibilidades de tener hijos disminuían más rápido que los tumores en nuestros casos de éxito más increíbles.

Aparté todos los pensamientos sobre mi vida amorosa de mi mente cuando llegué al trabajo. En la sala de personal, guardé mi bolso en la taquilla, recogí mis rebeldes ondas rubias en una coleta y me alisé el uniforme con la mano. El Dr. Allison no los exigía, pero eran cómodos. Además, los que yo llevaba tenían un montón de frases simpáticas que me daban algo de que hablar con los pacientes.

—Hola, Laura —dijo Ally desde detrás de mí. —¿Qué tal tu fin de semana?

Me encogí de hombros. —Estuvo bien.

—Eso no suena muy prometedor. Pensaba que tenías varias citas programadas.

Asentí mientras me aplicaba bálsamo labial y luego cerraba la taquilla. —Tuve tres, pero bah.

—Lo siento. Ya encontrarás a alguien.

Sonreí ante su perfección y pregunté: —¿Qué tal tu fin de semana? ¿Hicisteis algo divertido?

Ally se había casado con su novio del instituto hacía dos años. Eran adorables hasta tal punto que resultaba imposible odiarlos, aunque yo quisiera hacerlo por principios. Su marido trabajaba en el supermercado local, como lo había hecho desde el instituto. Ambos eran dolorosamente dulces y las personas más positivas que había conocido en mi vida. Eran perfectos el uno para el otro.

—Fuimos al cine y luego cenamos con mi hermana. Debería presentaros. Ella también está soltera. Podríais salir juntas o ser compañeras de ligue —dijo Ally con un codazo.

Sonreí y negué con la cabeza. —Ya veremos. —Ally constantemente me animaba a ampliar mi círculo. Era gracioso viniendo de una mujer que pasaba todo su tiempo con su familia y que no parecía tener muchos amigos ella misma.

—Creo que ambas lo necesitáis —continuó Ally. —Mi hermana está bien, pero es un poco... distante. Y tú eres tan amable y extrovertida. Creo que os complementaríais bien. Quiero decir, supongo que no os conozco muy bien a ninguna de las dos, pero creo que es importante tener personas que te importen en la vida.

—Ya las tengo —le dije, tratando de suavizar el golpe sin preguntar cómo es posible que no conozca a su propia hermana. —Tengo un grupo de amigos y son maravillosos. Me encantaría encontrar a alguien como Spencer es para ti, pero no tengo mucha suerte con los hombres.

—Ejem.

Levanté la mirada hacia el Dr. Allison, que estaba de pie en la puerta. Mis mejillas se sonrojaron bajo su mirada.

—Buenos días, Dr. Allison —dijo Ally alegremente. —¿Qué tal su fin de semana en Siracusa?

Siracusa. Donde vivía su novia o aventura o quienquiera que fuese. Sí, estaba celosa.

—Bien —dijo, todavía mirándome fijamente. —Tenemos una nueva paciente en la sala de espera. ¿Va a ir a buscarla?

Ally se escabulló de la habitación rodeándolo, dejándonos solos. Intenté no devorarlo con la mirada, pero era imposible ignorarlo, e imposible para mí resistirme. Su piel morena resplandecía con la suave iluminación. Sus ojos casi negros se clavaban en mí. La forma en que su traje se estiraba sobre sus anchos hombros y pecho me hacía querer acurrucarme y no soltarlo nunca. Nunca le había visto con otra cosa que no fuera el traje que usaba a diario, pero podía imaginar, y lo había hecho, lo que ocultaba bajo esa ropa.

—Enfermera Kempis —dijo más alto, interrumpiendo mi ensoñación. —¿La paciente?

—Ah, sí, Dr. Allison. Voy ahora mismo.

No se movió cuando caminé hacia él, sus ojos fijos en los míos hasta que estuve a su lado. Me miró con esa misma expresión irritada que llevaba teniendo últimamente.

—Disculpe —dije suavemente. No era menuda como Ally. Era una mujer grande con muchas curvas. Y él era un hombre grande. De pie junto a él, la parte superior de mi cabeza llegaba a su barbilla. Su terca y dura barbilla con barba. Quería recorrerla con la punta de mis dedos. Lamerlo. Empujarlo contra la pared detrás de él y pasar mis manos por su pelo oscuro para descubrir si era tan suave como parecía.

Pero él simplemente se dio la vuelta y se marchó, ignorándome una vez más.

Suspiré e intenté no tomármelo como algo personal. Yo era una empleada, y eso significaba que solo estaba allí para servirle a él y a sus pacientes. Era hora de ponerme a trabajar.

—¿Qué significa esto, Dr. Allison? El médico de familia había remitido a Marie Kaufman a nuestra clínica. Vivía a 30 minutos al norte de Cala MacKellar y era joven, de unos veinte y tantos años, y estaba sola.

El Dr. Allison acercó su taburete a Marie. Ella tenía las piernas cruzadas y las manos entrelazadas. Todo cambiaría cuando él lo hiciera. El Dr. Allison estaba a punto de convertirse en Nico. El Dr. Allison era fuerte, inteligente y duro, pero Nico rebosaba compasión, comprensión y amabilidad. Tenía una forma extraordinaria de hacer que los pacientes sintieran que no había nada que no pudiera hacer, y en los cuatro años que llevaba allí, sabía que era la verdad. Los tratamientos no siempre tenían éxito, pero hacíamos todo lo posible para dar a cada paciente la mejor oportunidad posible de obtener un buen resultado. Y el hombre que hacía que eso sucediera no era el frío y distante Dr. Allison. Era Nico.

Nico fue la razón por la que me mudé a Cala MacKellar hace cuatro años. Me sentí atraída por él cuando oí hablar por primera vez del Centro Oncológico de Cala MacKellar. El trabajo que estaba haciendo me asombraba e inspiraba. El propio hombre me asombraba e inspiraba.

No pasó mucho tiempo después de mi llegada para que mi fascinación por las habilidades del Dr. Allison se convirtiera en una fascinación por algo más que el trabajo que hacía. Verle convertirse en Nico una y otra vez fue lo que me hizo enamorarme de él. El Dr. Allison podía ser un capullo, pero Nico...Nico era todo lo que yo quería que fuera un hombre.

—Marie, sé que esto es aterrador para ti. No voy a decirte que no te preocupes. El cáncer es una bestia horrible. Es el tipo de cosa que lucha con todas sus fuerzas para destruirte. Pero nosotros también vamos a luchar. La enfermera Kempis y yo vamos a crear un plan para ti. Vamos a mirar todas las opciones. Voy a llamar a colegas y asegurarme de que no nos hemos perdido nada. No te vamos a abandonar. Tenemos una tasa de éxito muy alta, y tengo plena confianza en que serás otro de esos éxitos. Esto no va a ser fácil. Necesitarás personas que te ayuden. Pero nosotros seremos parte de ese equipo.

Marie asintió y se mordió el labio. Sus manos ya no estaban entrelazadas.

Nico se reclinó en su asiento y sacó una tarjeta de su bolsillo. —Este es mi número de teléfono personal. No se lo doy a todo el mundo, pero quiero que lo tengas. Puedes llamarme en cualquier momento. No estás sola.

Ella le sonrió y cogió la tarjeta mientras las lágrimas corrían por sus mejillas. —Gracias, Dr. Allison.

Él asintió y le dedicó una sonrisa que hacía parecer aquello una cita en lugar de una consulta médica. —Haremos todo lo que esté en nuestras manos para vencer esto, Marie. Este no es el final de tu historia.

Marie asintió. Yo luchaba por recomponerme, pero reprimí mis emociones para que ella pudiera tener las suyas. Ella era más importante que yo, y lo sabía. También sabía que si Nico le daba su número de teléfono personal, significaba que las cosas iban a ser difíciles para Marie. Iba a tener más días malos que buenos. Iba a necesitar apoyo. Y él estaba dispuesto a dárselo.

Una vez que Nico se marchó, repasé los siguientes pasos con Marie y le pregunté si necesitaba algo más de nosotros antes de irse.

—¿Puedo preguntarle algo? Me miró como si yo tuviera todas las respuestas.

—Por supuesto.

—¿De verdad da su número a todo el mundo?

Negué con la cabeza. —No. No lo hace. Ni siquiera yo tengo su número personal. Es un hombre muy reservado, y solo da su número a pacientes con los que tiene una conexión. Pacientes que sabe que son especiales.

—¿En serio?

Asentí. —Sí. Estás en excelentes manos.

—Gracias. Todo esto es un poco abrumador. Pensé que mi médico de familia estaba bromeando cuando dijo que necesitaba venir aquí. Nunca pensé... Tomó una respiración temblorosa.

Le di una palmada en el hombro y se lo apreté suavemente. —Nadie lo hace. Es una de las cosas que hace que el cáncer sea tan horrible. Aparece de la nada. Personas que parecen perfectamente sanas, personas que creen saber por qué están enfermas, e incluso personas que saben que hay una alta probabilidad de padecerlo, todas se quedan en shock. Al cáncer no le importa quién eres. Pero el Dr. Allison es el mejor de la zona, y va a hacer todo lo posible para ayudarte a superar esto.

Marie sonrió. —Gracias. De verdad...gracias.

—De nada. Te veremos pronto.

Acompañé a Marie hasta la entrada y le dije a Tina en recepción que tenía que volver a finales de semana para su primera cita de infusión.

Almorcé rápidamente y luego pasé a las citas de infusión de la tarde. Mi primer paciente era un padre soltero cuyos padres fumaban cuando él era joven. A los cuarenta y cuatro años, Lucas luchaba contra el cáncer de pulmón, una batalla que yo conocía muy bien.

—Tiene usted buen aspecto hoy, Laura, dijo una vez sentado en su silla.

—Y usted está tan encantador como siempre. ¿Cómo están las niñas?

Lucas se rio como siempre lo hacía cuando le preguntaba por sus tres hijas. Lo eran todo para él. La mayor estaba en su primer año de universidad pero se había quedado en casa para ir a una escuela local y así poder ayudar con sus hermanas en el instituto y en secundaria.

—Carly me recuerda a su madre cada día. Ella es la que dirige el espectáculo. Mantiene a todos en su sitio y nos dice lo que tenemos que hacer. Y como es la más pequeña, a sus hermanas no les hace mucha gracia

Me reí con él y me até la bata. Me ajusté la mascarilla y abrí mi kit. —Todos necesitamos a alguien así en nuestras vidas. Alguien que nos mantenga a raya.

—Ella lo es para mí —dijo Lucas, girando la cabeza mientras yo accedía a su puerto de quimioterapia. Hizo una mueca, luego inspiró profundamente y se relajó.

Comprobé el acceso y fijé la aguja con esparadrapo. —Yo tengo una amiga así. Es médica, especialista en fertilidad. Dirige su negocio como un oficial al mando, y su casa más o menos igual. Es una máquina.

Lucas se rió y asintió. —Suena a Carly.

—¿Y qué tal las dos mayores? ¿Cómo les va?

Trabajé mientras Lucas me contaba que su hija mayor lo estaba petando en su primer año de universidad y que la mediana estaba empezando a pensar en lo que quería hacer después del instituto. Para cuando terminó, ya había tomado sus pastillas y su primera dosis de quimioterapia estaba en marcha.

—Apenas puedo seguir mi propio ritmo. No sé cómo te las arreglas con tres chicas.

Lucas se rió. —La mayor parte del tiempo, son ellas las que me manejan a mí. Lo último es que quieren que empiece a salir con alguien.

—Oh, no. Eso es peligroso.

Se rio. —¿Verdad? Les dije que no estoy interesado, pero no sé. Han pasado seis años desde que murió mi mujer. Las niñas tenían seis, nueve y trece años. He estado volcado en criarlas y nunca he pensado en nada más. Pero todo esto... Hizo un gesto señalando la sala en la que estábamos, una habitación con otras nueve sillas con personas recibiendo tratamiento. —La vida es demasiado corta para dejarla pasar sin más.

—Es muy cierto —dije. Le di unas palmaditas en el brazo. —Mi amiga diseñó una aplicación de citas, En Busca del

Galán de Papel. Deberías echarle un vistazo. Aunque no encuentres a nadie, salir y conocer gente nueva puede ser divertido. Tus hijas se están haciendo mayores, y cuando todas se hayan ido de casa, quizás quieras una amiga si no algo más.

—¿Una amiga con beneficios? —Movió las cejas de forma sugestiva.

Me reí y negué con la cabeza. —Eres un caso, Lucas.

—Pero me quieres igual —dijo él.

Asentí. —Ya sabes que sí. Necesito actualizar tu historial y atender a mi próximo paciente. Volveré a revisarte en unos minutos.

Lucas asintió y cerró los ojos mientras me levantaba. Normalmente echaba una siesta durante parte de su tratamiento. La mayoría de los pacientes lo hacían. Los medicamentos que tomaban eran potentes y los dejaban fuera de combate, así que manteníamos la sala en silencio con música suave para amortiguar cualquier conversación que pudiera distraerlos.

—Enfermera Kempis. Una palabra —dijo el Dr. Allison tan pronto como me alejé de Lucas.

El corazón me latía con fuerza en el pecho y mi pulso se aceleró. No estaba contento conmigo, pero no tenía ni idea de por qué.

Asentí y dije: —Deme solo un momento.

Alzó una ceja enfadado y se cruzó de brazos, mirándome fijamente mientras yo desechaba mi equipo de protección. Tomé una nota rápida para actualizar el historial de Lucas y luego seguí al Dr. Allison hasta su despacho.

—Cierre la puerta.

Hice lo que me pidió y me quedé justo dentro mientras él caminaba alrededor de su escritorio de madera oscura y se sentaba en el gran sillón de cuero negro. Las estanterías lo rodeaban y sus títulos colgaban sobre su cabeza. Su despacho podría haber sido el de un profesor universitario o un abogado o cualquier profesional. No había nada que dijera quién era. Ni fotos, ni cuadros, ni indicios de personalidad.

—¿Por qué estaba flirteando con ese paciente?

—¿Disculpe? —solté.

—El paciente —gruñó. —¿También iba a darle un baile privado? Porque puede que seamos una clínica de servicio completo, pero espero que mantenga las cosas profesionales.

Me eché hacia atrás e intenté averiguar qué había hecho que fuera tan poco profesional. —Le pido disculpas, Dr. Allison, pero no le estaba tratando de manera diferente a como trato a cualquier otro paciente. Y creo que estaba siendo muy profesional.

—Oh, ¿así que le habla a todos sus pacientes sobre aplicaciones de citas y se ofrece a ser su amiga con beneficios?

—¿Qué? ¡Yo no he dicho eso!

—Has dicho que le quieres.

Respiré hondo y exhalé lentamente antes de que mi actitud me metiera en problemas. ¿Cómo se atreve? Yo no me sobrepasaba con mis pacientes. Era respetuosa y considerada. Preguntaba sobre sus vidas y conversaba. Nunca crucé una línea. No daba mi número de teléfono personal a ninguno de ellos. No desde la señora Georgia. Pero eso fue diferente.

—Quiero a mis pacientes, Dr. Allison. Me encanta trabajar aquí. Me encanta ver cómo la gente mejora. Y usted sabe que una mentalidad positiva es fundamental cuando alguien está pasando por lo que cada uno de estos pacientes está atravesando. Hablo con ellos, río con ellos y pregunto sobre sus vidas personales. Necesito saber quiénes son estas personas para que confíen en mí.

—No, no lo necesitas. Ellos deben confiar en ti porque eres buena en tu trabajo, pero hoy...

—¿Qué está insinuando? —le pregunté, atónita.

—Dos veces hoy he tenido que hablarte sobre asuntos personales en el lugar de trabajo. Dos veces hoy te he oído hablar con alguien sobre tus... relaciones. No dejes que vuelva a suceder.

—¿Me está diciendo que no puedo preguntar a mis pacientes sobre sus vidas personales?

—¡No, te estoy diciendo que no puedes follártelos! —bramó.

Me quedé helada. Estaba paralizada de furia. Nunca había estado tan cabreada en mi vida. Quería cruzar la habitación y golpearle. Me costó todo mi autocontrol no hacerlo.

Cuatro años había trabajado para ese hombre. Cuatro años me había matado siguiendo su ejemplo y tratando a los pacientes que venían de todas partes para verle. Cuatro años. Y pensaba que yo estaba usando la clínica como mi burdel personal.

Reprimí la rabia, el dolor y el *que te jodan*.

—Sí, señor —dije con un brusco asentimiento. —¿Hay algo más?

Él negó con la cabeza.

Apreté los labios, me di la vuelta y salí de su despacho. ¿Qué demonios había visto yo en ese imbécil?

2

NICO

Joder. Cerré los ojos y respiré por primera vez desde que entré y la vi coqueteando con el paciente. Un maldito paciente. Rojo. Todo era jodidamente rojo.

Al estallar contra ella... no pude contenerme. Tan pronto como las palabras salieron, supe que había dicho lo incorrecto. ¿En qué demonios estaba pensando exponiendo tanto? Estaba seguro de que me reprocharía, pero no lo hizo. Casi se derrumbó. Quise acercarme a ella. Consolarla. Abrazarla. Gracias a Dios que mi escritorio estaba entre nosotros o podría haberlo hecho. Pero entonces su rostro, ese hermoso rostro con forma de corazón que veía en cada una de mis fantasías, cambió de nuevo. A ira. Odio. Y eso me excitó aún más.

Excepto por el hecho de que esas emociones estaban dirigidas a mí.

Pensé en ir tras ella, pero ¿cuál era el punto? No quería que se acostara con los pacientes. No quería que se acostara con nadie. Y después de escuchar sobre sus citas durante el fin de semana, durante meses, y luego escucharla coquetear con un paciente, perdí los estribos.

Respiré profundamente y pensé en solicitar una sesión de emergencia con mi terapeuta, pero podía manejarlo. Normalmente hablaba con ella sobre el trabajo, pero últimamente había estado compartiendo más y más sobre Laura. Se estaba convirtiendo en un problema para mí, y tenía que parar.

Dirigí mis pensamientos a otras cosas, como otro nuevo paciente que vendría en breve, y logré apartar a Laura de mi mente. Respiré profundamente y me concentré en el trabajo. Tenía que compartimentar. Era un experto en ello, y ahora me venía bien.

La consulta fue bien. La paciente estaba comprensiblemente alterada, pero bromeaba y hablaba en vez de llorar. Estaba lista para luchar, y tenía el sistema de apoyo necesario para hacerlo. Sería una de mis historias de éxito.

Pasé el resto del día poniéndome al día con el papeleo y reuniéndome con los clientes restantes. Mi agenda estaba volviéndose más ocupada de lo que podía manejar y realmente necesitaba establecer planes para contratar a otro médico. Eso también significaba finalmente llevar a cabo los planes que tenía para remodelar el segundo piso del edificio y convertirlo en un centro de infusión dedicado.

Clínica Conmemorativa Margaret Allison.

A mi madre le habría encantado Laura. Laura era exactamente el tipo de mujer que mi madre quería que encontrara. Amable, compasiva, fuerte. También le habría encantado que Laura no encajara en la definición de belleza convencional, aunque yo no podía entender por qué. Era impresionante. Sus curvas, su sonrisa, su largo cabello rubio que suplicaba que mis dedos lo atravesaran.

Me aclaré la garganta y me ajusté. No podía dejar que mi mente divagara cuando todavía estaba en el trabajo.

—Me voy a casa, Dr. Allison —dijo Ally con un golpe en mi puerta abierta. —¿Necesita algo antes de que me vaya?

Negué con la cabeza. —No, Ally. Estoy bien. ¿Ya se han ido todos los demás?

Asintió. —Creo que sí. No he visto a nadie. Solo estaba preparando el papeleo para mañana. Es otro día ocupado.

—Desafortunadamente, sí. El cáncer no descansa.

Sonrió con tristeza. —Todos tenemos suerte de que usted esté dispuesto a combatirlo. Que tenga una buena noche.

—Tú también. Nos vemos mañana, Ally.

—Adiós.

Esperé hasta oír que la sólida puerta metálica se cerraba tras Ally para levantarme de mi escritorio. Recorrí las oficinas y me aseguré de que el lugar estuviera vacío, luego apagué las luces y subí las escaleras.

El espacio abierto resonaba con mis pasos. Paneles del techo colgaban de los lugares que deberían haber ocupado. Cables serpenteaban por el suelo de vinilo. Sillas volcadas y escritorios rotos estaban esparcidos por todas partes, como si hubieran sido arrojados allí en una pelea.

El espacio de oficinas abandonado había conocido días mejores. A veces pensaba que toda la ciudad los había tenido. Me encantaba Cala MacKellar, pero era un poco tosco en los bordes. Un poco gastado, o desgastado, dependiendo de cómo lo miraras. Nunca sentí que encajaba, pero no podía obligarme a marcharme.

Escuché la risa de mi madre en mi cabeza. Siempre estaba riendo, hasta el final. Me dijo que no encajaba porque nunca les daba una oportunidad a los demás. Yo le dije que era porque nadie quería conocerme. Ella me habría reprendido por la forma en que traté a Laura, por avergonzarla. Habría dicho que estaba demostrando su punto. Tal vez lo estaba. Tal vez no fui justo con ella. Pero no podía evitarlo.

Desde el primer día que apareció en mi clínica, me

cautivó. Tanto que apenas podía hablar con ella. Era impresionante. Y la forma en que trataba a los pacientes, incluso antes de que su formación estuviera completa, me hizo preguntarme a quién había perdido que entendía su dolor tan agudamente.

Ally me contó más sobre Laura de lo que Laura jamás lo hizo. La madre de Laura murió de cáncer de pulmón cuando ella era joven. Conocía el dolor que sentían los pacientes. Y conocía el dolor que sentían sus cuidadores. Era un conjunto de habilidades único. Uno que desearía que no existiera.

Recorrí el espacio y lo diseñé en mi cabeza. Tres veces más camas para infusión. Cuatro habitaciones privadas para pacientes que necesitaban acceso espinal o no podían sentarse erguidos en una silla. Quería añadir grandes ventanas a lo largo de la pared oeste para que los pacientes pudieran mirar hacia el agua mientras recibían tratamiento. Algo hermoso para que no se sintieran atrapados.

Por fin tenía el dinero para hacerlo todo y lo estaba poniendo en marcha. No se lo había contado a nadie excepto a Verónica. Ella lo sabía todo sobre mí, pero ese era su trabajo como mi terapeuta. Me ayudaba a ver cosas que yo no podía ver, y una de esas cosas era que no hacer esto significaba que me estaba conteniendo. Necesitaba un nuevo reto, un nuevo objetivo. Algo para mantener mi mente alejada de todas las cosas que faltaban en mi vida.

Como una mujer con quien compartirlo.

Respiré profundamente y cerré los ojos una vez más. Podía verlo, y me aferré a esa visión mientras salía de la consulta y me iba a casa por la noche. Solo, como siempre.

Había llegado a temer los jueves tanto como los lunes, pero este jueves era especialmente doloroso. Laura no me hablaba, no es que la culpara. Ni siquiera hablaba estando yo cerca. Cuando entraba en la habitación o incluso me acercaba, cerraba la boca. Echaba de menos el sonido de su voz. El sonido de su risa.

Trabajaba conmigo durante la tarde. Cada enfermera atendía pacientes conmigo una mañana y una tarde cada semana. Se encargaban de las infusiones de esos mismos pacientes para que su atención fuera constante. Funcionaba para mí, hasta que tenía que pasar el tiempo con ella. Entonces era una tortura.

Mi mañana transcurrió rápidamente con algunos pacientes nuevos y otros que habían terminado el tratamiento. Ese era el ciclo. Teníamos pacientes en todas las etapas del proceso. Siempre era bueno ver a algunos seguir adelante, pero nunca faltaban más esperando para empezar.

Comí en mi despacho, cogiendo una comida congelada del mini congelador bajo mi escritorio. Me quemó la boca cuando di el primer bocado, y el segundo apenas estaba lo suficientemente caliente para no estar congelado. Odiaba estas cosas, pero la mayoría de los días no me tomaba tiempo para cocinar, así que las sufría. Otra cosa por la que mi madre me reprendería si estuviera cerca.

La alarma de mi móvil sonó y usé mi baño privado y me cepillé los dientes, luego fui a la sala de examen para ver a nuestro primer paciente de la tarde.

—Buenas tardes, Robert —dije mientras entraba en la habitación. —¿Cómo se encuentra hoy?

—Me siento bien, Dr. Allison. Espero recibir buenas noticias.

Asentí y acepté la tableta de Laura. Nuestros dedos se rozaron cuando me la entregó. Una sacudida de consciencia estalló en mi interior, pero ella retiró la mano tan rápidamente que casi dejamos caer el dispositivo. Fruncí el ceño y lo enderecé, aclarándome la garganta antes de girar la pantalla para que Robert la viera.

—Esta fue su última exploración. Hablamos de ello hace unos meses. No estábamos seguros de qué tipo de mejora veríamos en las dos primeras rondas, pero esto... —pasé a la segunda imagen. —Esta es su exploración más reciente.

Robert me miró con lágrimas en los ojos. —Eso es bueno, ¿verdad? Parece bueno, pero realmente no sé cómo interpretar estas imágenes.

—Es muy bueno, Robert. El tratamiento está funcionando. La enfermera Kempis le está cuidando excelentemente.

—Gracias, Dr. Allison. Y a ti, Laura. Muchas gracias.

—Por supuesto. Ahora, le mantendremos con el mismo plan de tratamiento y seguiremos adelante. Haremos otra exploración dentro de dos meses más. Estoy muy contento con cómo van las cosas, sin embargo. ¿Cómo se ha sentido?

—Bien. Tan bien como cabría esperar. Estoy cansado el día del tratamiento y tengo un día difícil el tercer día, normalmente. Mi esposa siempre intenta que descanse, pero siento la necesidad de moverme. Salimos a caminar todos los días solo para tomar un poco de aire fresco.

—Eso siempre es algo bueno para hacer. Súbase aquí y déjeme hacer un examen rápido y luego le pondremos en marcha. Laura le organizará sus citas para el próximo mes. Le veré pronto.

Robert se acostó en la mesa de exploración y siguió mis instrucciones. Cuando terminó, Laura cogió la tableta de nuevo y la sostuvo frente a su pecho como una armadura. No me miró. No me sorprendió.

El resto del día transcurrió más o menos igual. Me entregaba la tableta cuando la necesitaba, pero prácticamente me la lanzaba para que nuestras manos no se tocaran de nuevo. A medida que avanzaba el día, también lo hacía mi paciencia.

Cuando nuestro último paciente salía, no pude contenerme ni un segundo más.

—¿Puedo hablar con usted, por favor? —pregunté, mi voz dejándole saber que no era una petición.

Me miró, con los ojos entrecerrados y enfadados. Asintió una vez, sin hablar todavía.

Entré en mi despacho y me quedé detrás de mi silla. Ella cerró la puerta y se quedó justo delante de ella, apenas dentro del espacio donde pasaba la mayor parte de mi tiempo. Me miró fijamente, esperando a que hablase primero.

—Me gustaría disculparme por la forma en que le hablé el otro día.

Ella continuó mirándome fijamente.

—¿Va a decir algo?

—¿Esa fue su disculpa? —preguntó ella.

—¿Se da cuenta de que soy su jefe, verdad? ¿Y que podría despedirla por insubordinación?

Ella se tensó y se enderezó. —Pido disculpas. Volveré a abstenerme de hablar para no decir nada inapropiado de nuevo.

—¡Maldita sea, Laura, eso no es lo que quiero!

Ella simplemente me miró fijamente.

—Joder. Estoy estropeándolo todo. Lo siento por cómo te hablé el otro día. Y siento haberte hecho sentir que no puedes hablar libremente. Nunca fue mi intención.

De nuevo, ella solo se quedó mirándome.

—¿No tienes nada que decir?

—No, señor.

Gruñí. —No soy un dictador.

—Solo la primera parte —murmuró, bajo, pero lo suficientemente alto como para que pudiera oírla.

Levanté una ceja y ella tuvo la decencia de parecer avergonzada. Sus mejillas se sonrojaron y el rubor se extendió hasta su cuello y por debajo de su uniforme. Sus pechos se elevaron con la brusca inhalación de su respiración. Mi miembro se irguió ante la imagen imaginaria de sus pezones presionando contra la ropa.

Lástima que no pudiera verlos realmente. Y nunca los vería.

—Que tenga una buena tarde, Enfermera Kempis.

Ella asintió y salió apresuradamente de mi despacho. Probablemente pensó que la despediría, pero entonces no la vería más. Podía soportar que me odiara mejor que el hecho de que no estuviera en mi vida.

Lo único que no podía soportar era verla con otro hombre.

—¿CUÁNTAS citas tienes este fin de semana? —preguntó Ally.

Yo pasaba junto a la sala de descanso y habría seguido, excepto que oí la voz de Laura. Había sido otro día sin que me hablara, y estaba desesperado por cualquier cosa que pudiera obtener de ella.

—Tres, quizá cuatro. He estado hablando con un chico que mencionó algo sobre quedar, pero aún no hemos fijado una fecha.

Su tono casual intentaba hacerme creer que estas citas no eran gran cosa, pero se trataba de Laura. Mi Laura. Y estaba saliendo con otros hombres. Hombres que no eran yo.

—¿Tres o cuatro? —dijo Liz. —¿Dónde conoces a todos ellos? Cuando yo estaba soltera, tenía suerte si encontraba a un tipo con quien salir.

—En Busca del Galán de Papel —dijo Laura simplemente, como si eso lo explicara todo.

—¿La aplicación? ¿En serio? —preguntó Bonnie.

—Sí. Definitivamente hay muchos fracasos ahí, pero he conocido a algunos que eran lo bastante dulces como para seguir intentándolo. Es un juego de números. Soy demasiado mayor para esperar eternamente por una relación. Me encanta mi trabajo y adoro a mis amigos, pero me gustaría tener un orgasmo que involucre a otra persona de vez en cuando.

Me atraganté con mi respiración. Podía oír el pánico en la sala de descanso al ser escuchados, y podía sentir la tensión de Laura. Necesitaba largarme de allí antes de que alguien saliera y me viera parado como un acosador.

Doblé la esquina y entré en una sala de examen. No tenía ninguna razón para estar allí, pero no importaba. No podía mirar a Laura a los ojos después de lo que acababa de oír. No sin ofrecerle darle todos los orgasmos que quisiera. No necesitaba probar con las citas online. Solo necesitaba bajarse los pantalones para mí y me aseguraría de que nunca tuviera que tocarse a sí misma de nuevo.

Mi cabeza daba vueltas de necesidad. Mi miembro estaba tan duro que estaba seguro de que iba a romper la cremallera. Incluso mi bata de laboratorio no hacía nada para ocultar el bulto que tensaba mis pantalones. Solo necesitaba esperar hasta que todos se fueran para no tener que enfrentarme a ellos durante unos días.

No es que eso hiciera desaparecer el deseo.

—No sé dónde está. Normalmente ya estaría en su despacho —dijo Ally. Su voz estaba justo fuera de la puerta. —Siempre me paso a verle. No hay manera de que ya se haya ido.

Ralenticé mi respiración para que no me oyeran. Tal vez simplemente se irían.

—Déjame enviarle un mensaje. Para asegurarme de que todo está bien —dijo Ally.

Me apresuré a sacar el móvil del bolsillo y me aseguré de que seguía en silencio. Nunca activaba el tono de llamada por si recibía una llamada cuando estaba con un paciente, pero aun así lo comprobé. Vibró en mi mano un segundo después.

> Me voy a marchar por hoy. ¿Necesita algo
> más antes de que me vaya?

> Estoy bien. Gracias. Que tengas un buen fin
> de semana.

> Igualmente.

—Dice que está bien. Todavía no sé dónde se encuentra, pero ha respondido, así que al menos sabemos que está bien. Vamos a tomar esa copa. Puedes asesorarnos a todos sobre cómo conseguir citas —dijo Ally.

—Tú no necesitas una cita. Estás casada —argumentó Laura.

—Sí, pero nunca está de más tener ideas para citas con mi marido. Después de todo...

Sus voces se desvanecieron mientras se alejaban. Me mantuve oculto hasta que la puerta trasera se cerró de golpe y supe que estaba solo.

—Joder —respiré.

Finalmente salí de la sala de examen y me dirigí a mi despacho. Pasé otra hora revisando historiales de pacientes y leyendo informes de las sesiones de quimioterapia del día. Mi móvil vibró con una alerta y le di la vuelta. Era un recordatorio de cita para una llamada con Verónica. Ella sugirió que probáramos con llamadas telefónicas en lugar de pedirme que condujera hasta Siracusa cuando tuviéramos una sesión. Acepté intentarlo.

Añadí la reunión a mi calendario en el ordenador del trabajo para que Ally no programara otra cosa en ese horario y estaba a punto de guardar el móvil cuando me detuve.

—Novios de Libro se Buscan —dije en voz alta mientras escribía las palabras. Leí las reseñas y me sorprendió la cantidad de comentarios positivos. Elogiaban la facilidad de uso, el éxito de las parejas y la creatividad de la aplicación.

—¿De verdad estoy registrándome en una aplicación de citas? —refunfuñé para mí mismo.

Pulsé Instalar y suspiré. Sí.

Era oficial. Había perdido la cabeza. Y todo por culpa de mi hermosa, curvilínea y exasperante enfermera.

¿Cuáles eran las posibilidades de que acabáramos emparejados? Altas, esperaba.

3

LAURA

—Es que es un imbécil. Puse los ojos en blanco y solté un gruñido para ocultar mi dolor.

—¿Realmente esperabas algo diferente? —preguntó Elise.

Me estaba quejando a mis amigas sobre Nico. Había estado dándole vueltas desde que me habló sobre mi forma de comportarme con los pacientes y pensaba que mis amigas estarían de mi lado. Me equivocaba.

—¿Crees que me estaba comportando como una zorra? —le pregunté.

Elise se rió y negó con la cabeza. —No. Por supuesto que no. Te conozco, y sé que eres amable, cariñosa y bondadosa. Eres el tipo de persona que hace que los demás se sientan cómodos. Es parte de lo que te hace ser una enfermera increíble. Pero también puedo entender por qué Nico se molestaría por ello. Él no es así por lo que me has contado. Es estoico y casi brusco.

—No es que sea brusco, —interrumpió Karissa. —Es solo que no es tan cálido como tú, Laura. Y para alguien como él, que siempre mantiene separados el trabajo y la vida personal, no comprende ser amable con alguien si no te estás involucrando personalmente con ellos.

—Lo único que hice fue recomendarle tu aplicación a un paciente. No le di mi nombre ni le dije que me buscara —argumenté.

—Y aunque lo hubieras hecho, no creo que estuviera mal —dijo Blake. —Creo que el punto es que Nico nunca entenderá quién eres y por qué haces las cosas que haces. Dejar que te estrese y te moleste no mejorará la situación.

Suspiré y me recosté en mi asiento. Me solté el pelo de detrás de la espalda y lo tiré por encima del borde de la silla. Miré alrededor a mis amigas y sus amables rostros. No sabía qué haría sin ellas.

—Tenéis razón. Es un imbécil, y ya es hora de que pase página. Soy demasiado mayor para perder el tiempo con personas que no quieren formar parte de mi vida.

—Todas lo somos —dijo Sofia con una sonrisa. Levantó su vaso de plástico en un brindis, y yo asentí.

—¿Has tenido citas últimamente? ¿Cómo van? —me preguntó Trinity.

—Tuve dos este fin de semana. Se suponía que tendría tres, pero uno me dejó plantada. Pensé que otro chico con el que he estado hablando quería quedar, pero también ha desaparecido. Ligar es difícil —declaré.

Todas se rieron en señal de acuerdo.

—Yo no estoy abierta a tener citas ahora mismo —dijo Finley. —Me gusta pasar unos minutos con un chico, pero sentarme y mantener una conversación no está en mis planes.

—¿Está todo bien? —pregunté.

Finley se encogió de hombros. —Más o menos. Estoy teniendo algunos problemas con la tienda y no duermo bien. No tengo tiempo para dedicarme a las citas. Me he alejado de los pocos chicos con los que había estado hablando para poder centrarme en asegurarme de que estas puertas permanezcan abiertas.

—¿Por qué no me lo dijiste? —preguntó Karissa. Karissa y Finley habían vivido juntas desde antes de que yo me mudara a la ciudad. Todas ellas eran cercanas, pero Finley, Karissa y Blake habían sido amigas durante años y eran como hermanas.

Finley se encogió de hombros. Miró al suelo, con su pelo castaño ocultando su rostro. —No quiero que te preocupes por si no puedo cumplir con mi parte de las cosas. Ni que ninguna de vosotras sienta que tiene que hacer algo por mí.

—No es caridad pedir ideas a tus amigas —argumentó Blake. Ella y Finley habían sido mejores amigas durante décadas. Después de que Blake se casara con Ian, realmente se convirtieron en hermanas. Políticas, pero lo suficientemente cercanas. —Todas queremos ayudar. Quizá podamos pensar en formas de publicitar la tienda. O podrías ofrecer otros productos. Cosas de libros. No cosas genéricas, sino productos que a un lector le encantarían.

—He pensado en ello, pero no sé. Es abrumador. Y estábamos hablando de la vida amorosa de Laura, no de mi vida laboral. Ahí está ese equilibrio que Nico parece dominar. —Finley sonrió, pero no le llegó a sus oscuros ojos. Estaba preocupada.

—No me importa —le dije. —Mi vida amorosa siempre será un desastre. Este lugar es nuestro hogar. Tenemos que hacer todo lo que podamos para salvarlo.

Finley negó con la cabeza y forzó otra sonrisa. —Ya lo solucionaremos. ¿Cómo fueron las dos citas a las que fuiste?

Pude notar que intentaba cambiar de tema y le seguí la corriente. —Las citas estuvieron bien. He charlado con ambos chicos y son bastante agradables, pero no despertaron ningún deseo de necesito-esto-ahora.

—¿Necesitamos eso? —preguntó Sofia. —La pasión es genial, pero ¿es necesaria para una relación?

—Yo creo que sí —dijo Blake. —Cuando estaba con William, era bastante agradable, pero no había pasión. Era aburrido. El sexo era siempre igual, nuestra rutina era siempre la misma. No sabía lo diferente que podía ser hasta que Ian y yo nos juntamos, y entonces me pregunté por qué demonios pasé tanto tiempo con William.

—¿Hay algo intermedio? No sé si puedo manejar la agitación emocional que viene con la pasión de que te empujen contra la pared para besarte, pero lo aburrido suena... aburrido. ¿No hay nada en el medio? —preguntó Sofia.

—Creo que hay muchos grados diferentes de pasión, pero depende de lo que te excite —dijo Elise. —Yo no soy una persona de que-me-empujen-contra-la-pared. Si Colin hiciera eso, me marcharía, y él lo sabe. Pero me encanta cuando pone esa mirada en sus ojos y me persigue por la casa. Acabamos cayendo en la cama entre risas.

—Quizá por eso no salgo con nadie —dijo Sofia. —No quiero relaciones altamente emocionales y absorbentes. Quiero algo simple y predecible.

—¿Como Sebastian? —le pregunté.

Sofia resopló y agitó su cola de caballo rubia. —Ni un poquito. Es como un hermano para mí. Hablamos el mismo idioma, pero no pienso en él de esa manera. Además, creo que aún no ha superado a Zoey. Y si ella se muda aquí dentro de un par de meses como está diciendo, Sebastian se va a derrumbar.

—Te preocupas mucho por él— dijo Trinity con una sonrisa.

Sofia negó con la cabeza otra vez. —No va a ocurrir, gente.

—¿Cómo sabes si un chico va a inspirarte ese tipo de pasión de "te-necesito-ahora"?— preguntó Karissa. —He tenido eso, pero se desarrolló lentamente con el tiempo. Y hace bastante que no lo siento.

El resto nos reímos. El novio universitario de Karissa era casi legendario. La tomábamos el pelo diciéndole que ni siquiera era real y que se lo había inventado, ya que ninguna de nosotras lo conocíamos. Karissa era una persona tranquila. No podía recordar la última vez que había salido con alguien, aunque fuera la creadora de En Busca del Galán de Papel, la aplicación de citas que todas usábamos.

—Tengo que conocer a un chico para saberlo— admití. —Creo que algunas personas son muy buenas por escrito, y otras son mejores en persona, pero necesito conocer ambos lados antes de poder decidir.

—Estoy de acuerdo con eso— dijo Sofia. —Soy mejor por escrito. Necesito tiempo para pensar lo que voy a decir. No soy rápida de reflejos.

—Yo soy igual— dijo Blake. —Tengo mis momentos, pero definitivamente prefiero pensar bien mis palabras. Ian no es así. Puede idear una respuesta para cualquier cosa al instante. Ojalá tuviera algo de ese talento.

Sofia se rio y asintió. —Yo también.

—Creo que soy mejor en persona— admití. —Puedo hacer reír a la gente y que se sienta cómoda. Al menos, creo que puedo.— Todas asintieron. —Por escrito, a veces contesto demasiado rápido, sin pensar bien mis respuestas. Sin tono ni contexto, puedo parecer antipática en lugar de graciosa.

—Entonces no te entienden y no son para ti— dijo Finley.

—Cierto.

—Creo que quiero la pasión de la que estáis hablando— dijo Finley. —Simplemente no tengo tiempo para ello ahora mismo. No tengo tiempo para alguien que me empuje contra la pared y me haga olvidar todo lo demás. Me encantaría que sucediera, pero solo si puede encajar en mi agenda.

El resto nos reímos.

—No es fácil ser una mujer fuerte e independiente— dijo Karissa.

—Yo sigo creyendo que soy independiente— dijo Blake con un puchero.

—Lo eres— dijo Karissa. —No creo que estar en una relación te haga dependiente. Tú e Ian os complementáis. Trabajáis bien juntos. Pero podéis estar separados y seguir funcionando. Todas somos mujeres fuertes e independientes.

—Joder, sí que lo somos— estuve de acuerdo con ella.

—Pero aun así me gusta que me empujen contra la pared de vez en cuando. O que me persigan. O lo que sea— dijo Blake.

Todas nos reímos y asentimos.

Quizás algún día sabría cómo se sentía eso.

Cuando llegué a casa esa noche, me di cuenta de que tenía una nueva coincidencia. Decía que el chico solo llevaba dos días en En Busca del Galán de Papel y su nombre de usuario era un poco desagradable, así que dudé en aceptarlo, pero decidí decir sí a la coincidencia.

Le envié un mensaje para saludar, como hacía con todas mis coincidencias, y me sorprendí cuando respondió de inmediato.

DICTADOR

Hola, Sin arrepentimientos. Aprecio ese
sentimiento.

SIN ARREPENTIMIENTOS

Bueno saberlo. No estoy segura de poder
apreciar el tuyo. No sé si puedo encontrar
algo bueno en un dictador.

DICTADOR

Fue lo primero que se me ocurrió cuando me
registré. Me han acusado de serlo.

SIN ARREPENTIMIENTOS

¿Y lo eres?

DICTADOR

No creo que lo sea. Intento ser amable y
justo.

SIN ARREPENTIMIENTOS

¿Pero...?

DICTADOR

Jajaja. Sabes cómo indagar. Me gusta que
las cosas sean de una determinada manera.
Si no lo son, suelo frustrarme.

SIN ARREPENTIMIENTOS

No estoy seguro de que las citas en línea
sean buena idea para ti. La gente
normalmente miente sobre quiénes son.

DICTADOR

¿Tú estás mintiendo? Tu perfil dice que
disfrutas ayudando a la gente y pasando
tiempo con amigos. También que sabes que
la vida es demasiado corta para no vivirla
plenamente.

SIN ARREPENTIMIENTOS

No son mentiras. Todo es muy cierto. Pero
no soy típico. Realmente estoy buscando
algo aquí. No estoy solo para encontrar una
aventura pasajera.

DICTADOR

¿Es eso lo que hace la mayoría de la gente?

SIN ARREPENTIMIENTOS

¿En serio nunca has probado las citas en
línea?

DICTADOR

No. ¿Estoy en problemas?

SIN ARREPENTIMIENTOS

¡Jajaja! Te espera un duro despertar. A menos que seas una de las personas que miente. Entonces probablemente ya sabes todo esto y estás intentando engancharme.

DICTADOR

Créeme. No soy tan listo.

SIN ARREPENTIMIENTOS

No estoy seguro de que vaya a creer eso. Pero definitivamente necesitas averiguar qué estás buscando aquí. Eso te ayudará a decidir si quieres a alguien como yo, que va a hablar durante un tiempo antes de estar dispuesta a conocerte, o alguien que quedará contigo el primer día y nunca volverá a verte.

DICTADOR

Creo que prefiero hacerlo a tu manera. Me parece mucho mejor.

SIN ARREPENTIMIENTOS

Entonces cuéntame algo que nunca le hayas contado a nadie más.

DICTADOR

Vaya. Realmente vas directa al grano. Hmm, vale. Bueno, la mayoría de las personas que me conocen no me caen bien al principio.

SIN ARREPENTIMIENTOS

Sabes cómo venderte, sí señor.

DICTADOR

¿Verdad? Difícil creer que nadie me haya cazado aún.

SIN ARREPENTIMIENTOS

Quizás tu nombre de usuario te quede bien.

DICTADOR

Ay. Doloroso. Y acertado.

SIN ARREPENTIMIENTOS

¡Jajaja! Lo siento. Solo estaba bromeando
contigo.

DICTADOR

Lo sé. Y gracias. No me siento cómodo con
mucha gente.

SIN ARREPENTIMIENTOS

Parece que las citas en línea son lo tuyo.
¿Vives en el sótano de tu madre? Por favor,
dime que no guardas botes de crema para
que la gente se unte.

DICTADOR

¡Ay! No en ambos casos.

SIN ARREPENTIMIENTOS

Uf. Menos mal.

DICTADOR

Cuéntame algo sobre ti. Algo que te haga
única.

SIN ARREPENTIMIENTOS

Me pagué la universidad trabajando como
operadora de línea erótica.

DICTADOR

Estás de broma, ¿verdad?

No. El sueldo era fantástico y necesitaba el dinero. Solo tenía que sentarme en una habitación y hablar con quien llamase. Normalmente querían escuchar. Empecé a leer muchas novelas románticas para conseguir ideas y acabé enganchándome. Todo es verdad.

DICTADOR

Eso es... una idea genial. Ojalá se me hubiera ocurrido algo así.

SIN ARREPENTIMIENTOS

Al principio era raro, pero me acostumbré después de unos intentos. Y me dejaban estudiar cuando no tenía llamadas. Fue uno de los mejores trabajos que he tenido.

DICTADOR

¿Y qué hay de tu trabajo actual? ¿Sigues amándolo? ¿Sigues siendo operadora de línea erótica?

SIN ARREPENTIMIENTOS

Ya no soy operadora, pero sí que amo mi trabajo. La mayor parte al menos. Ningún trabajo es perfecto.

DICTADOR

Eso es muy cierto.

SIN ARREPENTIMIENTOS

Hablando de eso, necesito irme a dormir. Empiezo a trabajar temprano. Pero ha sido un placer hablar contigo.

DICTADOR

Igualmente. Espero hablar contigo pronto.

SIN ARREPENTIMIENTOS

Sin duda.

Cerré sesión en la aplicación con una sonrisa. Quizás debería rectificar mis declaraciones anteriores. Quizás era posible sentir esa chispa antes de conocer a alguien. Y quizás acababa de sentirla.

DEJÉ que la conversación con Dictador rondara por mi mente de camino al trabajo. Si no otra cosa, me ayudaría a estar menos molesta con el Dr. Allison. Eso esperaba.

Entré y me dirigí a la sala de empleados. Guardé mis cosas y salí para revisar los historiales y empezar mi día antes de que viniera a buscarme. Especialmente porque aún no estaba segura de cuánto había escuchado el viernes antes de que me fuera del trabajo. Esperaba otra conversación con él sobre eso.

—Hola, Laura —dijo Ally cuando entré en la oficina principal. —¿Qué tal tu fin de semana?

—Bien. ¿Y el tuyo?

—Fue genial. ¿Qué tal tus citas?

Miré alrededor buscando al Dr. Allison. —Fueron normales. Nada demasiado memorable.

Ally arrugó la nariz. —Lo siento por eso. Espero que encuentres a alguien especial.

—Gracias —dije. Toqué la pantalla de la tableta y fui a la sala de espera para atender a mi primer paciente.

La mañana transcurrió rápidamente, lo cual fue bueno. Fui educada y amable con el Dr. Allison, pero no cordial. Normalmente, sonreiría cuando él dijera algo, pero no estaba de humor. Quizás por fin estaba superándolo.

Comí rápidamente y tuve justo el tiempo suficiente para ir al baño antes de mi primera cita de infusión.

Revisé mi móvil mientras salía del baño, esperando un mensaje de Dictador. No me sorprendió ver que no se había puesto en contacto, pero me sentí un poco decepcionada. Guardé el teléfono y me giré para ir a la sala de espera cuando choqué directamente con el Dr. Allison.

—Enfermera Kempis —dijo con firmeza.

—Dr. Allison.

—¿Está distraída con su teléfono?

Negué con la cabeza y le sostuve la mirada. Ya no iba a tenerle miedo ni preocuparme por lo que pensara de mí. —No, no lo estoy.

—¿Está segura? Porque no me ha visto aquí de pie porque estaba con su teléfono.

—Estaba comprobando si tenía algún mensaje. Y ahora, si me disculpa, voy a hacer mi trabajo.

Di un paso lateral para evitarlo y puse los ojos en blanco mientras me alejaba. No sé por qué nunca me di cuenta de lo imbécil que era.

Llamé a Damien para que pasara al centro de infusión y preparé todo para él. Le pregunté cómo se sentía, como hago con todos mis pacientes, antes de empezar.

—Estoy bien, supongo.

—¿Qué ocurre? ¿Te duele algo? Tus análisis estaban bien.

Negó con la cabeza. —No. Estoy... ¿Recuerdas a Beth? ¿Mi novia que vino conmigo a mi última cita?

Asentí. No me dio una cálida acogida cuando nos conocimos. Algunas mujeres eran así, por lo que no le di importancia, pero no me decepcionó que esta vez no hubiera vuelto.

—Beth rompió conmigo ayer.

—Oh, Damien, lo siento mucho —dije. Puse mi mano en su brazo y sonreí. —¿Estás bien?

Se encogió de hombros. —Lo estaré. Creía que la conocía, pero obviamente no era así. Dijo que no firmó para estar con alguien enfermo. Que no le interesa ser cuidadora.

Me eché hacia atrás e intenté que mi cara no mostrara lo que estaba pensando. Definitivamente fracasé.

Damien se rio. —Sí, más o menos así es como me siento. Pero la quiero, ¿sabes? Así que voy alternando entre estar indignado como tú y desear que vuelva.

Respiré hondo y preparé todo para comenzar su infusión. Era lo único que podía hacer por él, y necesitaba estar ocupada para no decir algo que no debería. Era un paciente, no un amigo.

—Lo siento —dije finalmente.

Se rio. —Gracias. No creo que yo lo sienta. Me mostró quién era realmente. Me duele haber perdido dos años con ella. Tengo un anillo. Iba a pedírselo dentro de unas semanas, pero luego pasó todo esto.

Giró la cabeza mientras accedía a su puerto. Respiró hondo y exhaló lentamente.

—Anoche, me encontré deseando no haber tenido nunca cáncer. No porque el cáncer sea horrible, sino porque ella seguiría aquí si no me hubiera enfermado. ¿No es eso bastante retorcido?

Le sonreí y colgué su primera bolsa. —Creo que es normal desear no haber tenido nunca cáncer.

—Sí, pero ¿por mi novia? ¿Mi ex-novia? Es una persona egoísta, y yo soy un idiota por quererla.

Suspiré y me senté a su lado. Sonreí y le cogí la mano. —No eres un idiota. La gente nos muestra lo que quiere que veamos. Ella era buena en eso. Yo también he caído por hombres así. Que me engañaron haciéndome creer que eran diferentes. No siempre queremos ver lo malo en las personas. Pero tú eres un buen hombre. Ojalá nunca hubieras tenido cáncer, pero creo que estás mejor sin Beth.

Sonrió y me apretó la mano. —Gracias, Laura. Eso... necesitaba oírlo.

Asentí y le froté el antebrazo con mi otra mano. Respiró hondo y exhaló, luego soltó mi mano. Anoté en su historial lo de la ruptura para poder hacer un seguimiento y asegurarme de que tuviera un buen sistema de apoyo, y después documenté su primera dosis.

Me giré para atender a otro paciente y encontré al Dr. Allison observándome con una expresión furiosa. Me señaló, luego dobló el dedo y se dio la vuelta para marcharse.

Hijo de puta.

4

NICO

Me senté detrás de mi escritorio para mantener una barrera entre nosotros. Necesitaba algo que me bloqueara de ella. Para mantener esa distancia. Sus ojos decían que se derrumbaría si me acercaba a ella, pero el pulso a través de mi cuerpo me decía que lo necesitaba. Necesitaba mostrarle exactamente lo que ella me provocaba.

No lo haría. No podía. Ella nunca iba a descubrir cuánto la deseaba.

Entró en mi despacho, dejando la puerta abierta. Quería decirle que la cerrara, pero era su acto de rebeldía. Era un momento para ella. Una pequeña victoria. Un desafío.

—Enfermera Kempis, ¿no hablamos la semana pasada sobre su comportamiento personal con los pacientes?

—Sí. Una palabra. Gemí internamente.

—¿Y no le dije que dejara la naturaleza tan personal de sus conversaciones?

—Sí.

—Entonces, ¿qué demonios acabo de presenciar?

Inclinó la cabeza hacia un lado y tomó aire. Sus pechos se elevaron con el movimiento. Mis ojos quedaron fijos en ellos mientras descendían lentamente con su prolongada exhalación.

—Mi paciente compartió algo profundamente personal conmigo. Sin provocación. Lo está pasando mal. Mi trabajo, Dr. Allison, es hacer que mis pacientes se sientan cómodos. Asegurarme de que sepan que no están solos en su lucha. Que estoy a su lado para todo. Y ese paciente necesita a alguien.

—¿Por qué?

—¿Por qué qué?

—¿Por qué necesita a alguien? ¿Por qué usted? Todos necesitan a alguien, pero usted es su enfermera, no su amiga. ¿Qué puede hacer?

—Este paciente necesita a alguien con quien hablar. Alguien que le haga saber que no solo puede superar esto, sino que está mejor sin su zorra ex novia que le dejó porque no firmó para una vida de tratamientos contra el cáncer. Su pecho se agitaba con su enojo. Su cara y cuello se sonrojaron con un color rosa sexy. Sus manos se apretaron a los costados.

Me aclaré la garganta e intenté concentrarme en sus palabras en lugar de en lo mucho que quería besarla. Se preocupaba. Era algo hermoso. Había contratado a demasiadas enfermeras que no lo hacían, o que solo se preocupaban hasta cierto punto. Lo que me encantaba de Laura era también lo que me volvía loco de ella. Estaba celoso, según Veronica, y solo iba a peor. En el último año, Laura había cambiado. Estaba más relajada en la oficina, y estaba saliendo con gente. Y las dos cosas combinadas me volvían especialmente loco cuando estaba cerca de ella.

—Si todo lo que está haciendo es hablar, está bien. Pero si hace cualquier otra cosa...

—¿Los bailes privados están fuera de discusión entonces? preguntó con un destello de ira en su mirada.

Tomé aire. Me estaba provocando. Y estaba funcionando.

—Por favor, mantenga sus acciones profesionales.

—Siempre lo hago.

Asentí para despedirla. Dudó un segundo, luego giró sobre sus talones y salió de mi despacho. Esperé unos segundos extra hasta que estuve seguro de que se había ido y solté un profundo suspiro. Esa mujer podía volverme loco de muchas maneras al mismo tiempo.

ME ESFORCÉ por mantener distancia con Laura durante el resto del día. Vi pacientes, ella administró infusiones y el día terminó sin otra interacción. El hogar estaba tranquilo y antes de darme cuenta, estaba de vuelta en la oficina esperando una llamada de Veronica.

—Buenos días —dijo Veronica mientras su rostro llenaba la pantalla en mi despacho.

—Buenos días.

Entrecerró los ojos e inclinó la cabeza. —Esto va a ser diferente para mí, y probablemente difícil. Parece que estás enfadado, pero no puedo verte mordisqueando tus uñas para saber con certeza si ese es el caso.

Detuve el hábito del que no era consciente y fulminé a Veronica con la mirada. Sus ojos marrones brillaban de deleite por haberme desenmascarado. Le encantaba poder hacer eso. Nos conocimos en la facultad de medicina, dos personas que sentíamos que no encajábamos. Se convirtió en una buena amiga casi al instante. Hablábamos de todo desde el principio. No fue hasta que casi habíamos terminado la carrera cuando me di cuenta de que yo era quien más hablaba y ella quien escuchaba. Porque era muy buena en eso.

Pedirle a Veronica que fuera mi terapeuta fue una decisión obvia. Había construido una consulta grande y exitosa con otros psiquiatras trabajando bajo su dirección. La mayoría de los clientes que Veronica atendía personalmente eran personas influyentes, gente que valoraba su privacidad por encima de todo.

Había utilizado el término narcisista en varias ocasiones.

—¿Qué te pasa? —me preguntó.

Veronica tenía una manera de hacerme hablar que me hacía sentir como si solo estuviéramos charlando. Como si volviéramos a estar en nuestro apartamento de estudiantes compartiendo cerveza y pizza.

—Nada —dije.

Resopló. —¿Qué ha hecho Laura ahora?

—Está coqueteando con los malditos pacientes.

—¿Y qué? Es una mujer guapa y soltera. ¿Por qué no debería coquetear?

—Porque va contra las normas.

—Ambos sabemos que nunca hiciste cumplir esa norma hasta que ella empezó a trabajar para ti y te pusiste celoso. No querías verla con otros hombres.

Refunfuñé y me recosté en mi silla. Crucé los brazos y la miré con enfado. Odiaba cuando me hacía enfrentar mis tonterías.

—No hagas pucheros —dijo con una risa. Se echó su larga melena oscura por detrás de los hombros y se inclinó hacia delante. Su blusa roja se abrió por delante, pero la única razón por la que me fijé fue porque no quería que se lo enseñara todo a cualquiera con quien hablara.

Bloqueé la pantalla con la mano y negué con la cabeza. —Échate hacia atrás. No necesito ver eso.

—¿Se me está viendo algo? —preguntó. Se enderezó y se arregló la camisa. —Maldita sea. Voy a tener que cambiarme antes de mi próxima llamada. Gracias. Jeff se pondrá hecho una furia si ando mostrando demasiado.

Sonreí. Jeff era el marido de Veronica y el amor de su vida. Se conocieron en un evento benéfico años atrás. Se casó con él después de solo unos meses. Le dije que no duraría y casi arruino nuestra amistad. Nunca me había alegrado tanto de equivocarme. Ver a Veronica feliz me hizo darme cuenta de cuánto faltaba en mi vida.

Entonces contraté a Laura.

—Vale, entonces, Laura está coqueteando con pacientes. ¿Estás seguro de que está coqueteando y no solo hablando con ellos? Algunas personas parecen estar coqueteando cuando no lo están.

—Le dijo a un tipo que estaba en una aplicación de citas y que se uniera a ella.

Las cejas de Veronica se arquearon, y me sentí victorioso. Hasta que dijo: —¿Le invitó o simplemente le dio la información?

Fruncí el ceño, y ella apretó los labios mirándome.

—Necesitas encontrar una manera de superar esto. O bien le pides salir y averiguas de una vez si hay algo entre vosotros o bien pasas página. Esto no es sano para ti. Ella tiene todo el derecho a salir con gente. Y debería hacerlo. Ninguna mujer, ni hombre, debería quedarse sentado siendo infeliz. Eso te incluye a ti.

—He conocido a alguien —solté de golpe.

—¿En serio? —Veronica estaba más que un poco escéptica.

—En línea. Me uní a una aplicación de citas...

—¿La misma que Laura le mencionó al paciente?

Me encogí de hombros y evité su mirada.

Verónica se rio. —Eres toda una obra maestra. Me encanta tenerte como cliente porque es un ingreso garantizado para siempre. Siempre encontrarás formas de joderlo todo.—

—¿De verdad deberías hablarme así?—

Ella se rio y negó con la cabeza. —Primero, nuestras conversaciones son privadas. Segundo, ambos sabemos que si tuvieras algún amigo no te quejarías conmigo sobre Laura. Me contrataste porque perder pacientes te afectaba. Porque ver morir a alguien te lo recordaba todo.— Su voz era suave. Sus ojos llenos de una emoción en la que no quería pensar. — Te quiero, Nico, pero quiero que estés completo. Hace años, eso significaba encontrar una forma de lidiar con la pérdida una y otra vez. Ahora, significa algo distinto. Creo que te has distanciado tanto de la pérdida y de la vida que has olvidado cómo vivir realmente. Cómo conectar con otra persona.—

—Puedo conectar,— argumenté.

—¿Puedes? Porque nos conocemos desde hace mucho tiempo. Sé que tenemos una conexión. Haría cualquier cosa por ti, y sé que tú harías cualquier cosa por mí. Pero ha pasado tiempo desde que dejaste entrar a otra persona. Creo que quieres dejar entrar a Laura, pero te asusta. El amor es aterrador, pero vale la pena. Especialmente cuando es con la persona adecuada.

—Tú tienes a Jeff. Crees que todos pueden encontrar eso. No sé si estoy hecho para una relación.

Verónica sonrió. —Eres una de las personas más increíbles que he conocido en mi vida. Eres amable y cariñoso, y eres tan divertido, gentil y apasionado. Eres un ser humano maravilloso, pero no muestras ese lado a la gente. Te contienes. Ladras y los espantas. Apostaría a que últimamente le has ladrado a Laura un poco más de lo habitual.

Refunfuñé de nuevo, lo que la hizo reír otra vez.

—Vale. Hablemos de esta nueva persona que has conocido. Cuéntame sobre la aplicación de citas.

Suspiré. No estaba seguro de si se estaba burlando de mí o no, pero estábamos allí para hablar, así que iba a hablar.

—La aplicación está diseñada por alguien local, la hija de una antigua paciente, de hecho. No permite fotos, así que no hay manera de saber realmente con quién estás hablando. Hice match con tres mujeres durante el fin de semana y empecé a chatear con una de ellas. Es divertida e inteligente y fue agradable.

—Esto es bueno,— dijo Verónica. —Necesitas alguien con quien hablar además de Laura. Alguien en quien pensar. Sigue hablando con esta mujer. Pero quiero que hagas algo más.

—¿Qué?— pregunté con temor. Siempre me daba tareas que me sacaban de mi zona de confort. Me gustaba mi zona de confort.

—Habla con un amigo. No tiene que ser alguien con quien salgas, pero ten una conversación con alguien a quien podrías considerar un amigo.

Mi mente quedó en blanco. Trabajaba, leía artículos sobre investigación del cáncer y trabajaba más. No socializaba. Me mantenía al margen.

—¿No tienes ni una persona allí con quien hablar?— preguntó Verónica cuando no dije nada.

—Yo...

—Eres un adicto al trabajo. Sal a tomar una cerveza. Siéntate en un bar y entabla conversación con alguien. Oh, no. ¿Qué hay del tipo de los barcos? ¿No dijiste que os llevabais bien?

—No voy a ir a hablar con el tipo que construyó mi barco y pedirle que sea mi amigo,— dije.

Verónica negó con la cabeza. —No he dicho que tenga que ser tu amigo. Quiero que tengas gente. Llevas años viviendo allí. Sé por qué te mudaste allí, pero no has construido una vida. Has construido una consulta, pero necesitas una vida. Habla con el tipo de los barcos. O ve a un bar. Haz algo que te lleve a hablar con una persona que no trabaje para ti y no te hable a través del chat en una aplicación de citas.

Hice una mueca por lo patético que me hacía sonar. Sin embargo, no podía discutir. Tenía razón. No tenía a nadie en mi vida. Nadie con quien socializar. En absoluto. Y no lo había tenido desde que me alejé de ella. Había pasado mucho tiempo desde que tuve un amigo.

—Vale,— finalmente acepté.

Verónica sonrió y dijo: —Vale, bien. Hablaremos de nuevo en una semana, pero sabes que hablaremos antes. Te quiero.

—Yo también te quiero. Creo.

Me lanzó un beso y cortó la comunicación. Mujer inteligente. Sabía que si se quedaba conectada, intentaría convencernos a ambos de rechazar la misión.

Maldita sea.

Postergué la visita a Ian Jameson dos días más. Lo único que conseguí fue prolongar lo inevitable. Y ponerme más nervioso. Era como pedirle salir a una chica en el instituto. Sabía que iba a decir que no, pero lo hacía de todas formas. Todas y cada una de ellas dijeron que no.

Intenté convencerme de que no era lo mismo con Ian. Era un buen tipo por lo que sabía. Tenía un talento increíble, y siempre se mostraba amigable. Aun así, me sentía como un idiota yendo a su taller cuando nunca antes lo había hecho.

La gran puerta del garaje al final estaba abierta. La música resonaba desde el interior. Alguien cantaba, mezclando su voz con el sonido de una lijadora o amoladora o algo así. Las herramientas no eran lo mío.

Entré y miré alrededor. No vi a nadie, pero seguí el canto hasta que me llevó por el borde de un gran barco. Unos pies sobresalían por debajo, con los dedos moviéndose al ritmo de la música.

Esperé. Como en cirugía, no era inteligente sobresaltar a alguien cuando tenía una herramienta en las manos.

No pasó mucho tiempo antes de que Ian se deslizara desde debajo del barco y se encontrara con mi mirada. Se echó hacia atrás, obviamente sorprendido de que yo fuera su visitante. Dejó la herramienta y se puso de pie, extendiendo la mano para saludarme.

—Dr. Nico Allison. ¿Qué te trae por aquí?

Me inventé una historia, una buena. Porque presentarme en casa de un hombre con el que nunca había sido amigo era extraño. —Estaba pensando en hacer algunas mejoras a mi barco. Quería conocer tu opinión. Quizás intercambiar algunas ideas.

Ian se frotó la barbilla y asintió. —Sí, claro. Tu barco probablemente podría beneficiarse de algunas mejoras a estas alturas. ¿Tiene qué? ¿Siete años?

Asentí, sorprendido de que lo recordara.

—La cabina es pequeña, pero no creo que necesites mucho ya que es principalmente para ir y venir a Doc Rock.

—¿Doc Rock?

Ian sonrió. —Sí. ¿Nunca lo has oído?

Negué con la cabeza.

Ian se encogió de hombros. —La mayoría de la gente en el pueblo llama a tu isla Doc Rock porque vives allí y la isla básicamente es toda de rocas. Creo que también es porque estamos totalmente celosos de ti y nos encantan las rimas.

Me reí con Ian. Compré un piso cuando me mudé por primera vez a la zona, pero descubrí que no me ofrecía suficiente privacidad. Especialmente cuando empecé a tener dificultades para separar la salud de mis pacientes de mi propia vida. Vivir en las Mil Islas significaba que había muchas islas que ofrecían toda la privacidad que pudiera desear. Una salió a la venta y no dudé en comprarla. Conservé mi piso para los meses de invierno y para cuando trabajaba hasta tarde, pero iba a mi isla los fines de semana y siempre que podía. Era el único lugar donde me sentía realmente cómodo.

—En fin, el barco. ¿Qué es lo que quieres hacer?—Miró su teléfono y luego volvió a mirarme.

—¿Te estoy interrumpiendo algo?—pregunté.

Ian negó con la cabeza. —No, está bien.—Se detuvo y me examinó durante un largo momento. No estaba seguro de lo que buscaba, pero quería superar cualquier prueba que no sabía que estaba enfrentando. —En realidad, ¿qué estás haciendo ahora mismo?

—Eh, ¿nada?

—¿Por qué no vienes conmigo a tomar una cerveza y cenar algo? Voy a encontrarme con unos amigos en O'Kelley's.

—Oh, no, no he venido para entrometerme.

—No, insisto. Trabaja usted demasiado, y nunca le he visto allí. Y dado que siento que vivo allí a veces, significa que no se relaja lo suficiente. Una cerveza. Quizás una hamburguesa. Patatas fritas. Tienen una diana para dardos. Y amigos. Todos pueden ayudar a decidir qué hacer con su barco. Venga, vamos.

Me resistí a todo lo que dijo, pero escuché la voz de Veronica en mi cabeza diciéndome que mantuviera una conversación con un amigo. O que fuera a un bar a tomar una cerveza. Quizás si hacía ambas cosas, me dejaría en paz. Ya era jueves. Un día más en la ciudad y después podría desaparecer a Doc Rock y nadie me molestaría durante unos días.

Podía hacerlo. Podía sentarme y hablar con otros hombres, tomar una cerveza. Veronica estaría orgullosa.

Asentí.—Vale, vamos.

Ian sonrió. —Genial. Será divertido. Y oye, siempre hay algunas mujeres guapas allí. No estoy seguro de cuál es tu tipo, pero quizás conozcas a alguien ya que vas a salir.

Resoplé. —No es probable. Además, ya estoy...Em...

Las cejas de Ian se alzaron mientras pulsaba un botón para bajar la enorme puerta. —¿Estás viendo a alguien?

—No. Es decir, no realmente. Solo empecé a hablar con alguien el otro día.

—¿Sí? ¿Cómo es ella?

—Es divertida e inteligente. Me hizo reír.

—Genial. ¿Dónde os conocisteis?

—Ah, um, bueno...Por Internet. Murmuré la última palabra como si fuera una palabrota. Como si debiera avergonzarme.

Ian se rio. —¿En serio? Yo conocí a Blake por Internet.

—Pensaba que conocías a Blake desde siempre.

Se encogió de hombros y asintió. —Así era, pero ella no estaba interesada en mí. Nos emparejaron en Novios de Libro Se Buscan y llegamos a conocernos de una forma totalmente nueva. No creo que nos hubiéramos casado si no fuera por esa aplicación. ¿Cuál estás usando tú?

Le miré fijamente, preguntándome si me estaba tomando el pelo. —La misma.

Ian soltó una risita. —Ten cuidado. Creo que Karissa tiene poderes mágicos. Casi todos los chicos que conocemos han encontrado a alguien en esa aplicación. Esta con la que estás hablando podría acabar siendo tu futura señora Doc.

—¿Te das cuenta de que tengo apellido, verdad?

Ian se rio y abrió la puerta de O'Kelley's. —Lo sé, pero es bastante divertido verte retorcerte un poco.

Alcé una ceja y negué con la cabeza. No pude evitar reírme. Quizás Veronica tenía razón sobre hablar con un amigo. Si no otra cosa, podría decirle que lo había intentado.

5

*S*inceramente, no recordaba la última vez que había puesto un pie en un bar. Normalmente prefiero tomarme las copas en mi terraza con vistas al agua, rodeado de silencio. No entre borrachos gritando y teniendo que dar propina al camarero.

Pero lo estaba intentando.

Ian me guio hasta la barra y se sentó. Me indicó con la cabeza el taburete que tenía al lado cuando dudé.

—Chicos, este es el Doctor Allison. Trató a la señora Georgia, por si no le habéis conocido —dijo Ian con una sonrisa tan amplia que parecía haberse tragado un canario. Listillo.

—Podéis llamarme Nico —les dije a los demás. —Ian cree que está siendo gracioso.

—Siempre cree eso. Rara vez es cierto —dijo Ramsey Holland.

—Pero eso sí es cierto —añadió Hudson Grant con un gesto hacia Ramsey. —¿Qué te sirvo de beber?

—Solo una cerveza, gracias.

Hudson me miró durante un largo momento y preguntó:
—¿Estás seguro? No pareces un hombre de cerveza.

Alcé las cejas. ¿No era él el camarero? ¿No era su trabajo servir bebidas a los clientes? ¿Cómo ganaba dinero si se pasaba el tiempo discutiendo con ellos?

—Hudson se considera un psicólogo aficionado. Y cree que sabe lo que bebe la gente, sin que se lo digan —explicó Ian por el silencioso hombre al otro lado de la barra.

Miré a Hudson. No le conocía realmente. Le había visto por el pueblo, igual que a Ramsey y a los demás. Vivir en un pueblo tan pequeño como Cala MacKellar hacía fácil saber quién era quién, pero no éramos amigos. Tampoco era amigo de Ian, aunque había mantenido algunas conversaciones con él. ¿Los demás? Nunca. Entonces, ¿por qué Hudson creía saber lo que yo bebería?

—Vale, ¿cuál crees que es mi bebida? —le pregunté, manteniendo la mirada evaluadora de Hudson. Intenté no sonreír con suficiencia.

Hudson se echó hacia atrás y me examinó. Se fijó en mi caro traje, en lo recto que me sentaba en el taburete y en la mirada confiada que le dirigía. Esperé. No iba a darle ninguna pista. También estaba bastante seguro de que nunca sería capaz de adivinar mi bebida preferida.

—Bebes cerveza, whisky o quizás ron con Coca-Cola porque crees que es lo que la gente espera de ti, pero en realidad, preferirías algo más dulce. Batido. Margarita de melocotón —Hudson se reclinó y esperó a que dijera algo.

No estaba seguro de poder hacerlo. ¿Cómo demonios lo sabía?

—Tengo razón, ¿verdad?
—Um... ¿cómo demonios has llegado a esa conclusión?

Hudson se encogió de hombros. —Es un don. ¿Quieres uno o vas a tragar a la fuerza una cerveza porque es lo que están bebiendo los demás?

Me reí y negué con la cabeza. —Bueno, ya que se lo has contado a todo el mundo, supongo que bien podría tomarme uno.

Hudson asintió. —¿Alguien más?

—Yo lo probaré —dijo Colin Jones. —A Elise le gustan los melocotones.

—El mío de fresa —dijo Ramsey.

—Sí, el mío también —convino Ian.

—Yo me quedo con la cerveza —dijo James Rucker.

—Melocotón —dijo Gavin Holbrook.

—Qué demonios. Probaré el de fresa —dijo Rowan Masterson.

—¿Seguro que no quieres uno? —le preguntó Hudson a James.

—No. Las cosas dulces me dan dolor de cabeza.

Miré al grupo y me reí. Esperaba burlas, no aceptación.

—¿Qué está pasando? —preguntó Sebastian Parks mientras tomaba asiento junto a Ramsey. —¿Puedo pedir una cerveza?

—¿Conoces a Nico? —preguntó Ramsey con un gesto hacia mí. —Esta noche todos estamos bebiendo margaritas. De melocotón o fresa.

Sebastian negó con la cabeza. —Cerveza para mí. Es barata. No necesito acostumbrarme a algo caro.

—Invito yo —le dije. Miré a Hudson. —Todo corre por mi cuenta esta noche.

Hudson asintió. Los otros chicos se rieron y me dieron las gracias. Ian no lo hizo.

—No tienes que hacer eso —dijo Ian en voz lo suficientemente baja para que los demás no pudieran oírlo.

Me encogí de hombros. —No es gran cosa.

—Puede que no lo sea, pero no es por eso que te invité a salir con nosotros.

Mantuve su mirada. No éramos amigos, pero yo era un

buen juez de carácter. No buscaba aprovecharse de mí. —Lo sé.

—Eso espero.

Asentí y volví a mirar a Hudson mientras preparaba las bebidas.

—Nico está pensando en hacer algunas mejoras a su barco. Ya es precioso, si me permites decirlo, pero han pasado algunos años. ¿Alguna sugerencia? —preguntó Ian a los demás.

—Una barra —dijo Gavin.

—¿No puedes ir y venir a una isla sin una copa? —le preguntó James. —Menos mal que vives en la costa.

—¿Vives en una isla? —me preguntó Gavin.

Asentí, pero los otros chicos respondieron por mí.

—Doc Rock.

—¿En serio? —dijo Gavin.

Me reí y asentí. —Aunque yo no la llamo así. Ian me dijo ese nombre hoy.

—Eso es genial. ¿Qué haces en invierno? —preguntó Gavin.

—Tengo un piso donde me quedo. A veces todavía puedo ir y venir, pero cuando empieza a hacer frío, ni me molesto en intentarlo. El viaje es doloroso.

—Y que lo digas —dijo Sebastian. —Odio los viajes al faro en invierno, pero no tengo elección.

Era un imbécil. Me estaba quejando de tener que conducir un barco hasta mi isla privada en invierno, y los hombres con los que hablaba eran personas normales con trabajos que necesitaban para sobrevivir.

—No te sientas mal —dijo Ian en voz baja. —Todos tenemos dificultades diferentes.

Asentí, sin estar seguro de cómo debía sentirme menos imbécil después de quejarme de las ventajas de mi vida. Quizás ir a un bar no era tan buena idea.

—Nico está en la aplicación de Karissa —dijo Ian, alejando mi mente de mi vida privilegiada.

—No es gran cosa —les dije mientras Hudson colocaba mi bebida frente a mí. Le agradecí con un gesto.

—Buena suerte —dijo Ramsey. —Estaba casi divorciado y conocí a mi mujer en la aplicación. Lo mejor que nos ha pasado.

—Trinity y yo nos conocimos ahí.

—Todos lo hicimos. Los conocimos en la vida real, pero la aplicación nos dio ese empujón que necesitábamos para cambiar las cosas. ¿Con quién te han emparejado a ti? —preguntó Colin.

—Se llama Sin arrepentimientos. Es fácil hablar con ella —le dije.

Colin negó con la cabeza. —A mí nunca me emparejaron con ella. No puedo darte ninguna información. Miró alrededor y los demás también negaron con la cabeza. —¿Tienes alguna idea de quién es?

Negué con la cabeza y me pregunté sobre ella. Su confesión de haber trabajado como operadora de sexo telefónico me causaba curiosidad, pero no conocía a nadie que hubiera hecho eso. Estos chicos quizás sí, pero realmente no quería compartir esa parte de ella con ellos. Se sentía demasiado personal. Como un secreto entre nosotros.

—Con el tiempo, la conocerás. Si sigue funcionando. Muchas de las mujeres quedan con sus citas aquí. Es un lugar seguro para ellas —dijo Ian con un gesto hacia la esquina del bar.

Me giré para ver hacia dónde señalaba y encontré a Laura sentada en una mesa con otras dos mujeres. Tenía la cabeza echada hacia atrás, riendo, con sus rizos rubios alborotados enmarcando su rostro. Sus ojos marrones brillaban de diversión por lo que la otra mujer había dicho. Levantó su copa y bebió, sin apartar la mirada de la mujer con la que estaba hablando.

No la veía relajada muy a menudo. En el trabajo estaba siempre formal y rígida. No se reía, no así, y llevaba el pelo recogido. Me entraron ganas de acercarme y pasarle los dedos por el pelo. De mirarla a los ojos. De…

—Nico, tierra llamando. ¿Quieres algo de comer? —dijo Hudson.

Me volví bruscamente hacia la barra y me aclaré la garganta. Ignoré las sonrisas y miradas a mi alrededor y me centré en Hudson. —Sí, ¿una hamburguesa?

—Tenemos de esas. ¿Qué quieres ponerle? —preguntó Hudson.

—Beicon, cheddar y kétchup.

—¿Patatas fritas, tater tots o aros de cebolla?

—Patatas fritas. Gracias.

Hudson asintió, y su sonrisa indicaba que entendía que mi agradecimiento iba más allá del simple pedido.

Bebí mi margarita e intenté fingir que no había pasado nada, aunque sabía que los hombres a mi alrededor estaban intercambiando miradas discretas y probablemente hablarían de mí cuando me fuera.

Mientras bebía, sentí el peso de la noche sobre mí. No debería haber salido con ellos. Debería haberle llamado a Ian en vez de ir a su tienda. Eso habría supuesto tener una conversación igualmente, pero no me habría dejado arrastrar a un bar donde quedaba expuesto.

Sufrí burlas durante toda mi infancia. Nunca encajé en ninguna parte. Aprendí a ser yo mismo, a dejar de intentar encajar y a destacar si era necesario. Me mantuve apartado porque los demás nunca me entendieron. Nunca quisieron hacerlo. Pensé que Ian era diferente, pero quizás me equivocaba. Tal vez me invitó solo porque estaba allí y era un blanco fácil.

Me moví en mi asiento e hice un gesto para sacar mi cartera.

—No lo hagas —me advirtió Ian. —Por favor, quédate.

Lo miré enfadado porque me hubiera elegido como su entretenimiento para la noche y frustrado porque supiera que estaba preparándome para irme. —¿Por qué?

—Porque no nos estamos riendo de ti por las razones que crees. Todos reconocemos esa mirada en tus ojos. Hemos estado ahí.

—No sé de qué estás hablando. —Me bajé las mangas y me enderecé.

Ian soltó una risa. —Yo dije lo mismo sobre mi mujer. Fingí que no estaba enamorado de ella durante años. Sabía que no era lo suficientemente bueno para ella, así que convencí a todos a mi alrededor y a mí mismo de que no la amaba. Era más fácil que arriesgarme y acabar solo porque tuviera razón y ella no quisiera estar conmigo.

—Pero estáis casados.

—Sí, ahora. No fue fácil llegar hasta aquí. Vi la misma mirada que acabas de tener en mi espejo durante mucho tiempo. ¿Por qué no la invitas a salir simplemente?

Resoplé. —No. Trabaja para mí. Y piensa que soy un capullo.

—Entonces demuéstrale que no lo eres.

—No es tan fácil.

—¿Por qué no? —preguntó Colin.

Me giré y me di cuenta de que todos estaban escuchando.

—Nada de esto es fácil. Las relaciones son un asco. Pero despertarte por la mañana junto a la mujer que amas es mejor que cualquier otra cosa en el mundo —dijo Gavin.

—¿Estoy aquí para vuestra diversión? —Las palabras salieron de mi boca antes de que pudiera detenerlas.

Todos negaron con la cabeza.

—No sabía que vendrías hasta que ya estabas aquí —dijo

James. —Pero no haríamos algo así. Todos adorábamos a la señorita Georgia, y ella te quería. Aunque no fueses un médico respetado que trabaja para salvar vidas, no nos sentaríamos aquí a burlarnos de ti solo por la señorita Georgia.

—Eso no significa que no vayamos a molestarte un poco —dijo Ian. —Es lo que hacen los amigos.

Miré a los hombres y vi la misma expresión sincera en todos sus rostros. Había aprendido a leer a las personas con el tiempo. Tenía que hacerlo en mi profesión. Necesitaba saber si mis pacientes me decían la verdad sobre su dolor o sus hábitos. Conocía los signos de alguien que miente. No veía ninguno de ellos en las caras de los hombres que me rodeaban.

—Si te hace sentir mejor, Masterson puede pagar la cena y las copas esta noche para demostrar que no nos estamos aprovechando de ti —dijo James.

—¡Eh! ¿Qué demonios? —gritó Rowan.

James se encogió de hombros. —Eres el nuevo.

—Llevo aquí más tiempo que Gavin —argumentó Rowan.

—No importa. Tengo más rango que tú —dijo James.

—Muy bien, caballeros. Dejemos esta competición de mear más lejos —dijo Hudson.

Rowan miró con el ceño fruncido a James, quien le devolvió una sonrisa. Ramsey negó con la cabeza ante sus payasadas, sin sorprenderse. Después de un minuto, simplemente me reí y me acomodé de nuevo en mi asiento.

—No habría hecho eso —enfatizó Ian. —Simplemente parecía que una noche fuera podría ser un buen cambio.

Encontré su mirada y asentí. —Gracias. Es justo lo que el médico recetó.

Ian sonrió. No tenía por qué saber que lo decía literalmente.

EL RESTO de la velada transcurrió sin incidentes. Me obligué a no observar a Laura durante toda la noche y charlé con los hombres. Cuando todos nos marchamos, me invitaron a volver la semana siguiente para reunirme con ellos de nuevo.

—Masterson va a pagar —dijo James con un gesto hacia el otro hombre.

—No podré venir la próxima semana —dijo Rowan sin perder el ritmo.

—Hudson puede anotarlo en tu cuenta. Puedes saldarlo cuando vuelvas —dijo James.

Rowan le hizo un corte de mangas.

—¿Estás haciendo gestos obscenos a un agente de la ley? —preguntó James, encarándose a Rowan.

Rowan soltó una carcajada. —¿Preferirías que use mis palabras?

James se rio y dio un paso atrás. —Nos vemos mañana. James se alejó con un gesto de despedida, y los demás se dispersaron con él. Excepto Ian.

—Escucha, siento que hayas sentido que nos reíamos de ti. No era mi intención. Todos hemos pasado por eso. Queremos ayudar.

Asentí. —Gracias, pero no hay nada que hacer.

—Creo que podrías estar equivocado, pero no me meteré en tu vida personal. Sé que las personas tienen que estar preparadas para dar ese salto.

—¿Qué salto?

—De donde sea que empiecen a algo más. Aunque te diré una cosa. Si te gusta tanto como parece, no te quedes de brazos cruzados dejando que encuentre a otro. Yo hice eso con Blake y perdimos años, los dos. Casi se casa con otro hombre.

—No estoy... Tengo tendencia a cabrearla. Apenas me ha dirigido la palabra en una semana.

—¿Te has disculpado?

—Lo intenté.

—Puede que esté menos enfadada después de una semana. Si no, tienes que hacerle ver que lo que hiciste para que se enojara tanto ya no es importante. Que lo has superado.

—¿Y si no lo he superado?

Ian arqueó una ceja. —¿Qué pasó?

—Estaba coqueteando con un paciente.

Ian se encogió de hombros. —Así es como Laura habla con todo el mundo. Coquetea conmigo, pero no significa nada. Sabe que estoy casado.

—No me gusta —escupí.

Los labios de Ian se curvaron en las comisuras. Negó con la cabeza. —Lo siento, pero si te gusta, tienes que aceptarla como es. Si coquetea cuando habla, vas a tener que superarlo. No puedo imaginar quién sería Laura si no fuera amable, parlanchina y coqueta. Sería una persona diferente. Y entonces no sería Laura.

—Yo... Pensé en la mujer que conocía. La mujer inteligente, amable y habladora que contraté al principio. Me encantaba que fuera amable y compasiva, pero me sentía atraído por ella como persona por las mismas razones. E Ian tenía razón. Estaba tan obsesionado con que no coqueteara con los pacientes que perdí de vista el hecho de que ella había cambiado en la consulta durante las últimas semanas. Ya no era la misma mujer. Y yo había provocado ese cambio.

—Tengo que irme —solté de repente. —Gracias por invitarme esta noche. Lo he disfrutado. Gracias.

Ian asintió y me dejó marchar. Sus palabras resonaban en mi cabeza mientras caminaba la corta distancia hasta mi vehículo. Fui a mi apartamento, ya que tenía que volver a la clínica en muy pocas horas. Era hora de hacer algunos cambios en el trabajo. Y el primero estaba programado para empezar a primera hora.

—No sabía que esto estaba aquí —dijo Eddie mientras caminaba alrededor.

Apenas le había visto en los casi dos años y medio desde que perdimos a la Sra. Georgia. Eddie era su mundo al final. Eddie y su hija. Los dos estaban presentes en cada cita con ella, en cada tratamiento, en todo. Estaban ahí para ella. Todos intentamos salvarla.

—Fue parte de la razón por la que compré el edificio. Quería la opción de expandirme eventualmente. Lo alquilé durante un tiempo, pero dejé de hacerlo hace unos años cuando se volvió más de lo que podía manejar —le expliqué.

—Bueno, parece un lugar precioso. A Georgia le habría encantado estar aquí arriba.

—Buenos días —dijo otra voz desde el ascensor.

Me giré y saludé a Peter. Eddie me lo había recomendado como alguien que podría hacer un trabajo como el que tenía en mente. Por su tamaño, parecía que probablemente podría hacerlo sin ningún equipo.

—Peter. Gracias por venir —dijo Eddie, acercándose al otro hombre. Intercambiaron un abrazo que indicaba que eran cercanos. Eddie le dio una palmada en la espalda y le guio hacia mí.

—Este es Nico. Era el médico de Georgia. Y va a ayudar a más personas expandiendo este hermoso lugar que tiene —explicó Eddie.

—Encantado de conocerle —le dije a Peter. Extendí mi mano para estrechar la suya.

—Igualmente. La Sra. Georgia y Eddie siempre han hablado muy bien de usted. Este es un gran lugar —Peter miró alrededor, observándolo todo.

—Gracias. Definitivamente necesita mucho trabajo para

hacerlo funcional, pero quiero que se haga bien. Parece que usted es el hombre adecuado para ese trabajo.

Peter asintió. —Puedo hacerlo. Solo necesito saber su plazo y presupuesto. Una vez que tenga eso, podemos empezar a hablar sobre los planes. Le haré varias opciones de distribución diferentes. Supongo que el personal de abajo va a formar parte de esto. Siempre recomiendo traer al menos a una persona que vaya a trabajar en el espacio. Podrían tener sugerencias en las que usted no haya pensado.

—¿Dr. Allison? —dijo Laura desde la dirección del ascensor.

Ni siquiera había oído el ascensor, pero cuando levanté la mirada, ella estaba allí con una expresión confusa en el rostro.

—¿Qué está pasando?

—Parece que ya tenemos a nuestra voluntaria —dijo Peter.

6

LAURA

—¿*E*ddie? ¿Estás bien? —pregunté. Me temblaba la voz. Me temblaban las manos. Me temblaba todo el cuerpo. Eddie no podía estar enfermo. Simplemente no podía. Ya habíamos perdido a la Sra. Georgia. No podíamos perder a Eddie también.

—No, cariño. No estoy enfermo. Solo estoy aquí con Peter —dijo Eddie con una sonrisa. Extendió sus manos y las tomé, devolviéndole la sonrisa mientras asimilaba sus palabras.

—¿Peter? ¿Qué está pasando? ¿Por qué estáis aquí arriba en vez de en la clínica? Te tomaré como mi paciente. Déjame ayudarte —insistió Laura.

—Yo tampoco estoy enfermo —dijo Peter. Se rio.

Me daba vueltas la cabeza. Veía pacientes enfermos todos los días. Pacientes moribundos. Pacientes que estaban perdiendo las ganas de luchar. Pacientes que no durarían mucho más. Pero mantenía las distancias con ellos mientras hacía todo lo posible por salvarlos. Eran pacientes, y siempre habría más. Pero estos dos hombres, hombres que conocía y quería y que necesitaba ver sanos, no podía soportarlo.

—Ven aquí, cariño —dijo Eddie. —Estamos bien.

Me acerqué a sus brazos y dejé que su presencia tranquilizadora me calmara. Me frotó la espalda mientras intentaba controlar mi respiración para poder apartarme y mirar a los tres hombres a mi alrededor sin temblar.

—Peter va a ayudar al Dr. Allison con sus planes de ampliación —dijo Eddie.

Me aparté. Entrecerré los ojos y pregunté: —¿Planes de ampliación?

El Dr. Allison carraspeó. —Sí, yo, em, aún no se lo he contado a nadie.

Eddie lo miró con pesar. —Lo siento, Dr. Allison. Supuse...

—No pasa nada, Eddie. Todos lo sabrán muy pronto. —El Dr. Allison respiró hondo y me miró. —Voy a ampliar. Toda esta planta será para infusiones. Quiero tener espacio para más pacientes para poder ayudar a más personas. Peter y Eddie están aquí arriba para ayudarme a empezar.

—Vaya —suspiré. No tenía ni idea de que tuviera planes de ampliación. O del espacio disponible para ello. Suponía que la planta superior estaba vacía, pero no me había dado cuenta de que era un lienzo en blanco. Ni de que iba a hacer algo con ella. —Será increíble.

El Dr. Allison asintió. —Eso espero. ¿Necesitaba algo?

Miré alrededor e imaginé el espacio. Podríamos tratar al menos tres veces más pacientes con tanto espacio. Y podríamos ayudar a pacientes que necesitaran un tipo de tratamiento diferente, pacientes que necesitaran una punción lumbar. Yo-

—¿Enfermera Kempis? —La voz del Dr. Allison atravesó mi mente y recordé por qué estaba allí.

—Sí, necesito hablar con usted sobre un paciente.

El Dr. Allison asintió hacia Eddie y Peter. —Disculpadme, caballeros.

—Ya hemos terminado, en realidad —dijo Peter. —Puedo preparar esos presupuestos y tenerlos listos para que los reviséis ambos al final del día.

—¿Ambos? No. Esta no es mi clínica —le dije, preguntándome por qué pensaba que yo tenía voz en algo.

—Sí, pero le dijimos al Dr. Allison que sería inteligente traer a alguien que trabajara en esta área, una de vosotras las enfermeras tiene más sentido, para ayudar a revisar las cosas y asegurarse de que todo esté como os gustaría. Como eres la única que lo sabe, ahora, eres la mejor opción —explicó Peter.

Negué con la cabeza. —No. Estoy segura de que otra persona sería más adecuada.

Peter se encogió de hombros. —Bueno, supongo que es decisión vuestra. Nos vamos. Te enviaré esos planos, Doc. —Peter le estrechó la mano al Dr. Allison, y luego le dio una palmada en la espalda a Eddie. —Creo que te debo un desayuno.

Eddie sonrió. —Siempre estoy dispuesto a un desayuno gratis. Me alegro de veros a los dos. —Me abrazó y le estrechó la mano al Dr. Allison, y luego se marcharon.

No podía moverme. Quería preguntarle sobre todo el asunto, pero no habíamos estado en los mejores términos. No habíamos estado a solas en semanas sin que él me gritara que dejara de coquetear con los pacientes. Estar ahí de pie me resultaba incómodo, pero seguía sin poder moverme.

—Agradecería su ayuda, si está dispuesta. Sé que no le he dado ninguna razón para querer ayudarme, pero esto es por los pacientes.

Era bueno. Muy bueno. Estaba lista para decir que no. Para mandarlo al infierno. Para marcharme si fuera necesario. Entonces dijo que era por los pacientes.

—Vale —suspiré.

—¿Podría reunirse conmigo aquí esta tarde para revisar los planos? —preguntó.

Preguntó. Realmente me lo preguntó. No me estaba dando órdenes. Me lo preguntó.

Le miré y le encontré mirando por la ventana. Parecía... herido. Quizás asustado. Como si estuviera pasando algo más.

—Sí —susurré.

Su mirada se clavó en la mía. Se acercó a mí. Hizo una pausa, pero el aire entre nosotros chispeaba con algo que nunca había sentido de él antes. Tomé aire, dando a mis pulmones el oxígeno que tanto necesitaban, y el hechizo se rompió.

Dio un paso atrás y se aclaró la garganta. —¿Dijo que necesitaba hablar conmigo sobre un paciente?

Me aclaré la garganta. —Sí. Eh, Marie Kaufman está hoy para una cita de infusión. Se queja de estar agotada y extremadamente cansada. Su puerto tiene buen aspecto, y sus análisis están al límite pero son aceptables. Me gustaría administrarle líquidos hoy con su infusión y programarla para que vuelva a principios de la próxima semana para más líquidos y análisis. Creo que debemos vigilarla de cerca.

El Dr. Allison asintió. —Estoy de acuerdo con ese plan. Coincido en que debemos vigilarla. Por eso le di mi número. No parece tener mucho apoyo.

Negué con la cabeza. —No lo tiene. Sus padres están a unas horas de distancia y ambos trabajan a tiempo completo. Tiene amigos, pero todos están trabajando. Vive sola y hasta ahora ha acudido sola a sus citas.

El Dr. Allison soltó un suspiro y asintió lentamente. —Vigílela estrechamente. Dígale que me llame a mí o a la consulta en cualquier momento si tiene algún problema. Gracias.

Asentí y me giré para marcharme. Me detuve en el ascensor, mirando hacia atrás antes de entrar. —Este lugar va a ser increíble. Va a ayudar a mucha gente.

Apretó los labios en una sonrisa que me llegó hasta dentro y me agarró el corazón. —Gracias.

Pulsé el botón para bajar y mantuve su mirada hasta que las puertas se cerraron entre nosotros. Cuando el ascensor comenzó a moverse, solté un profundo suspiro y me apoyé contra la pared metálica. —¿Qué diablos ha sido eso?

MARIE ESTABA DESCANSANDO mientras yo me sentía como una pelota de ping-pong en un suelo de hormigón. No sabía qué hacer con el Dr. Allison. Hubo un momento. Un momento lleno de algo que no debería estar ahí. Un momento en que me miró como si me deseara... a mí.

Tenía que estar loca. Todo estaba en mi cabeza. Había trabajado para él durante años y nunca me había mirado así. Fue solo... no sabía qué era, pero estaba equivocada.

Mientras Marie descansaba, revisé los expedientes de los pacientes para prepararme para el resto del día. Ver a Eddie y Peter me descolocó casi tanto como mi momento imaginario con el Dr. Allison. Cada uno de mis pacientes era importante para alguien. Todos eran especiales. Todos merecían lo mejor. Trabajar con Peyton en su clínica de fertilidad me enseñó a dar ese paso extra para asegurar que cada paciente supiera que importaba, pero las últimas semanas con el Dr. Allison...

Algo le estaba pasando. Quería averiguarlo y ayudar, pero no era mi lugar. Era mi jefe, y su vida personal no era asunto mío.

Comprobé el estado de Marie y fui a buscar a mi siguiente paciente. Todas las sillas estaban ocupadas una vez que él se sentó y mi mente vagó hacia la segunda planta.

Hacíamos todo lo posible para atender al mayor número de pacientes posible, pero siempre había más. Cada enfermera de infusión tenía dos o tres pacientes a la vez, escalonados para poder seguir con su cuidado. Supuse que podríamos doblar nuestra capacidad con la segunda planta. Pero significaría contratar a otro oncólogo y más personal para hacer escáneres y análisis de sangre. El Dr. Allison probablemente necesitaría contratar más enfermeras también. Y más personal de oficina. Y-

—¿Estás bien? —preguntó Gregory.

Le miré y sonreí. —Perdona. Mi mente está acelerada.

Se encogió de hombros. —A mí también me pasa, especialmente últimamente. No sé cómo soportas estar rodeada de personas enfermas todo el tiempo.

Sonreí y le di unas palmaditas en el brazo. Él era una de las historias de éxito. Estaba casi al final de su tratamiento. Le iba tan bien que el Dr. Allison consideró terminar su tratamiento antes. Consultó con otro oncólogo que dijo que no, pero coincidió en que Gregory era un caso de manual.

—Me da esperanza —le dije. —Una vez una paciente me dijo que tener cáncer era como ganar la lotería pero sin el cheque grande. Decía que la gente sale de la nada para decirte lo mucho que significas para ellos. Veo eso todos los días. Este trabajo no siempre es fácil, pero me muestra el lado bueno de las personas la mayoría del tiempo.

—Me imagino que también ves algo malo —dijo Gregory.

Asentí, pensando en Damien. —Definitivamente hay algo de eso.

Gregory arrugó la nariz. —Eso es lo que me cuesta entender. No es como si esto—levantó el brazo—me convirtiera en una mala persona. No lo pedí. No se lo desearía ni a mi peor enemigo. ¿Por qué juzgar a alguien por ello?

—Creo que es una vía de escape, dijo Marie. —Una

manera de que la gente abandone lo que de todas formas querían dejar.

—Podría ser, dijo Gregory. —¿De qué escaparías tú si pudieras? Aparte de lo obvio.

Marie sonrió levemente. —No lo sé. Me encanta mi trabajo y tengo grandes amigos y familia. Estoy soltera, así que quizás de eso, pero ¿quién querría estar con una mujer radiactiva?

Gregory se rio entre dientes. —Sé a qué te refieres. Siempre le digo a mi marido que voy a ir al aeropuerto solo para ver si activo algún sensor. Se enfada conmigo.

Marie se rio. —Eso es hilarante. Creo que necesitamos encontrar el humor en todo esto. Ya es bastante difícil.

Gregory asintió. —Por cierto, soy Gregory.

—Marie.

—Encantado. ¿Tenemos la misma condena? ¿Todos los viernes?

Marie asintió. —Eso parece. Marie se acomodó en su silla para mirarlo mejor. —Habría sido mucho más agradable conocerte en cualquier otro lugar, sin embargo. Me miró. — Sin ánimo de ofender.

Sonreí. —Créeme, no me ofende. Con gusto me quedaría sin trabajo si eso significara no tener que conocer a nadie así.

—Justo le estaba diciendo a Laura que no sé cómo hace esto, dijo Gregory. —Creo que debe ser difícil desear que tu trabajo no existiera.

Me encogí de hombros. —Es más bien desear que el cáncer no existiera. Seguiría teniendo trabajo como enfermera haciendo algo. Venir a trabajar aquí fue una extensión de eso. Un nuevo reto, en cierto modo.

—¿Qué hacías antes de esto? preguntó Marie.

—Trabajaba en una clínica de fertilidad.

—¿En serio? ¿Pasaste de crear vida a acompañar su final?

¿Con la misma cantidad de desgarros emocionales? ¿Eres masoquista? preguntó Gregory.

Me reí con ellos. —Nunca lo había visto de esa manera, pero quizás lo sea. Supongo que me gusta estar ahí para las personas cuando están pasando por los peores momentos posibles. No es fácil sentarse en esas sillas. No fue fácil para aquellas parejas sentarse en sus sillas. Pero en ambos trabajos, quería ayudar.

—Creo que no tengo ese gen. El que dice que debo devolver algo a la sociedad. Voy al trabajo, hago lo mío y paso tiempo con mis amigos. No hago voluntariado ni dono dinero ni hago nada para ayudar a otros. No soy muy buena persona, dijo Marie.

—¿Sonríes a los desconocidos? ¿O tratas con respeto a los camareros cuando sales? ¿Estás ahí para tus amigos? le preguntó Gregory.

Marie asintió.

—Entonces eres buena persona. No tienes que regalar todo lo que tienes para ser una buena persona. Decir hola a un desconocido puede tener un gran impacto. Lo ha tenido en mí. Odio estar sentado aquí. Me gusta moverme. Si pudiera pasear por esta habitación, lo haría, pero hablar contigo, porque tuviste la voluntad de decirme algo, me ha hecho sentir mucho menos inquieto.

Marie le sonrió como si le hubiera dado algo que le faltaba. Ver eso me recordó por qué hacía lo que hacía. Para que personas como Gregory y Marie pudieran vivir sus vidas. Para que no tuvieran que estar atados a estas sillas para siempre.

—Cuéntame algo jugoso, dijo Gregory. —¿Qué es lo primero que vas a hacer cuando termines con esto?

—Tomarme una copa, dijo Marie con una risita.

Gregory se rio entre dientes. —Me iré de vacaciones. Siempre he querido ver Italia, y esto me ha recordado que la vida es demasiado corta para dejarlo para mañana. Tenemos que cogerla por los cuernos y vivirla.

Marie sonrió ampliamente, la sonrisa más brillante y genuina que le había visto hasta ahora. —Estoy tan feliz de haberte conocido hoy.

—Yo también.

MARIE Y GREGORY hablaron durante el resto de sus tratamientos. Me hizo pensar en Damien. Necesitaba a alguien con quien hablar. Otro paciente que pudiera sacarlo de su depresión y hacerle ver que estaba mejor sin Beth en su vida.

Mis amigos intentaban que viera lo mismo sobre el Dr. Allison. Odiaba empezar a estar de acuerdo con ellos. Cuando empecé a salir con chicos, lo hice principalmente para ganar un poco de confianza. No esperaba que ninguna de esas citas se convirtiera en algo más serio. Pero esperaba empezar a ver a otros hombres como posibilidades.

El Dr. Allison...Nico...era un hombre increíble, pero no era mío. Y era hora de abandonar la fantasía de que algún día pudiera serlo. Había pasado suficiente tiempo.

Tenía una cita programada para esa noche, y le iba a dar una oportunidad real. Podría no funcionar, pero no me había abierto con los demás. Los mantuve a distancia. Nunca funcionó porque no quería que funcionara.

Era hora de cambiar eso.

Terminé mi trabajo del día y fui a la sala de descanso. Me despedí de todos y revisé mi móvil. Tenía un mensaje de Nico pidiéndome que me reuniera con él en la segunda planta para revisar algunas de las opciones de Peter. Cogí mis cosas y me dirigí allí. Era el momento de abandonar mi fantasía.

O quizás no.

Joder. Qué. Fuerte.

Nico estaba de pie frente a la ventana cuando se abrieron las puertas del ascensor. El sol del atardecer brillaba a través del cristal, resaltando su figura y asegurando que mis ojos no se desviaran de su silueta. Su traje oscuro le quedaba perfectamente, cayendo sobre sus hombros como si realmente hubiera sido hecho a medida para él. Su pelo oscuro brillaba bajo la luz del sol y su barba resplandecía. Contemplaba el agua a través de las ventanas, o bien sin percatarse de mi presencia o sin mostrar interés.

Tomé aire y me dije a mí misma que no importaba. No íbamos a estar juntos. Éramos Romeo y Julieta si sus padres se hubieran salido con la suya. Una oportunidad perdida.

—¿Dr. Allison? —dije en voz baja para no sobresaltarle.

—Esta vista es increíble. A veces no puedo creer lo hermosa que es —Se dio la vuelta y me miró. Juraría que sus ojos se oscurecieron. Tragó saliva con dificultad. Mantuvo mi mirada durante un largo momento y luego señaló la mesa en el extremo más alejado.

Le seguí y dejé mis cosas en una silla. Se quedó lo suficientemente cerca de mí como para que pudiera sentir el calor de su cuerpo. ¿Estaba haciendo calor?

—Quiero aprovechar la vista —dijo Nico. —Para darles algo bueno a los pacientes cuando estén aquí. Al menos algo tranquilizador. Quiero que olviden durante unos minutos que sus vidas están en pausa hasta que descubramos si van a vivir o no. Se merecen eso.

La convicción en su voz indicaba que había más en todo esto de lo que yo sabía. Le importaba, pero eso no era una sorpresa. Era dedicado. Comprometido. Era algo personal.

—Como el edificio es ancho y no profundo, estaba pensando en poner algunas habitaciones en la parte trasera. Un modo de acceder a las columnas o dar privacidad a los pacientes que necesiten tumbarse. Eso es lo que contempla este primer plano. Sillas en la parte delantera con separadores para los pacientes que lo deseen. Espacio en el centro para las enfermeras. Almacenamiento, escritorios, lo que sea. ¿Qué te parece?

Miré los planos y me encogí de hombros. Se veía bien. No era elegante, pero no necesitaba serlo. Era tranquilo y accesible. Eso era lo más importante.

—Creo que está bien. Me cuesta imaginarlo. Nunca he leído planos antes, pero creo que entiendo la idea.

Nico me miró y luego bajó la vista hacia los papeles frente a nosotros. Sonrió y se movió hacia el centro de la habitación, levantando los brazos. —Esto sería para ti, Laura. Tu espacio. Como tú quieras. —Caminó hacia las ventanas. —Y aquí estarían las sillas. Necesitamos decidir cómo queremos colocarlas, pero podríamos tener semicírculos o líneas rectas. Lo que pienses que sea más cómodo para los pacientes. Quizás una zona de aperitivos aquí, ya que es una pared vacía. Café, agua, opciones de refrigerios saludables dentro y fuera de la nevera. Cosas que sabemos que ayudan. —Caminó hacia la parte trasera. —Y aquí están las habitaciones. La máxima privacidad. Equipamiento adicional. Para que sea cómodo para los pacientes que lo necesiten.

Me reí y negué con la cabeza. —¿Realmente has pensado en todo, verdad?

Me miró fijamente durante un largo momento y dijo: —Ni de lejos. Te necesito, Laura.

7

NICO

Contuvo la respiración ante mis palabras. Quería cruzar la habitación hacia ella, tomarla en mis brazos y besarla. Pero era mi empleada. Trabajaba para mí. Si eso no estaba mal, no sabía qué lo estaba.

Cuando se rio, casi perdí el control. No se estaba riendo de mí. Estaba entretenida. Nunca había visto este lado de mí. Lo mantenía reprimido en el trabajo. Quería ser profesional. Era el jefe. No podía reírme y bromear. Necesitaba que todos supieran que yo estaba al mando.

Era una mentira. Ella estaba al mando. Si ella decía que había que hacer algo, yo lo haría realidad. Era sutil al respecto, pero siempre hacía lo que ella decía. Mis planes para seguir adelante con la ampliación eran por ella. Hace un mes mencionó que un paciente necesitaba usar una sala de exploración para tratamiento porque no teníamos una cama para él. Ella abogó por su paciente y lo organizó todo con el resto del personal para reubicar a otros y darle a su paciente lo que necesitaba.

Tenía razón, pero fue su empuje lo que me hizo mover el

trasero y comenzar a pensar en la construcción. Y de nuevo, ella era quien daba las órdenes.

—¿Qué le parece la primera opción?

Sonrió. —Creo que funcionará.

—Pero no es genial. Vale. Veamos las otras.

Revisamos las otras tres distribuciones que Peter había diseñado. Para cada una de ellas, Laura no parecía estar convencida. Movía la cabeza de lado a lado y arrugaba la nariz. Nada decía sí, esa es la indicada.

—¿Cuál es su visión para este lugar? —preguntó.

—¿Mi visión?

Asintió. —Sé que quiere ayudar a la gente, pero ¿cuál es su plan? ¿Cómo quiere que se vea, o que se sienta, o que sea?

Lo pensé y supe que tenía razón. Faltaba algo. El diseño aún no estaba completo. Aunque yo sabía lo que quería, podríamos haber estado montando cualquier negocio en ese espacio. Carecía de personalidad, y eso era lo que necesitaba. También era lo último que mostraba a la mayoría de la gente.

—Venga a casa conmigo —solté de repente.

—¿Perdone? —Dio un rápido paso atrás. Sus ojos se agrandaron mientras me miraba boquiabierta. Movimiento totalmente equivocado. No pretendía que sonara como sonó, pero su reacción indicaba que lo había interpretado mal y no estaba de acuerdo con ello.

¡Retirada! ¡RETIRADA!

—Quería decir que venga a mi casa a cenar esta noche. Podemos hablar de todo. Sé lo que quiero y lo que estoy pensando, pero no lo estoy expresando correctamente. Esperaba que me ayudase. Cene conmigo para que podamos hablar del trabajo. Solo por trabajo.

—Yo, em, yo...no puedo. Tengo planes esta noche.

Planes significaba una cita. Planes significaba que estaba viendo a alguien más. Planes significaba que no tenía ningún interés en pasar tiempo con su jefe porque tenía otro hombre.

Y significaba que me había expuesto a una demanda porque había sido inapropiado con una empleada.

—Entendido. Le pido disculpas si le he hecho sentir incómoda. ¿Quizás podamos hablar de esto la semana que viene?

Enrollé los planos mientras hablaba, preparándome para escapar. No podía quedarme allí y preguntarle por su cita o fingir que era un amigo. Era su jefe y estaba a punto de cruzar una línea que no podría descruzar. No podía hacer eso.

—Sí, por supuesto —dijo Laura. —Yo, em, supongo que le veré el lunes. Que tenga un buen fin de semana.

—Igualmente —dije sin levantar la mirada. Se marchó, dejándome con mi estupidez. Era mejor así. Solo no haría el ridículo. Solo no metería la pata. Solo podía ser yo mismo.

Una vez que estuve seguro de que Laura se había ido, guardé los planos y bajé a mi despacho. Terminé el trabajo que tenía que hacer y me preparé para irme a casa para el fin de semana. Estaba deseando disfrutar de la soledad de mi isla. Doc Rock. Sonreí para mis adentros ante ese apodo.

No esperaba disfrutar de mi velada con Ian y sus amigos, pero Veronica tenía razón. Era bueno ver a gente que no dependía de mí, y era bueno mantener una conversación sobre algo normal.

El viaje hasta Doc Rock fue tranquilo. La mayoría de la gente ya estaba cenando, así que el agua estaba calmada y silenciosa. Me tomé mi tiempo, cruzando lentamente el canal y disfrutando de la brisa en mi cara sin las salpicaduras de agua que habría tenido si hubiera ido más rápido. Amarré el barco a mi muelle y me dirigí al interior, pasando por delante del único árbol requerido para hacer de mi isla una de las Mil Islas.

La casa fue construida hace décadas y apenas había sido actualizada desde entonces cuando la compré. Había ido haciendo mejoras poco a poco, pero conseguir contratistas para venir a una isla no siempre era fácil. La cocina y el dormitorio principal estaban terminados. Algún día me ocuparía del resto de la casa, pero la clínica iba a ser lo primero.

Una vez que me cambié el traje por un chándal, cogí una bolsa de margarita de melocotón congelada y la vertí en un vaso. Salí a la terraza y me senté. La barbacoa que había comprado el verano anterior seguía brillante y con aspecto de nueva, testimonio del poco tiempo que pasaba usándola.

Mientras disfrutaba de mi bebida, pensé en la clínica. Quería que fuera tranquila y relajante, pero no quería que pareciera una clínica. Quería que los pacientes estuvieran en un salón. No una sala ruidosa con televisores ni nada por el estilo, sino acogedora y que invitara a entrar.

Quería que se sintiera como yo me sentía en ese momento en mi terraza. Relajado. A gusto. Seguro.

A medida que se me ocurrían ideas, entré y empecé a anotarlas. Podría coger uno de los planos de Peter y añadirle cosas. Hacerlo personal. Hacerlo perfecto.

Dejé vagar mi mente mientras encendía la barbacoa y me preparaba la cena. Cuando me senté a comer, me pregunté si Laura estaría disfrutando de su cita.

Refunfuñé para mis adentros. No quería que ella disfrutara de su cita. Quería que estuviera sentada a mi lado. Hablando conmigo. Conociéndome.

Saqué mi móvil y abrí la aplicación En Busca del Galán de Papel. No había hablado mucho con Sin arrepentimientos durante la semana, pero era fin de semana. Me preguntaba cómo estaría. Era fácil hablar con ella. Y me hacía reír. Eso no había ocurrido en mucho tiempo. Y si no podía hablar con Laura, al menos podía hablar con Sin arrepentimientos.

DICTADOR

¿Tienes el fin de semana libre y puedes
disfrutarlo?

Supuse que estaría ocupada un viernes por la noche, pero respondió solo unos minutos después.

SIN ARREPENTIMIENTOS

Sí. Por suerte. Ha sido una semana larga.

DICTADOR

La mía también. Esta bebida en mi mano me
la he ganado a pulso.

SIN ARREPENTIMIENTOS

Te entiendo. Estoy lista para poner los pies
en alto y ver una película.

DICTADOR

¿Qué película vas a ver?

SIN ARREPENTIMIENTOS

Aún no me he decidido. Estoy entre una
comedia romántica que me dé esperanza y
una comedia que me haga reír.

DICTADOR

Así que películas súper oscuras. Entendido.

SIN ARREPENTIMIENTOS

Jajaja. Sí, soy una persona muy oscura.

DICTADOR

Eso parece.

SIN ARREPENTIMIENTOS

¿Qué películas ves tú?

DICTADOR

No veo mucha televisión. Leo más.

SIN ARREPENTIMIENTOS

Los libros son lo mismo que la televisión,
¿sabes? Pero con un libro, la película se
proyecta en tu mente.

DICTADOR

Es una forma única de verlo.

SIN ARREPENTIMIENTOS

Me encanta leer. La tele es más fácil después
de una semana larga porque puedo
desconectar y no pensar, pero normalmente
preferiría leer.

DICTADOR

Normalmente solo veo películas o series que
están basadas en libros que he leído.

SIN ARREPENTIMIENTOS

¿Como cuáles?

DICTADOR

Fantasía y ciencia ficción.

SIN ARREPENTIMIENTOS

Así que te gustan las historias con mucha
acción, un poco de romance, magia limitada,
pero con personas increíblemente
inteligentes que han descubierto cómo crear
cosas que parecen mágicas, ¿no?

Me reí y asentí. Había dado en el clavo.

DICTADOR

Estoy impresionado.

SIN ARREPENTIMIENTOS

He visto Juego de Tronos. Aunque eso tiene
magia.

DICTADOR

Podrías ser la mujer de mis sueños. Dime
algo que haga que no me gustes.

SIN ARREPENTIMIENTOS

Esa es una buena pregunta. Necesito pensar
en ello.

DICTADOR

¿Te burlas de la gente? ¿O robas caramelos
a los niños? ¿O odias a los desconocidos sin
motivo?

SIN ARREPENTIMIENTOS

No, no y no. Siempre tengo un motivo.

DICTADOR

¡Jajaja!

SIN ARREPENTIMIENTOS

Es broma. Me gusta la gente. Soy bastante
sociable. Creo que mi mayor defecto es que
a veces soy un poco directa. No voy a
endulzar algo si creo que alguien necesita
escucharlo. Eso y que parece que coqueteo
demasiado.

DICTADOR

Ser directa no es algo malo en mi mundo. La
gente necesita conocer la verdad para poder
decidir qué hacer. Y coquetear puede ser
muy divertido.

SIN ARREPENTIMIENTOS

No todo el mundo está de acuerdo con esas
cosas, pero gracias. Y sí, coquetear es
divertido. Mi trabajo ya es bastante duro y no
creo que coquetee mucho, pero me han
dicho que la forma en que hablo con la gente
es coquetear. Yo creo que solo estoy siendo
amable.

DICTADOR

¿A qué te dedicas? Me refiero a tu trabajo.

SIN ARREPENTIMIENTOS

Creo que no debería decírtelo.
Probablemente sería fácil descubrir
quién soy.

DICTADOR

Buen punto. Lo siento.

SIN ARREPENTIMIENTOS

No hay razón para disculparse. Soy
cuidadosa sobre con quién comparto mi
información personal. ¿Has conocido a
alguien de aquí? ¿En persona?

DICTADOR

No. ¿Y tú?

SIN ARREPENTIMIENTOS

Sí. He decidido que es hora de empezar a
salir de nuevo, así que me estoy lanzando.

DICTADOR

¿Una ruptura difícil?

SIN ARREPENTIMIENTOS

No, simplemente me absorbió el trabajo.

DICTADOR

Entiendo perfectamente. Mi trabajo es mi
vida. No tengo mucho más.

SIN ARREPENTIMIENTOS

¿No tienes familia o amigos?

DICTADOR

No. Estoy trabajando para cambiar eso,
supongo, pero no es fácil.

SIN ARREPENTIMIENTOS

Muy cierto. Me mudé hace unos años y
conocer gente nueva fue todo un desafío.
Ahora, siento como si los conociera desde
siempre, pero llevó su tiempo.

DICTADOR

Creo que simplemente no le caigo bien a la
gente. Como mencioné antes, la gente
tiende a pensar que soy un capullo.

SIN ARREPENTIMIENTOS

Pues entonces, quizás no seas un capullo.

DICTADOR

¿Cómo no se me había ocurrido?

SIN ARREPENTIMIENTOS

Jajaja. Mira, por eso nos conocimos. Para
que yo pueda ayudarte a ser mejor persona.

DICTADOR

Creo que tienes razón.

SIN ARREPENTIMIENTOS

He encontrado una película para ver.
¿Quieres acompañarme?

Me quedé mirando el móvil y me pregunté qué estaba pidiendo. No la conocía, así que cómo...

SIN ARREPENTIMIENTOS

No venir a mi casa, obviamente, pero si te
interesa verla podemos seguir enviándonos
mensajes. Si te parece una tontería, puedes
decirme que no.

DICTADOR

No, suena genial. Deja que encienda mi
televisor y veré si puedo encontrar la
película.

Sonreí mientras me sentaba y ponía la película. Era casi como tener una cita. Casi.

Estuve charlando con Sin arrepentimientos durante el fin de semana. Varias veces estuve a punto de pedirle que nos conociéramos en persona, pero no estaba seguro del protocolo para eso. No quería precipitarme. Quizás Ian podría ayudarme.

Me resultaba extraño pensar en Ian como un amigo, o al menos como un conocido. Era alguien a quien había contratado hace años, y durante ese tiempo, no habíamos hablado mucho. Pero era la única persona con la que había compartido una comida además de Veronica y Jeff en más tiempo del que me gustaría admitir.

El domingo por la tarde, cuando me estaba preparando para hacer la cena, sonó mi teléfono. Pocas personas me llamaban, así que cuando vi un número que no reconocía en la pantalla, cada centímetro de mi cuerpo se tensó como un resorte.

—Soy el Dr. Allison.

—Hola, Dr. Allison. Lo... lo siento mucho por llamarle. Soy Marie Kaufman. Soy paciente suya...

—Hola, Marie. ¿Cómo está? ¿Va todo bien? La tensión no disminuyó. Si me estaba llamando, había un problema. Empecé a cerrar la casa para poder salir en cuanto termináramos la llamada.

—Um, no realmente. No me encuentro nada bien. Tengo algo de... —gimió—... dolor y me siento un poco mareada.

—¿Hay alguien con usted, Marie?

—No. Vivo sola.

—De acuerdo. Marie, necesito que me escuche. Llame para que la vengan a recoger. No conduzca usted. Llame a alguien. Si es un amigo, bien. Si es un servicio de coches, lo que sea. Simplemente llame a alguien y consiga que la lleven a mi consulta. La veré allí. ¿Puede hacer eso, Marie?

—Lo siento, Dr. Allison. Quizás no debería haberle llamado. No quería que viniera.

—Marie, este es mi trabajo. Quiero asegurarme de que se recupere. Llame para que la vengan a recoger ahora mismo. Si no puede conseguir a alguien, llámeme de vuelta y vendré a recogerla yo mismo si es necesario.

—No, estoy segura de que puedo encontrar a alguien.

—De acuerdo. Avíseme, Marie. Llame ahora. Me dirijo a la consulta. La veré allí.

—Gracias, Dr. Allison.

Marie colgó. Terminé de empacar las cosas que necesitaría para la semana y me aseguré de que la casa quedara segura mientras llamaba a mi servicio de contestador y les notificaba que se pusieran en contacto con la enfermera de guardia para que me ayudara con Marie. Activé la alarma y subí a mi barco para el rápido viaje a tierra firme.

El viento azotaba mi cara durante la rápida travesía de regreso al continente. El agua salpicaba a mi alrededor, una capa asentándose en mi bolsa de viaje mientras cruzaba el agua a toda velocidad en lugar de tomarme mi tiempo. Conduje en piloto automático, repasando en mi cabeza todas las posibilidades para Marie. Laura dijo que Marie estaba deshidratada y cansada cuando estuvo en la consulta hace unos días. Quizás era peor de lo que dejó entrever. O quizás estaba pasando algo más.

Me caía bien Marie. Su tratamiento iba a ser un desafío, pero le di mi número porque me recordaba a mi madre. Debería haber acudido hace meses, pero su médico de cabecera pasó por alto todas las señales de que estaba teniendo problemas. Era común, y yo lo sabía, pero aun así me enfurecía.

La clínica se alzaba en la inminente oscuridad, ocupando casi una manzana completa al borde de la cala. Encendí las luces exteriores y dejé la puerta principal cerrada para que no entrara nadie más. Sabía que la enfermera de guardia tendría llaves para entrar por la puerta trasera, pero encendí esas luces para que no entrara en un espacio oscuro.

Abrí el expediente de Marie y revisé las notas de Laura del viernes. Estuve atento a que alguien llegara a la puerta y mantuve mi teléfono en el escritorio para no perder la llamada de Marie.

Acababa de terminar de leer el expediente de Marie cuando oí que alguien entraba por la puerta trasera. Los pasos llevaron a la sala de descanso, donde quienquiera que fuese se detuvo brevemente antes de continuar por el pasillo hacia mi despacho.

—Hola, Dr. Allison —dijo Laura desde la puerta. —¿Quién es el paciente?

Tuve que contenerme para no gemir. Estaba recogiendo sus ondas salvajes en una coleta. Al moverse, su camisa se levantó y dejó al descubierto una franja de piel pálida. Se me secó la boca ante la visión y tuve que apartar la mirada antes de que mi autocontrol fallara.

—Marie Kaufman.

—Mierda. Temía que dijera eso. ¿Ha revisado su expediente? Creo que fui la última en verla. ¿Hay algo nuevo desde el viernes?

—Nada nuevo. Usted fue la última —dije. Gracias a Dios que terminó de arreglarse el pelo y bajó las manos. Tiró de su camisa hacia abajo y se la alisó sobre los vaqueros. Normalmente llevaba uniforme médico, pero verla con ropa normal era... una maldita tortura.

—¿Quiere cambiarse? Supongo que necesitará análisis y líquidos.

Laura negó con la cabeza mientras alguien llamaba a la puerta principal. —Estaré bien. Y parece que ya nos hemos quedado sin tiempo.

Laura corrió a la puerta principal y la abrió para Marie y

su amiga. Laura les dedicó una amable sonrisa a ambas mujeres y condujo a Marie directamente a un asiento en la sala de infusión.

—¿Qué ocurre, Marie? —preguntó mientras abría un kit para extraerle sangre.

—He estado muy agotada. Me sentí mejor el viernes, pero estuve un poco enferma ayer y hoy apenas podía levantarme de la cama. Por suerte, Janice tenía el día libre y pudo traerme aquí. —Marie le sonrió a su amiga.

—Ojalá me hubiera llamado antes. Te lo digo siempre, que me quedaré contigo o te traeré a mi casa si necesitas ayuda. —Janice me miró. —¿Necesita ayuda?

—Veamos cómo está. La enfermera Kempis le hará unos análisis y lo averiguaremos. Mientras esperamos los resultados, le administraremos algunos líquidos. Eso ayudará con la deshidratación. A partir de ahí, veremos —les dije.

Las mujeres asintieron. Laura siguió trabajando, pero la forma en que arrugó el rostro cuando Marie y Janice no la miraban indicaba que estaba preocupada. Me miró de reojo, y supe que iba a ser una noche larga.

Laura terminó de extraer la sangre de Marie a través del puerto en su pecho y colgó una bolsa de solución salina. Agitó los viales y me indicó con un gesto que la siguiera a la otra habitación.

—Volvemos enseguida —les dije a Marie y Janice.

Sonrieron, sentados muy juntos. Marie estaba pálida, y Janice claramente preocupada. Yo también lo estaba.

Laura colocó los viales en el analizador hematológico y miró por encima de mi hombro.

—¿Qué ocurre?

Laura negó con la cabeza. —No estoy segura, pero no es bueno. Si no tuviera un port, creo que no habría podido colocarle una vía intravenosa. Se ve realmente agotada, más que hace dos días. Estoy preocupada. Con suerte algo aparecerá en los análisis de sangre, pero si no, no sé qué vamos a hacer.

Respiré hondo y asentí. Teníamos que mejorar su estado.

8

*L*aura fue a comprobar cómo estaba Marie mientras esperábamos a que el analizador hiciera su trabajo.

Me quedé mirando la máquina y le pedí ayuda a mi madre. Siempre recurría a ella cuando algo me parecía insuperable. Ella era mi roca, para siempre. Siempre había sido quien me decía que todo saldría bien.

Estaba preguntándome cómo iba a salir todo bien cuando Laura regresó con una sonrisa pensativa en su rostro.

—¿Qué pasa? —pregunté.

Negó con la cabeza. —El ánimo de Marie está bien. Yo siempre me guío por eso. Si está contenta, entonces tiene buenas posibilidades. Ahora mismo, está contenta.

Asentí. Era definitivamente una buena señal que estuviera contenta. —¿Se encuentra mejor?

—Sí, creo que sí. Tiene un poco más de color. La gente no se da cuenta de lo agotada que está, de cuánto les consume esto. Intento decírselo, pero la gente está tan acostumbrada a estar cansada que no sabe lo exhausta que está hasta que apenas puede funcionar.

—Eres una enfermera muy talentosa. Y muy considerada.

Su mirada chocó con la mía, y me pregunté si alguna vez la había elogiado antes. La sorpresa en su rostro me hizo darme cuenta de que no. Eso tenía que cambiar.

—¿Has decidido ya con qué plan para la clínica vas a seguir adelante? —preguntó.

No me gustó que cambiara de tema, pero le seguí la corriente. —Con ninguno.

—¿Qué? ¿Por qué no?

—Porque tenías razón. Había algo que faltaba. El objetivo principal de la nueva clínica era hacer que los pacientes se sintieran cómodos. Darles un lugar relajante para sanar. Y seguía siendo una clínica. Era rígida e incómoda. Cuando estaba en casa, me di cuenta de que quiero que se sienta como mi casa. Quiero que la gente pueda descansar, respirar profundamente y sentirse bien.

—Eso suena realmente increíble. —Se quedó mirando el analizador por un momento. —¿Puedo hacerte una pregunta personal?

Asentí, pero ella no me estaba mirando. —Sí, por supuesto.

—¿Por qué te hiciste oncólogo? —Seguía sin levantar la vista, dejando que su atención permaneciera en cualquier cosa menos en mí.

—¿No has leído mi biografía? —Sabía que sí lo había hecho. El primer día mencionó algo de ella.

Se encogió de hombros. —Bueno, sí, pero siempre hay más de lo que la gente pone en su biografía. Es como un currículum. Adornas un poco la verdad.

Levanté una ceja cuando por fin levantó la mirada hacia mí. —Como tu jefe, no me encanta esa afirmación.

Se le escapó una risa. Joder, me encantaba ese sonido. —No me refiero a mentir. Solo a pulir. Matizar. En lugar de decir recepcionista, dices especialista en atención al cliente. En vez de niñera, dices que gestionabas el cuidado y bienestar de otros. Cosas así.

Era inteligente y llena de sorpresas. —Haces que las cosas sean interesantes.

—Es parte de mi encanto. Y estás evitando la pregunta.

Suspiré y me apoyé contra la encimera. No iba a ceder, y no es como si nadie conociera mi historia. No la hacía pública, pero tampoco era un secreto.

—Crecí en un barrio difícil a las afueras de Atlanta. Mi madre era negra y mi padre puertorriqueño, así que no encajaba en ningún sitio. Se metían conmigo constantemente desde la escuela primaria, así que era un solitario. No tenía muchos amigos.

—Lo siento mucho —dijo Laura. Su rostro se contrajo como si realmente sintiera mi dolor.

Me encogí de hombros como si no me molestara. —Gracias, pero creo que fue bueno para mí en algunos aspectos. Me metí en problemas y en peleas, pero también estudiaba mucho. Aprendí que es más fácil vencer a un acosador cuando eres más inteligente que él. Leí sobre artes marciales y filosofía. Me enseñé a mí mismo sobre ciencia y matemáticas y leí biografías de increíbles figuras históricas. Conseguí becas para la universidad y pedí préstamos porque mis padres trabajaban en dos empleos cada uno.

—Vaya —suspiró Laura.

Asentí. —Eran unos padres increíbles. Me dieron todo lo que pudieron darme.

—¿Ellos te inspiraron para ir a la facultad de medicina?

Negué con la cabeza. —Desafortunadamente, no. No como piensas. Cuando estaba en mi segundo año de universidad, mi madre enfermó. Fue a médicos e intentó conseguir ayuda, pero ninguno de ellos le creía o confiaba en ella o algo así. Durante un año, estuvo tan enferma que no pudo trabajar. Cuando volvió a su médico, había perdido casi el treinta por ciento de su peso corporal y apenas podía caminar sin ayuda. Por fin le hicieron algunas pruebas.

—¿Qué le pasaba?

Tomé un respiró profundo. —Cáncer de páncreas. Se fue al mes siguiente, y al día después de su funeral cambié mi especialidad a premedicina.

—Como Marie. Lo siento mucho, Dr. Allison —murmuró Laura.

—Gracias. No fue fácil, pero perder a mi madre me enseñó que los médicos desestiman a las mujeres con demasiada facilidad, especialmente a las mujeres negras. El cáncer de páncreas ya es difícil de diagnosticar hasta que está en etapas avanzadas, pero el cáncer en mujeres negras se diagnostica erróneamente o no se diagnostica con mucha más frecuencia. Es evitable si los médicos están dispuestos a escuchar.

—Eres un médico fantástico —dijo Laura. —Tu madre estaría orgullosa de ti.

Sonreí. —Gracias.

—¿Puedo hacerte otra pregunta personal?

Asentí con la cabeza.

—¿Por qué fuiste a O'Kelley's la otra noche?

—¿Perdona?

—Con Ian Jameson. Nunca te había visto allí antes. Ni siquiera sabía que tú e Ian os conocíais.

—Él construyó mi barco hace unos años. Es un buen tío.

—Lo sé. Está casado con una buena amiga mía. Solo que no sabía que le conocías.

—¿Te molesta? —pregunté, preguntándome adónde quería llegar.

Negó con la cabeza. —Solo... a veces nos reunimos todos. Si vas a pasar tiempo con Ian y los otros chicos, quiero que sepas que puede que yo esté allí. Que soy amiga suya.

—No tengo ningún problema con eso. ¿Por qué? ¿Te ha dicho algo Ian?

—¿Sobre qué? —Inmediatamente se echó hacia atrás. Sus ojos se entrecerraron y recorrieron la habitación. Pensaba que yo estaba hablando mal de ella. Pensaba...

No importaba. Tenía que asegurarme de que supiera que la tenía en muy alta estima.

—Nunca diría nada negativo sobre ti, Laura. Eres muy talentosa y genial con los pacientes. Te lo aseguro.

—Si eso es cierto, entonces, ¿qué te habría dicho Ian?

Suspiré. —Te vi allí y te estaba observando. No recordaba haberte visto fuera de la consulta. Riendo y con algo que no fuera el pijama médico. Estaba... Fue agradable verte feliz.

—¿Por qué? ¿Por qué te importaría?

La miré y dejé que me viera. Dejé que realmente me viera. Dejé que viera todas las cosas que no podía decir pero quería que supiera.

La entrecortada inspiración de su siguiente respiración absorbió todo el aire de la habitación. Sus ojos se abrieron de par en par y luego se entrecerraron. Su mirada se deslizó hacia donde yo me agarraba a la encimera, evitando cruzar la habitación hasta ella. Escaneó mi cuerpo, captando cada músculo contenido.

—¿Dr. Allison? Su voz tembló.

No pude moverme más que para asentir para que continuara.

—Necesito hacerle otra pregunta personal.

Mi mirada no se apartó de su rostro.

—¿Ian piensa que usted... que nosotros... ¿Le dijo que está interesado en mí?

Negué con la cabeza y sus hombros se hundieron casi imperceptiblemente. —No tuve que decírselo. Fue bastante obvio para él y los demás. Eso captó su atención de nuevo. —Pero Laura, nunca voy a hacer nada. Estoy aquí para que sepas que puedes salir de la habitación cuando quieras. Nunca te forzaría a nada. Nunca te pediría nada. Nunca haría nada. No va a pasar nada entre nosotros a menos que tú lo pidas. Tu trabajo siempre estará seguro aquí.

Se giró para irse y todo mi cuerpo se desinfló. Alcanzó la puerta y la cerró lentamente, luego se volvió hacia mí. Sus ojos estaban brillantes y expectantes, y me quedé paralizado mientras esperaba a que se explicara. —Tengo otra pregunta personal.

Asentí para que continuara.

—¿Puedo besarte?

Se me puso dura. Por todas partes. Al instante. —Laura, no tienes que hacer nada. Sé que me odias.

Se rió para sí misma como si tuviera un secreto y se acercó a mí. —No, no te odio. Me gustas, Dr. Allison. Pero me vuelves loca.

—No puedes besarme, Laura... —hice una pausa. Necesitaba saber que me estaba escuchando, decidiendo basándose en lo que ella quería, no en lo que pensaba que debía hacer. —No hasta que me llames por mi nombre. Me siento como si te estuviera presionando. No quiero que sientas-

—¿Nico?

—¿Sí?

—Cállate.

Ella me miró. El fuego lamió mi cuerpo. La necesitaba. La deseaba. Nunca había estado tan cerca de ella. Me había mantenido a distancia para no cruzar ninguna línea. Me había alejado de ella. Pero estaba justo ahí. Tan cerca que si ambos tomábamos una respiración profunda, nuestros cuerpos se rozarían.

Aun así no me moví. No podía. Me gustaba demasiado como para arriesgarme a hacerla sentir incómoda. No importaba lo incómodo que yo estuviera, ella era la que importaba.

—¿Nico?

—¿Sí?

—Bésame.

Negué con la cabeza. —No puedo, Laura. No lo haré a menos que sepa que es lo que quieres.

—Créeme, es lo que quiero.

Se puso de puntillas y presionó sus labios contra los míos. Un gemido me desgarró. Mis manos estaban en sus caderas, atrayendo su cuerpo al contacto con el mío antes de que pasara el siguiente segundo. Mi lengua pidió entrada a su boca, y ella la concedió con entusiasmo. Di un paso hacia ella, luego giré y presioné su espalda contra la encimera en la que acababa de apoyarme.

Sus manos se deslizaron por mi pecho y se envolvieron alrededor de mi cuello, atrayéndome más hacia ella. El beso fue desaliñado y apasionado. Como dos personas que habían esperado demasiado para dejarse llevar. Que no podían controlarse. Que no querían controlarse.

Levanté el borde de su camisa y extendí mi mano sobre su piel desnuda. Ella gimió y arañó con sus uñas mi cuero cabelludo. Presioné mi dureza contra su centro. La deseaba. Ahí mismo, en ese momento, la deseaba. No estaba seguro de si iba a poder detenerme.

Ella empujó contra mi pecho, apartándome. No estaba seguro de tener la fuerza, pero di un paso atrás, dándole espacio. Se había acabado. Todo se había acabado. Habíamos terminado.

Se movió a mi alrededor y fue hacia el analizador de hematología. El pitido debería haber llamado mi atención, pero no lo noté por encima de la atracción de Laura en mis brazos.

Laura en mis brazos.

Dios mío, ¿qué he hecho?

Me agarré de nuevo a la encimera, sin estar seguro de

cómo se sentía ella respecto a lo que acababa de ocurrir. Revisó los resultados de los análisis de sangre de Marie y luego se volvió hacia mí.

—Um...ella está, eh, ¿quieres ver esto?

Asentí y solté la encimera. Revisé los resultados, notando que Laura puso distancia entre nosotros mientras lo hacía. No la presionaría. Me prometí a mí mismo que no lo haría. No tenía ningún interés en perderla. Quizás un beso era todo lo que necesitaba para sacármela del sistema.

Casi me río en voz alta ante ese pensamiento. Estaba tan excitado que apenas podía caminar, y mis dedos hormigueaban por la sensación de su piel suave. Mis labios y mi lengua ardían por haberla besado. Quería más. Necesitaba más. No podía vivir sin más. Pero lo encerraría todo de nuevo y tiraría la llave porque Laura había terminado.

Me aclaré la garganta y mantuve la mirada en los números de la pantalla frente a mí. —Sigue estando en el límite con muchos de sus valores. Su recuento de glóbulos blancos está bajo, pero no fuera de donde queremos verlo. Definitivamente tenemos que vigilar eso. Su CA19-9 está estable, lo que no es genial pero tampoco está subiendo. Si los líquidos están ayudando, podemos traerla con más frecuencia. Animarla a que tome más por su cuenta. Ya sabes qué hacer.

Dejé la tableta y volví a mi sitio al otro lado de la habitación. Lejos de Laura y su dulce aroma que se había filtrado dentro de mí y me estaba volviendo loco.

—¿Nico?

—¿Sí?

—Realmente he disfrutado de eso.

Mi mirada se clavó en la suya. Una tímida sonrisa jugueteaba en sus labios. —Yo también.

Se lamió los labios y atrapó uno entre sus dientes. —Llevo queriendo besarte desde hace mucho tiempo.

—¿En serio?

Ella asintió.

—Es bueno saber que no estoy solo en esto.

Ella negó con la cabeza. —Definitivamente no.

Me sonrió y luego salió de la habitación para ver a Marie. Me tomé un largo minuto para calmarme y después la seguí hasta el centro de infusión. Ya estaba explicándole todo a Marie y a Janice.

—Necesita prestar atención a su cuerpo —dijo Janice.

Laura asintió. —Así es. Sé que no siempre es fácil, pero la quimioterapia te deja exhausta. Te seca literalmente, por lo que tienes que beber más agua de lo que normalmente harías. Come alimentos que contengan agua, como frutas y verduras. Los pacientes pueden tener dificultades con ciertos alimentos, así que si no puedes comer esos, prueba otras cosas, pero consigue esa agua. Te traeremos una o dos veces por semana para administrar líquidos hasta que te sientas mejor.

—¿Y eso ayudará?

—Debería. El cáncer de páncreas es horrible. No es una batalla fácil. No vemos nada mal en tus análisis de sangre ahora mismo. Hay algunas cosas que nos preocupan, pero nada que sea inesperado. Haremos análisis de sangre cada vez que vengas. Si necesitas algo, llámanos. Siempre estamos encantados de ayudar, pero queremos que te sientas bien. Al menos, tanto como sea posible.

Las tres mujeres rieron. Laura puso su mano sobre la de Marie y le sonrió. Me di cuenta de lo que Ian me estaba diciendo la otra noche. Laura coqueteaba, pero lo hacía con todo el mundo. No intentaba coquetear, simplemente era su forma de hablar con la gente. Y si yo no estaba bien con eso, necesitaba dar un paso atrás y dejar que encontrara a otra persona.

Necesitaba estar bien con eso. Porque no creía que

pudiera quedarme de brazos cruzados y verla estar con alguien más.

Laura se sentó y habló con Marie y Janice mientras se vaciaba el resto de la bolsa de suero de Marie. Cuando terminó, las acompañó hasta la puerta y dijo que las vería a ambas pronto. Luego regresó a mi consulta.

—¿Necesita algo más de mí?

Asentí. —Necesito saber que no estás enfadada conmigo.

—¿Por qué iba a estar enfadada contigo?

—Soy tu jefe, Laura. Te he puesto en una posición difícil. No quiero eso. Nunca quiero que sientas que no puedes decirme que no.

—Parece como si me estuvieras apartando ahora mismo. Como si te arrepintieras de haberme besado y estuvieras intentando encontrar una salida. Se cruzó de brazos.

No podía dejar que pensara que me arrepentía de un solo momento de lo que había pasado. —Eso no es cierto.

—Bueno, quizás necesites aclarar qué es lo que quieres. Yo tengo claro mi postura. No necesito una vía de escape. Pero parece que tú sí. Su voz destilaba frustración.

—No es así. No quiero eso. Pero no quiero que sientas que no puedes decirme que no.

—Dr. Allison, he trabajado para usted durante más de cuatro años. En ese tiempo, ¿ha sentido que me he contenido a la hora de decirle la verdad? ¿O que me he sometido a todo lo que ha querido?

—No, pero...

—Entonces, ¿por qué piensas que no puedo decirte que no ahora?

—Esto es diferente. Sé que las mujeres tienen que protegerse. Si digo algo incorrecto, podrías pensar que tu trabajo está en riesgo. Si hago algo incorrecto, podrías pensar que tu trabajo está en riesgo. Si actúo de forma incorrecta, podrías pensar que tu trabajo está en riesgo. Nunca quiero que te preocupes por eso.

—Entonces no digas, hagas o actúes incorrectamente.

—No sé si sabré hacerlo.

—Te daré una pista. ¿Esto de aquí? Besarme, decirme cómo te sientes, luego preguntarme si quiero irme, diciéndome que puedo marcharme cuando quiera, apartándome, esto es lo incorrecto.

—Estoy intentando protegerte.

Ella dio un paso adelante y me señaló. —Estás intentando protegerte a ti mismo, Dr. Allison. Lo entiendo. Tú eres el que está al mando. Eres el propietario, eres el médico, eres el que tiene el poder. Pero no me digas que tengo poder cuando no lo tengo. Ambos sabemos que no lo tengo.

Me levanté y rodeé mi escritorio. No me detuve hasta estar justo frente a ella. No se movió. No dio ni un solo paso atrás.

—Yo no tengo poder aquí, Laura. Ninguno. Mi voz apenas contenía mi debilidad al estar cerca de ella de nuevo.

—Eso no es lo que parece.

La atraje a mis brazos y sellé mis labios sobre los suyos. Separé sus labios y saboreé el interior de su boca. Ella suspiró felizmente y agarró la parte trasera de mi camisa. Sus suaves gemidos llenaron el aire mientras nos besábamos como adolescentes frenéticos.

—¿Cómo se siente eso? susurré contra sus labios.

—Increíble, respiró ella.

—Sal conmigo. A una cita. Déjame llevarte a salir. Por favor.

Ella tomó aire y dio un paso atrás. Me miró. —¿Estás seguro?

—Quiero verte con vestido. Quiero cogerte de la mano y compartir una comida contigo. Quiero hacerte reír y verte con el pelo suelto. Di que sí, Laura. Por favor.

Ella me sonrió. Levantó la mano y se soltó la coleta, sacudiendo la cabeza y dejando que sus ondas cayeran sobre sus hombros. —No uso muchos vestidos.

—No me importa. Solo quiero tener una cita contigo.

—No sé si es buena idea, Dr. Allison.

Gruñí. —Mi lengua ha estado en tu boca, Laura. Lo mínimo que puedes hacer es llamarme Nico.

—Es divertido hacerte enfadar, Dr. Allison.

Le gruñí y me acerqué a su espacio de nuevo. Deslicé mis manos en su pelo y pasé mis dedos por sus ondas. Su pelo era como seda, suave y fino. Podría quedarme allí toda la noche tocándolo. Tocándola a ella.

Sus manos fueron a mi pecho, deslizándose bajo mi chaqueta y acariciándome. Empujó mi chaqueta de mis hombros, atrapando mis brazos. Me la quité y la rodeé con mis brazos por la cintura, atrayéndola de nuevo hacia mí.

—Te deseo, Laura. Sé que no debería decírtelo, pero es así.

—¿Por qué no deberías decírmelo?

—Soy un desastre con las citas. Soy torpe e incómodo. Normalmente dejo que un amigo me busque pareja si necesito una cita. No sé cómo hablar con las mujeres. Y tú tienes todo el poder, Laura. Seguiré tu ejemplo.

—No creo que tenga ningún poder, pero sí tengo planes esta noche.

Asentí y di un paso atrás. Tenía una cita. Estaba en mis brazos, besándome, y en lugar de quedarse allí, iba a salir con otra persona. —Siento haberte entretenido.

Sonrió. —No es problema, Dr. Allison. Mis amigos lo entenderán. Y además, esta noche ha sido un placer.

Gemí mientras ella se alejaba riendo. Si no otra cosa, iba a hacer que la vida fuera interesante. Durante el tiempo que me permitiera tenerla.

9

LAURA

Todavía estaba flotando cuando llegué a Novios Literarios Ilimitados para el club de lectura. Nico me besó. En realidad me besó. Y me dijo que me deseaba. ¿Qué demonios se suponía que debía hacer con todo eso?

No. No iba a preocuparme por ello. Dijo que me deseaba. Me besó. Me iba a llevar a una cita. Todo lo demás se resolvería solo. O no. De cualquier manera, por fin sabría si esto podía ser algo.

Finley abrió la puerta y me dejó entrar con una mirada inquisitiva. —¿Estás bien? Te ves rara. Y llegas tarde.

—Me llamaron del trabajo.

—¿Está todo bien? —preguntó Finley mientras nos reuníamos con los demás.

—¿Qué ocurre? —preguntó Blake.

Negué con la cabeza. —Una paciente no se encontraba bien. Llamó al Dr. Allison y como yo estaba de guardia tuve que reunirme con él allí. —No pude evitar sonreír.

—Mmm, eso es algo bastante retorcido para estar tan contenta —dijo Elise. Arrugó la nariz y se recostó con su trozo de tarta.

Me reí ligeramente. —No me río de la paciente.

—¿Entonces de qué te ríes? —preguntó Piper.

—El Dr. Allison me besó —confesé, sintiéndome más como una adolescente y menos como una mujer de treinta y ocho años. Ni siquiera me avergonzaba de ello.

—¡Hostia puta!

—¿Hablas en serio?

—Me alegro por ti.

—Ya era hora, joder.

Asentí a todos sus comentarios. —Fue increíble. Dijo que me desea. Que me ha deseado durante mucho tiempo. Le daba miedo besarme porque es mi jefe. Se negaba. Incluso esta noche.

—Creía que habías dicho que te besó —aclaró Melody.

Asentí. —Lo hizo, pero solo después de que yo le besara y le dijera que había querido besarle durante mucho tiempo.

Las sonrisas de mis amigas se congelaron y se intercambiaron miradas al estilo Esposas Perfectas. Ojos muy abiertos, sonrisas vacías y secretos de los que yo no formaba parte.

—¿Qué? —exigí. —¿Qué estáis pensando todas?

Dejaron la actuación y buscaron a una portavoz. Alguien que me iba a decir lo que todas estaban pensando. Quien iba a admitir lo que yo no podía ver.

Todas las miradas se posaron en Willow. La fulminé con la mirada y me crucé de brazos. Ella resopló y lanzó puñales a las demás. —¿Por qué yo?

—Porque no lo vas a endulzar. Y no te importa lo que piensen los demás —dijo Elise. Normalmente era ella quien hablaba sin tapujos con todos.

Willow suspiró profundamente y se encontró con mi mirada furiosa. —Vale. Todas estamos preocupadas de que te esté diciendo lo que quieres oír. Que te esté devolviendo lo mismo que tú le dices a él.

—No es así como ocurrió —argumenté.

—¿De verdad? Porque has dicho que te dijo que te había deseado durante mucho tiempo, pero parece que fue solo después de que tú le dijeras que le habías deseado durante mucho tiempo. Quizás sea cierto, pero quizás solo te esté reflejando.

—No es así. —Seguía sintiéndome como una adolescente pero por una razón muy diferente. —Vosotras no estabais allí. No visteis la mirada en sus ojos. No escuchasteis nuestra conversación. No tenéis ni idea de lo que estáis hablando.

—Queremos estar equivocadas —dijo Finley. —Queremos que tú y el Dr. Allison estéis juntos. Queremos verte feliz. Pero sigues llamándole Dr. Allison. Solo haces eso cuando estás enfadada con él o te sientes distante. Has llegado contándonos que te besó. ¿Por qué no es Nico?

Me reí, pensando en cómo me dijo que le llamara Nico. Quería compartirlo todo con mis amigas. Quería contarles todo lo que había pasado. Pero no estaba segura de que fueran a apoyarme. No estaban animando a que las cosas funcionaran.

—Le has adorado desde siempre —dijo Karissa. —Yo le adoro. Quiero que seas feliz, pero no ha pasado tanto tiempo desde que dijiste que ibas a salir con otros hombres y olvidarte de él.

—Vosotras sabéis por qué hice eso —dije.

Karissa y las demás asintieron. —Lo sabemos. También sabemos que parte de eso fue porque él estaba viendo a otra persona. ¿Sabes si han terminado las cosas con la mujer de Siracusa? Estabas preocupada por eso —dijo.

—No lo sé. No se lo pregunté. Pero si me está besando, ¿no significa eso que las cosas han terminado con ella?

—Me encantaría decir que sí, pero creo que todas sabemos que algunos hombres son unos cabrones que engañan —dijo Finley. —No queremos que eso sea cierto con Nico, pero también has dicho que fue Ally quien mencionó a

Veronica, así que Nico podría pensar que no sabes nada sobre ella.

—Por eso estamos preocupadas. No es que no te apoyemos. Es que no queremos ver cómo te hace daño. Otra vez —dijo Elise.

—Entonces, ¿por qué no me decís que esto es algo genial? No sé nada de Veronica, pero conozco a Nico. Me ha gustado durante años. ¿Tenéis idea de lo difícil que es? Que me guste un hombre al que veo todos los días durante años, y luego finalmente besarle y que me invite a salir, y que las personas más cercanas a mí piensen que me está utilizando?

—Tienes razón —dijo Trinity. Miró a los ojos de nuestras amigas. —Tienes razón. Deberíamos preguntarte lo genial que fue. Deberíamos rogarte por cada detalle. Si las cosas van mal, entonces no estaba destinado a ser, pero no queremos que vaya mal, así que debemos apoyarte. Como el fraile en Romeo y Julieta. Te casaremos en secreto si es necesario.

Solté una risa. —Espero que no sea así, y espero no tener que suicidarme para estar con él.

Trinity asintió. —Eso espero. Pero por algunos besos, vale la pena.

Gemí. —Este fue definitivamente ese tipo de beso. Todos los besos lo fueron.

—¿Todos los besos? ¿Cuántos besos hubo? —preguntó Trinity.

Willow me dio un trozo de tarta y finalmente les conté todo. La tensión seguía allí en la habitación con nosotras, amenazando con arruinar mi buen humor, pero hice todo lo posible por ignorarla. Sabía que mis amigas seguían preocupadas, pero lo estaban intentando. Querían que todo funcionara. Yo esperaba que así fuera. Realmente esperaba que así fuera.

ME ADMITÍ a mí misma que necesitaba encontrar una manera de preguntarle a Nico sobre Veronica. Incluso si se suponía que no debía saber sobre ella, tenía que mencionarlo. Odiaba la idea de acusarle de engañar a su novia, conmigo, pero odiaba aún más la idea de romper una relación.

Estaba atendiendo pacientes a la mañana siguiente con el Dr. Allison. Llevé a nuestro primer paciente a la sala de examen y registré sus signos vitales e hice anotaciones sobre cómo dijo que se encontraba. Cuando terminé, indiqué en la ficha que estaba listo para que el Dr. Allison entrara.

Charlamos mientras esperábamos a que llegara el Dr. Allison. Roger era un hombre agradable de unos sesenta años que había sido paciente del Dr. Allison desde antes de que yo empezara a trabajar allí. Venía anualmente para una cita de supervivencia, mi tipo favorito porque me mostraba que las personas superaban la horrible enfermedad que veía todos los días.

—Buenos días, Roger —dijo el Dr. Allison mientras entraba en la sala de examen. —¿Cómo se encuentra hoy?

—Muy bien, doctor. La señorita Laura ha dicho que todo se ve bien, así que solo necesito que usted esté de acuerdo con ella.

Sonrió. —Veré qué puedo hacer. —Se volvió hacia mí para coger la tableta y me dedicó una breve sonrisa. No estaba segura de qué hacer con eso, pero estábamos trabajando. Si me hubiera besado delante de un paciente, me habría enfadado. Tratarme como siempre lo había hecho era definitivamente lo que yo quería.

El Dr. Allison revisó la ficha de Roger e hizo un rápido examen físico. —Parece que la señorita Laura tenía razón. Está usted bien. ¿Cómo está Lisa? ¿Los niños y los nietos?

—Todos están bien. Lisa está cuidando ahora mismo a los nietos más pequeños. Los tenemos tres días a la semana para que mamá y papá puedan trabajar.

—Eso suena como una forma divertida de pasar la jubilación.

Roger se rio. —Nos mantienen en movimiento, sin duda. Debería tener un par de mocosos, doctor. ¿Por qué no ha encontrado aún a alguna joven guapa y la ha atrapado?

El Dr. Allison se rio. —Los niños y el matrimonio puede que no estén en mis cartas, Roger. No muchas mujeres entienden que estoy casado con mi trabajo.

—La señorita Laura lo entiende. Ella también lo está.

El Dr. Allison me lanzó una mirada ardiente que me hizo sonrojar. Me mordí el interior de la mejilla para no sonreír. O gemir. Dios mío, ese hombre era peligroso tenerlo cerca.

—Soy feliz estando soltera, Roger—le dije.

El Dr. Allison se aclaró la garganta y cambió de tema.— Bueno, creo que podemos dejarle volver con sus nietos, Roger. Vaya a echar una mano a Lisa.

Se bajó de la camilla y rio.—Creo que ella me considera otro niño más al que tiene que vigilar. Me tiro al suelo y armo tanto alboroto como ellos.

—Como has dicho, te mantienen joven—dijo el Dr. Allison.

Roger rio y asintió.—Así es. Nos vemos el año que viene, Doc.

—No se meta en líos.—El Dr. Allison me hizo un gesto con la cabeza y salió de la habitación, dejando la puerta entreabierta.

—He anotado que debe volver en un año. Tina lo organizará todo por usted.

—Gracias, señorita Laura. No trabajéis demasiado vosotros dos.

—Lo intentaremos—dije. Le acompañé hasta la recepción y fui a buscar a mi siguiente paciente.

La mañana terminó antes de que pudiera tomar un respiro. Tuve dos pacientes nuevos, un superviviente más y ocho pacientes que venían para revisiones a mitad del tratamiento. Un paciente estaba intentando entrar en un ensayo clínico porque la quimio y la radioterapia no estaban funcionando. Esos eran los más difíciles para mí. Los que parecían estar perdiendo la esperanza.

Ally y Tina estaban en la sala de descanso cuando entré para comer. Me sonrieron y me invitaron a sentarme con ellas.

—¿Qué tal tu mañana?—preguntó Tina.

—Dura. Un solicitante para ensayo clínico—les conté.

—Odio esos casos—dijo Ally.—Tiene que dar tanto miedo.

Asentí.—Es doloroso estar ahí mientras el Dr. Allison les dice que es su mejor esperanza. Quiero que todos se curen. Quiero que todos ellos se sientan mejor. Sé que los ensayos clínicos funcionan a veces, pero a veces no funcionan.

—Los más difíciles para mí son los que no consiguen entrar—admitió Ally.—Los que tienen esperanza cuando vienen a verme para firmar todo el papeleo y luego no tienen ninguna cuando no son aceptados.

—¿Por qué harían eso?—preguntó Tina.

—Depende del ensayo. A veces es por la fase de la enfermedad o la ubicación o simplemente porque el ensayo está completo. Establecen pautas y tienen que ceñirse a ellas—dijo Ally.

—Este no es un trabajo fácil—admití.

—Yo solo tengo que registrarlos y programar su próxima cita. No tengo que hacer el trabajo duro—dijo Tina.

—Tú eres quien les da una sonrisa y les hace sentir que todo va a ir bien—le dije.—Eres quien establece el tono de toda la consulta.

—Bueno, gracias. Supongo que entonces tengo que asegurarme de que mi sonrisa esté bien colocada.—Tina sonrió ampliamente.

—Quizás mejor quítate primero la lechuga de los dientes —dijo Ally.

Tina cerró la boca de golpe y se la tapó con la mano.—Vaya.

—Nos pasa a todas—le dije.—Además, estamos comiendo.

—¿Qué tienes hoy?

—No hay tarta. Lo siento, chicas. Demolimos la tarta anoche. Karissa hizo un bizcocho con crema de mantequilla de limón. Estaba buenísimo—les conté.

—Realmente necesito ir contigo alguna semana—dijo Tina.

—Deberías. Todo el mundo es muy acogedor.

—Hace mucho tiempo que no veo a Karissa —dijo Ally. —¿Cómo está?

Asentí y desenvolví el sándwich de pavo que me había preparado por la mañana. No era glamuroso, pero era comida. —Está bien. Me dijo que está intentando trabajar menos horas. Se pasa todo el día trabajando y a veces ni siquiera se da cuenta de que ha salido el sol.

—Suena como mucha gente —dijo Tina. —Mi marido ha estado trabajando cada vez más horas últimamente. Es duro. Aunque Karissa no tenga pareja, es difícil para el cuerpo y la mente trabajar tanto.

—Willow está intentando convencerla para ir a clase de yoga. En realidad, está intentando convencernos a todas —dije.

—Oh, yo definitivamente me apuntaría a eso —dijo Ally. —Antes me encantaba el yoga.

—Deberíamos ir todas —dijo Tina. —¿Cuándo da clases Willow?

Negué con la cabeza. —No estoy segura. Se lo preguntaré.

—Genial. Avísame. Debería volver a la recepción. —Tina se levantó, tiró su basura y cerró la cremallera de su bolsa del almuerzo. —¿Has tenido alguna cita interesante últimamente? Andrew y yo necesitamos hacer algo nuevo. ¿Alguna sugerencia?

Ally me miró, dejándome responder. Al ser la única soltera, siempre pensaban que yo sabía las mejores actividades para una cita. La mayoría de mis citas consistían en cenar y poco más. —No sé. Tengo una cita mañana por la noche, pero no sé qué vamos a hacer. Normalmente mis citas son en O'Kelley's. A veces algo diferente, pero cenar es lo habitual.

—Cuéntame cómo va tu cita de mañana por la noche. Quiero sacar a Andrew este fin de semana. Algo para alejarnos de casa y pasar tiempo juntos. Incluso tengo ya una canguro.

—Vaya, una cita de verdad —dijo Ally con una risita. —Somos tan caseros que no salimos mucho.

—Es bueno cambiar de aires. Solo espero no quedarme embarazada otra vez. No sería la primera vez que nos dejamos llevar en una noche de cita —dijo Tina con un guiño. —Aunque no quiero perderme esa parte.

Ally y yo nos reímos mientras Tina salía de la sala de descanso. Ally se volvió hacia mí. —No sé cómo puedes seguir con las citas. Yo he estado con Spencer desde siempre y no me imagino volver a tener citas.

—Si tuviera a alguien así en mi vida, sentiría lo mismo. Nunca he tenido una relación a largo plazo. Nada que pensara que fuera a durar.

—Sé que tengo suerte. Mi hermana se divorció hace unos años. No somos cercanas, pero pareció afectarle mucho. Aunque más a su hijo.

—Siento oír eso —dije. Todavía no había entendido la relación de Ally con su hermana.

—Las relaciones son curiosas. A veces aparecen de la nada y te sorprenden, pero otras veces parecen crecer y cambiar con el tiempo.

Asentí. La forma en que Ally me miraba me hizo preguntarme si sabía algo sobre Nico y yo. No podía imaginar cómo lo sabría, pero me estaba dando una mirada que decía que esperaba que le contara algo.

—¿Así es como estáis Spencer y tú?

Ally se rio. —¡Oh, Dios, no! Nos conocemos desde siempre. Una parte de mí siente que seguimos siendo las mismas personas que siempre hemos sido, pero sé que hemos cambiado. Juntos, por suerte.

—Eso es definitivamente bueno.

—Sí. Espero que tu cita de mañana por la noche vaya bien. Tal vez sea él el indicado para ti y no tendrás que preocuparte por más citas después de eso. —Definitivamente sabía algo.

—Sí, quizás. Supongo que ya veremos. Um, tengo que volver al trabajo.

—Cuéntame cómo te va después de mañana.

Asentí mientras tiraba mi basura. —Sí, claro. Suena bien.

Ally sonrió y me despidió con la mano mientras salía. ¿De qué demonios iba todo esto?

10

—¿*E*stás bien? —le pregunté a Thomas mientras me sentaba a su lado.

Thomas era un paciente nuevo que venía para su segunda sesión de infusión. Aún no había llegado a conocerle bien, pero parecía un tipo bastante agradable.

Asintió con la cabeza. —Todo lo bien que se puede esperar.

Sonreí. —Lo entiendo. No es fácil. ¿Qué estarías haciendo si no estuvieras aquí? Aparte de cualquier otra cosa.

Thomas se rio. Tenía una sonrisa amable. Su pelo era largo, casi hasta los hombros. Brillaba de suavidad. No pude evitar preguntarme cuánto tiempo le duraría. Sabía que perder el cabello era a menudo la parte más difícil para las mujeres, pero los hombres con pelo largo decían que también les cambiaba. Ese momento era cuando todo se volvía real. Cuando ya no podían fingir más que todo iba bien.

—Cualquier otra cosa es definitivamente una buena respuesta. Probablemente estaría en el trabajo.

—¿A qué te dedicas?

—Tengo un restaurante en Alexandria Bay. Mis padres lo iniciaron cuando se casaron y se jubilaron hace un año, dejándoselo a mi hermano y a mí.

—Qué guay. Suena como un trabajo importante.

Thomas asintió. —Lo es, pero me encanta. Crecí en el restaurante y siempre he querido hacerme cargo. Los dos queríamos. Allí conocí a mi mujer, y estamos criando a nuestros hijos para que trabajen en el restaurante.

—Un asunto familiar, ¿eh?

—Sí. Es genial. Solo necesito vencer a este cáncer para poder volver allí a tiempo completo.

—Estamos trabajando en ello. ¿Te sientes bien?

—En realidad, sí. Esperaba que las cosas fueran mucho peor, pero la primera sesión fue bien. Estaba agotado después y prácticamente dormí el resto del día, pero luego estuve bien.

—Bien. Eso parece ser común. Los medicamentos contra las náuseas que te damos te producen cansancio, por eso duermes, pero si la quimio no te está molestando demasiado, tienes suerte. No es el caso de todos.

Asintió. —Sí. Mi suegra pasó por la quimio hace unos años. La dejó casi fuera de combate durante días después de cada sesión.

—Vaya. Eso es duro. Vosotros sois fuertes. No creo que pudiera soportarlo tan bien como mis pacientes. Soy un poco cobarde.

Thomas se rio. —Me cuesta creer eso. Pareces bastante dura.

—Bueno, gracias por eso. Lo intento, pero nunca me he enfrentado a algo así. Cada paciente que pasa por aquí está decidido. Es literalmente una lucha por tu vida. Es un desafío que nadie debería tener que afrontar.

Thomas asintió. —Mejor yo que mis hijos. Me digo eso

todos los días. Lo odio, pero lo odiaría mucho más si tuviera que ver a mis hijos pasar por esto.

—Puedo entender eso. Y no es una mala perspectiva.

Sonrió. —Entiendo lo que me está pasando. Mis hijos no lo entenderían. Hasta ahora no les hemos contado mucho. Creo que cuando mi pelo empiece a caerse harán más preguntas.

—Tu pelo es precioso.

—Gracias. Un regalo de mi madre.

Me reí con él.

—He pensado en cortarlo, pero aún no estoy listo para dejarlo ir.

—Tampoco estoy segura de lo que haría yo. He tenido algunos pacientes que usan gorros de quimioterapia que se supone que reducen la caída del cabello. ¿Has investigado sobre ellos?

Negó con la cabeza. —Ni siquiera había oído hablar de ellos.

—Échales un vistazo. Podría ser una opción. Así podrías conservar todo este precioso pelo.

Comencé el goteo de su siguiente infusión mientras él sacaba su móvil. —Lo estoy buscando ahora mismo. Cualquier cosa merece la pena intentarla para sentirse normal. Lo más normal posible.

—Absolutamente. Volveré en breve para ver cómo estás. ¿Necesitas un tentempié o algo?

—Un agua estaría genial.

Asentí. —Ahora mismo te la traigo.

Me quité el equipo de protección, lo tiré a la basura y me lavé las manos. De camino a buscar agua para Thomas, vi a Nico observándome. Tenía los brazos cruzados y la mirada en sus ojos decía que estaba intentando descifrar algo.

Caminó hacia mí mientras yo me dirigía a la nevera. Me detuve y esperé a que llegara hasta mí. —¿Está todo bien?

—No. Por favor, ven a mi despacho.

Asentí. —¿Puedo darle primero un agua a mi paciente?

Dudó, luego asintió, se dio la vuelta y se marchó.

Puse los ojos en blanco para mis adentros y llevé el agua a Thomas. No estaba segura de qué había enfadado a Nico esta vez, pero no tenía ninguna gana de escuchar lo que fuera a decirme. Después de la discusión que tuvimos la semana pasada, estaba nerviosa, incluso después de todo lo que admitió el día anterior.

—Cierra la puerta —dijo cuando entré en su despacho.

Cada centímetro de mi cuerpo me decía que huyera. Iba a decir algo que me enfadaría. Lo podía sentir.

—¿Qué estaba pasando con ese paciente? —preguntó.

—¿Qué paciente? ¿Thomas?

Él asintió.

—Le estoy administrando sus tratamientos. ¿Por qué?

—Estoy intentando aceptar que la forma en que hablas con los pacientes parece que estuvieras coqueteando con ellos.

Puse los ojos en blanco y suspiré profundamente. —¿Otra vez con esto? ¿Hablas en serio? Así es como hablo. No voy a disculparme de nuevo por ser amable con los pacientes. Es un hombre casado con hijos.

—He dicho que lo estoy intentando.

—Dr. Allison, he trabajado aquí durante años. Siempre he hablado con los pacientes de la misma manera. Siempre he sido amable y les he preguntado por sus vidas personales y coqueteado, como tú afirmas. No sé por qué solo ha sido un problema últimamente. ¿Ha habido quejas sobre mí?

—No —gruñó. Apartó la mirada.

—¿Alguien ha dicho que le estoy haciendo sentir incómodo?

—No.

—Entonces, ¿qué hay de malo en cómo estoy tratando a los pacientes? De verdad me gustaría saberlo.

—No me gusta verte coquetear con otros hombres, ¿vale? Me hace... —Se interrumpió. —No me gusta.

Respiré profundamente y caminé hacia él. Estaba celoso. El hijo de puta estaba celoso de la forma en que yo hablaba con los pacientes. —No estoy coqueteando con estos hombres. No estoy coqueteando con las mujeres. Estoy hablando con ellos. Intento que se sientan cómodos. Quiero que sepan que pueden hablar conmigo si lo necesitan. Esto es lo más difícil que la mayoría de ellos han experimentado y posiblemente experimentarán jamás. Es solitario. Incluso los pacientes que tienen a alguien que les apoya se sienten solos. Nadie más sabe cómo se sienten. Yo no lo sé, pero he visto lo suficiente para entenderlo. Puedo simpatizar sin involucrarme emocionalmente porque no soy familia ni amiga. Soy la enfermera. No soy alguien con quien se vayan a sentir incómodos durante años. Soy neutral.

—Lo entiendo.

—No, no creo que lo entiendas. No voy a cambiar quién soy. No voy a quedarme de brazos cruzados e ignorar a mis pacientes. Voy a hablar con ellos. Voy a conocerlos. Voy a escucharlos y les pondré mi mano en el brazo y me reiré con ellos. Voy a intentar hacerles sentir lo más normal posible. Si no puedes soportar eso de mí, entonces necesito empezar a buscar otro trabajo.

—No quiero eso. Eres excelente en lo que haces.

—Entonces tienes que dejarme hacerlo. Una de las razones por las que soy buena es porque no les trato como si fueran mercancía dañada o como si fueran intocables. Les trato como personas. Porque lo son.

Nico rodeó su escritorio y se acercó a mí. Se detuvo a pocos metros de mí. —Esto no es fácil para mí.

—¿El qué?

—Desearte como te deseo.

—¿Así que porque te sientes atraído por mí significa que no puedo hablar con otros hombres?

—No, pero me vuelve loco verte hablar con otros hombres de la manera en que lo haces. Saber que no me hablas a mí de esa forma.

—¿Quieres que coquetee contigo? —pregunté. No pude evitar que mis labios se curvaran hacia arriba.

—Demonios, sí. Quiero que me desees.

Sonreí con picardía. —Tienes que darme una razón.

—¿Una razón?

Me encogí de hombros. —Hablo con mis pacientes para que se sientan cómodos. Tú siempre estás en control. Tú marcas las pautas. No dudas de nada.— Mi aliento salió entrecortado. Hasta yo misma me escuchaba excitada. Me pregunté si él podría notarlo.

Se acercó más. —No estoy seguro de nada cuando estoy contigo, Laura. Te dije que te deseo. Te dije que te he deseado durante mucho tiempo. Tú eres quien tiene el control.

Respiré hondo y mi pecho rozó el suyo. Se inclinó más cerca y todos mis pensamientos se dispersaron, fragmentos de cosas que iba a decir se esparcieron por mi mente. Alcé la mano en el mismo momento en que Nico se agachó. Nuestros labios chocaron, ambos luchando por el control. Mordisqueé su lengua y él succionó la mía con fuerza hacia su boca. Presionó mi espalda contra la puerta y me devoró, frotando su barbilla con barba contra mi cuello mientras lamía su camino hasta mi mandíbula para capturar mis labios de nuevo.

Su erección palpitaba entre nosotros, mi cuerpo en alerta máxima. Lo deseaba. Lo necesitaba. Pero seguía siendo mi jefe, y yo tenía trabajo que hacer. Y no estaba de humor para hacerle pensar que sus celos estaban bien.

Lo aparté y respiré profundamente. Su pelo corto estaba

de punta por mis manos que habían pasado por él. Sus ojos oscuros estaban negros de deseo. Sus manos se crispaban a los lados. Su miembro intentaba abrirse paso a través de su cremallera.

—Tengo un paciente—dije.

—¿Estás de broma?

Negué con la cabeza y me alisé la parte superior del uniforme. —Tengo trabajo que hacer. Supongo que mi jefe quiere que haga mi trabajo.— Levanté una ceja, desafiándolo.

Gruñó. —Vale.

—No voy a cambiar la forma en que trato a mis pacientes, Dr. Allison.

—Vale.

Lo observé, disfrutando del poder apenas contenido en él. —Tampoco voy a cambiar de opinión sobre lo que sea que esto es.

Se frotó la mandíbula pero no antes de que viera su sonrisa.

Salí rápidamente de la oficina, cerrando la puerta tras de mí. Me detuve en el baño de camino a la sala de infusiones para arreglarme la coleta y asegurarme de que me veía bien. No pude evitar la sonrisa en el espejo. Ni la que mantuvo en mi cara el resto del día.

Nico me dejó tranquila toda la tarde y todo el día siguiente. Quería estar contenta por eso porque significaba que podía hacer mi trabajo, pero al final, me hizo sentir más ansiosa por nuestra cita.

Especialmente porque cada vez que estaba cerca de él, me olvidaba por completo de la novia que pensaba que tenía.

Me apresuré a casa después del trabajo y me di una ducha rápida. Necesitaba lavarme el día de encima y sentirme bien para mi primera cita con él. Estaba segura de que no sería la última, suponiendo que su ex realmente fuera su ex, y quería que saliera bien.

Nunca hablamos sobre dónde íbamos a ir, pero él hizo un comentario sobre querer verme con un vestido, así que rebusqué en mi armario hasta que encontré algunas opciones. Finalmente me decidí por un vestido negro hasta la rodilla con sutiles diseños grises. La tela de algodón se ajustaba a mis pechos y se ensanchaba en la cintura, acentuando mis curvas en todos los lugares correctos. Las mangas casquillo y la falda suelta lo suavizaban para que fuera lo suficientemente divertido para una cena informal, pero lo bastante sexy para una cita.

Solo esperaba que a Nico le gustara.

Me sequé y esponjé el pelo y luego me maquillé. Quería que él no pudiera dejar de mirar mis labios, así que opté por un lápiz labial rojo intenso que rara vez tenía el valor de usar y una sombra de ojos sutil. Trasladé todas mis cosas a un bolso rojo, añadí unos tacones rojos y respiré hondo.

Me veía condenadamente bien. Si Nico podía resistirse a mí, era mejor hombre de lo que pensaba.

Estaba lista.

Cuando llamó a la puerta, mi corazón latía con fuerza. Di un respingo y tuve que obligarme a respirar hondo antes de poder abrirla.

Y entonces me quedé sin aliento otra vez.

—Vaya—susurró.

Asentí, intentando verlo todo de una vez. Su pelo oscuro estaba arreglado, su barba igual. Su traje negro se ajustaba a su cuerpo. Llevaba una camisa gris debajo, que insinuaba una informalidad que rara vez veía en él. Un pañuelo de bolsillo indicaba que el traje no era nada informal, y tampoco lo era el hombre que lo llevaba.

Se inclinó y me besó en la mejilla. —Estás increíble.

—Gracias. Tú también.

Una sonrisa inclinó sus labios. Sus ojos marrones oscuros me miraron con brillo. Su deseo apenas contenido flotaba justo ahí, listo para ser liberado si yo estaba dispuesta.

Yo estaba más que dispuesta, pero también tenía hambre. Y quería conocerlo en un nivel diferente. Nos habíamos besado, y él era mi jefe, pero no conocía a Nico. No realmente.

—¿Me vas a decir adónde vamos?—pregunté, saliendo por la puerta para encontrarme con él en el porche. Cerré la puerta con llave con su calor lo suficientemente cerca como para poder sentirlo.

—Primero cenaremos. Después de eso, podemos decidir. No quiero sobrepasarme y mantenerte despierta hasta muy tarde.

Mi pulso se aceleró y el calor se extendió por mi cuerpo. Esperaba que me mantuviera despierta toda la noche, pero no iba a decírselo.

—Suena bien —dije en su lugar.

Puso su mano en la parte baja de mi espalda y me guio hasta su todoterreno. Era grande, como él. El interior era lujoso y cómodo. Los asientos de cuero aún olían a piel, pero mezclados con el inconfundible aroma de Nico. Un aroma en el que podría ahogarme.

No dijo nada mientras salía marcha atrás de mi camino de entrada y giraba hacia el sur. No fue hasta que llegamos a la avenida St. Lawrence cuando preguntó: —¿Adónde vamos?

—Hay un estupendo restaurante italiano en A-Bay. Está justo al lado del agua. Vistas preciosas y los mejores vinos de la zona. Pensé que podríamos celebrar y tener una noche sin un montón de gente conocida observando cada uno de nuestros movimientos.

Asentí. Decía las cosas adecuadas, pero también parecía

que estaba ocultando el hecho de que estábamos teniendo una cita. Como si no quisiera que nadie lo supiera.

Intenté decirme a mí misma que estaba siendo tonta, pero no podía quitarme la sensación de que algo no iba bien.

Entró en un aparcamiento con un encargado en la entrada. Se detuvo, salió del coche y caminó hasta mi puerta. —¿Estás lista?

Acepté su brazo y sonreí al encargado mientras él se deslizaba en el asiento del conductor. Me alisé el vestido con la mano, sintiéndome muy poco arreglada. La mayoría de los locales en las Mil Islas eran informales. Negocios familiares, pequeños y sencillos. La gente era relajada y tranquila. Pero este sitio... nunca había estado en un lugar así.

Otro hombre nos abrió la puerta cuando nos acercamos, y Nico le hizo un gesto con la cabeza. Intenté sonreír, pero me sentía tensa e incómoda. Nico, por otro lado, parecía completamente cómodo con la opulencia del lugar.

Con una cosa no podía estar en desacuerdo: las vistas. Tenía razón. La anfitriona nos llevó a una mesa justo al lado de la ventana. Podíamos ver el Castillo Boldt desde nuestros asientos, y el resplandeciente río St. Lawrence mientras fluía ante nosotros.

—Es precioso aquí —dije, forzando una sonrisa e intentando actuar con normalidad. Tan normal como fuera posible.

Nico asintió. —Lo es. Este es uno de mis restaurantes favoritos.

Una joven camarera se acercó con una sonrisa y una botella de vino. —Buenas noches, señor. Señora. ¿Cómo están ambos esta noche?

—Muy bien, Crystal. ¿Qué tal estás tú?

—Bien, señor. ¿Está bien esto para esta noche? —Le presentó la botella de vino.

—Maravilloso. Gracias.

Crystal asintió. —Os daré unos momentos.

Nico volvió a asentir. Crystal abrió la botella y vertió un poco de vino en su copa. Él lo saboreó, haciéndolo girar en su boca antes de tragarlo, y luego asintió en señal de aprobación.

Crystal se volvió y llenó mi copa y luego sirvió una para él antes de colocar la botella en un cubo con hielo justo detrás de Nico.

Le miré, pero él estaba mirando por la ventana. No estaba segura de lo que se suponía que debía hacer, así que abrí mi menú y lo estudié.

No había precios. Nunca había estado en un lugar sin precios en el menú. Había oído hablar de eso, pero yo no era ese tipo de persona. No es que no quisiera probarlo, pero no estaba preparada. Debería haberme puesto un vestido más elegante. Tal vez debería haberme recogido el pelo en algún tipo de moño complicado. O haberme puesto alguna joya cara. No llevaba ninguna joya.

Levanté la copa de vino y la incliné, necesitando un trago para calmar mis nervios. Era un buen vino. Muy bueno. Dejé la copa cuando me di cuenta de que si la comida no tenía precios, probablemente el vino era el más caro que había tomado en mi vida. Y lo estaba bebiendo a grandes tragos.

Me mordí el labio e intenté detener el pánico que sentía. No tenía ni idea de qué hacer. Estaba fuera de lugar. Realmente no me gustaba esa sensación.

Nico me miró y levantó su copa de vino. Cuando nuestras miradas se encontraron, él señaló con la cabeza hacia la mía. Dejé mi menú a un lado y cogí mi copa.

—Por empezar algo nuevo.

Sonreí. Eso me hizo sentir mejor. Estaba brindando por nosotros.

—He firmado hoy el contrato para que comiencen las

obras de la clínica. Estará terminada en seis semanas. Esta noche, celebramos.

—Oh —dije. No estaba hablando de nosotros. Estaba hablando del trabajo. Apreté los labios en una sonrisa y choqué mi copa con la suya. Volví a sorber el vino, dejando que el sabor dulce y afrutado se extendiera por mi lengua.

Crystal colocó una cesta en la mesa entre nosotros y dio un paso atrás. Juntó las manos detrás de ella y se centró en Nico. —Hágame saber cuándo le gustaría que salga el primer plato. El chef Andre ha estado preparándose todo el día para su llegada.

Nico asintió. —Gracias, Crystal. Creo que sería bueno que tuviéramos unos momentos para relajarnos y disfrutar del hermoso paisaje. Por favor, agradece al chef Andre de nuestra parte.

Crystal sonrió. —Por supuesto, señor. Saldrá a verles en algún momento de esta noche. Me llevaré estos para no estorbar. La anfitriona no se dio cuenta de que no los necesitarían. —Alcanzó nuestros menús mientras yo tomaba mi vino.

Cuando Crystal se alejó, le pregunté a Nico: —¿Por qué no pedimos?

—Conozco al dueño. Y al chef. Les pedí que crearan un menú especial solo para nosotros esta noche. Nos van a servir platos que no están disponibles para nadie más.

Mis cejas se arquearon y asentí. Vaya. No estaba segura de cómo me sentía al respecto, pero no era nada bien.

11

NICO

El chef Andre se superó con nuestra comida. Cada bocado era sensacional, y el vino con el que acompañó la comida fue el complemento perfecto. No recordaba la última vez que había disfrutado tanto de una comida.

Hasta que miré la cara de Laura.

—¿No te gusta? —pregunté.

Ella forzó una sonrisa y negó con la cabeza. —Está bueno. Todo está bueno.

Sonreí. Algo iba mal. No estaba disfrutando. No tenía ni idea de por qué, pero no estaba contenta.

—Así que, um... —intenté pensar en algo de lo que hablar con ella. Sabía cómo le había ido el día porque la veía todos los días y leía las notas que escribía sobre los pacientes cada noche. No conocía a sus amigos, pero no me interesaba la vida personal de estos. Quería conocerla a ella. —¿Por qué te mudaste a Cala MacKellar?

Me miró con un bocado de pasta a medio camino de su boca. Respiró hondo y dejó el tenedor. Puso las manos en su regazo y miró justo por encima de mi cabeza, de manera que me estaba mirando pero no realmente. —Vine por el trabajo.

—¿Solo por el trabajo?

Asintió. —Básicamente. Buscaba algo nuevo. En parte un nuevo reto, pero también algo diferente. Había considerado dedicarme a la oncología cuando estaba en la escuela de enfermería, pero me enamoré de la fertilidad antes de tener la oportunidad de probar oncología.

—¿En serio?

Asintió de nuevo. —Sí.

Conseguir que hablara era casi doloroso. No quería estar allí. Había tenido suficientes citas como para saber cuándo ella no estaba interesada. Esta era la peor porque me importaba. Si fuera cualquier otra mujer, habría pedido la cuenta y me habría marchado, pero era Laura.

—¿Te gusta estar aquí?

Por fin me miró. —Sí, me gusta.

—Háblame de tus amigos —dije. Lo odiaba, pero normalmente se animaba y se volvía habladora cuando le preguntaban por sus amigos. Ally no formaba parte del círculo de Laura, pero conocía lo suficiente a las mujeres que lo formaban como para preguntar por ellas. Había escuchado más de unas cuantas conversaciones entre ellas para saber que Laura adoraba a sus amigas.

—¿Quieres saber sobre mis amigos?

Su tono decía que no debería estar de acuerdo, pero no sabía de qué más hablar con ella. Asumí que la conversación sería fácil con ella. No era una desconocida. Pero todo era incómodo. —Sí. Sé que son importantes para ti.

Finalmente, dije algo acertado. Sus ojos se suavizaron y las comisuras de sus labios se curvaron hacia arriba. Ese lápiz de labios rojo me estaba volviendo loco. Quería besarlo hasta quitárselo. Separó los labios y comenzó a hablar, hipnotizándome con sus suaves palabras.

—No sé si habría sobrevivido a los últimos años sin ellos

—dijo Laura. —Estar en un lugar sin gente no es fácil. Especialmente cuando— Se interrumpió.

—¿Cuando qué? —pregunté mientras sus mejillas se sonrojaban. Evitó mirarme, limpiándose la boca con la servilleta y mirando fijamente su plato.

—¿Más vino, señora? —preguntó Crystal, interrumpiéndonos en el peor momento. O quizás en el mejor. Me preguntaba si los camareros recibían formación para detectar cuando algo iba mal y pudieran intervenir para evitar una escena.

Laura asintió y levantó agradecida la mirada hacia Crystal. —Gracias.

Crystal asintió y me ofreció más a mí. Decliné. Crystal se alejó, dejándonos de nuevo con nuestra conversación, pero permaneció cerca. Éramos la única mesa que tenía para la noche. Un favor del dueño.

—¿De qué estábamos hablando? —pregunté aunque sabía exactamente de qué estábamos hablando.

—Me preguntaste por mis amigos —dijo, evitando aún mi mirada. —Son divertidas, dulces y mujeres increíbles. Nos reunimos todos los domingos por la noche y normalmente al menos algunas nos juntamos durante la semana. Son como una familia para mí.

—Tienes suerte de tenerlas —dije, sin presionar el tema. Quería saber lo que iba a decir, pero no era mi empleada ocultándome algo. Era mi cita.

—Lo soy. ¿Tienes personas así en tu vida?

Lo pensé y me di cuenta de que no. No del mismo modo. Tenía a Veronica y Jeff, pero nadie más. Nadie a quien viera regularmente. —No así. Tengo algunos amigos cercanos, pero no son de aquí, así que no los veo a menudo.

—¿Por qué abriste tu clínica en Cala MacKellar?

—Me recordaba a los veranos con mi abuela. En Puerto Rico. Pequeño, tranquilo, con agua, por supuesto. Mis padres vinieron aquí una vez antes de que yo naciera, y me mudé a Siracusa para la facultad de medicina. Me sentí en paz aquí.

—Es muy tranquilo —coincidió Laura. Me sonrió por primera vez desde que abrió su puerta.

—Nico —dijo Andre al detenerse en nuestra mesa.

Me levanté y abracé al otro hombre, un hombre al que consideraba un amigo hasta que Laura habló de los suyos. Mis amigos eran más bien conocidos. —Andre. Delicioso como siempre. Por favor, conoce a Laura. Laura, este es el chef, Andre.

Andre alcanzó su mano y la estrechó entre las suyas. —Un placer, señorita Laura.

—El placer es mío, Chef. Todo estaba increíble. Nunca había probado una comida tan buena.

—Ah, bueno, entonces tendrás que volver para que pueda sorprenderte de nuevo.

Laura sonrió, con las mejillas tiñéndose de rosa. No me gustó eso. Para nada.

—Sí, bueno, estoy seguro de que volveremos pronto —dije, enfatizando el *volveremos* para mi supuesto amigo.

Andre se giró hacia mí, con los ojos brillantes. —Estoy deseándolo. Disculpadme, pero debo volver a mi cocina. Ha sido maravilloso verte, Nico, y conocerte, Laura. Espero con ganas la próxima vez.

Laura saludó con la mano mientras Andre se abría paso entre las mesas, deteniéndose de vez en cuando para hablar con otros clientes. Yo solo quería darle una paliza por coquetear con mi cita.

—Siéntate —siseó Laura. —Deja de mirarlo con esa cara.

Me aclaré la garganta y volví a sentarme. No me había dado cuenta de que estaba haciendo lo que ella decía hasta que me lo señaló.

Laura terminó su vino y declaró que había acabado. Le entregué mi tarjeta a Crystal para pagar la cena y esperé a que regresara. Laura miraba por la ventana, observando cómo el cielo oscurecido se hacía más oscuro. Las luces del castillo brillaban contra el azul marino profundo del agua mientras los barcos navegaban en silencio.

Crystal volvió con mi tarjeta y un recibo para firmar. Me aseguré de dejarle una propina enorme ya que había estado dedicada a nuestra mesa durante la mayor parte de la noche, luego le di las gracias. Aparté la silla de Laura para que se levantara y la seguí fuera del restaurante.

El aparcacoches trajo mi todoterreno rápidamente y asintió agradecido cuando le entregué el dinero en efectivo. —Que paséis buena noche.

En silencio, me dirigí hacia Cala MacKellar, preguntándome si habría una segunda parte de nuestra cita.

Laura estuvo callada durante el trayecto. Sobre todo miraba por la ventana. La miraba de vez en cuando, pero ella no me devolvía la mirada. Me aclaré la garganta cuando nos acercábamos a Cala MacKellar y pregunté: —¿Qué te gustaría hacer ahora?

Bostezó y se estiró, luego se tapó la boca con una risita. —Sinceramente, estoy un poco cansada. Creo que debería irme a casa.

Dolió. No debería, pero dolió. Me estaba dando largas. Se acabó.

Asentí bruscamente y conduje en silencio hasta su casa. Aparqué en su entrada y apagué el vehículo, disponiéndome a salir.

—No hace falta que me acompañes.

—Esto es una cita. Voy a acompañarte a la puerta, Laura.

Asintió y me encontró delante del todoterreno. Me miró y me dio una sonrisa triste. La seguí hasta la puerta y esperé mientras la abría. Se volvió hacia mí.

—Gracias por la cena.

—De nada. Yo, eh, supongo que te veré mañana —dije.

Asintió y sonrió una vez más antes de entrar. Ni un beso. Ni una petición para otra cita. Nada.

Tanto para nada.

EVITÉ a Laura tanto como fue posible al día siguiente. El jueves ella estaba conmigo atendiendo a pacientes, así que me vi obligado a verla, pero mantuve las cosas profesionales y distantes. Igual que antes de besarla y admitir lo mucho que la deseaba.

Ella se comportaba igual, manteniéndose alejada de mí y apenas hablando. Quería agarrarla y arrastrarla a mi despacho y besarla hasta que dejara de actuar como si fuéramos extraños, pero eso definitivamente cruzaría la línea.

Cuando besé a Laura por primera vez, se lo dije a Ally. Como directora comercial, quería que estuviera al tanto del cambio en nuestra relación. Lo veía como una forma de proteger a Laura y asegurarme de que supiera que su trabajo no corría peligro. No estaba seguro de si Ally le había dicho a Laura que sabía lo nuestro, pero las miradas de compasión que Ally me lanzaba decían que sabía algo que no era bueno para mí.

¿Qué se suponía que debía hacer?

Tenía tres opciones. Podía preguntarle a Ally, preguntarle a Laura, o ir a la noche de chicos y ver si tenían alguna idea. Me acobardé por completo y me escondí en mi oficina hasta que Ally y Laura se fueron. Necesitaba ayuda de hombres que hubieran descubierto cómo tener relaciones exitosas.

O'Kelley's estaba concurrido, pero no tan abarrotado como para no poder abrirme paso hasta la barra. Había un taburete vacío al final, junto a Ramsey. Pregunté si podía unirme a ellos antes de reclamar el taburete como mío. Eran amigos de Laura, y si metía la pata lo suficiente, no quería incomodarlos.

—Por supuesto. ¿Cómo estás? —preguntó Ramsey.

Negué con la cabeza. —He estado mejor.

Hudson colocó una bebida azul frente a mí. —Pruébala.

Levanté el vaso y di un sorbo. —Joder. Estaba buena. Dulce pero no empalagosa, con un claro toque de licor. —¿Qué lleva esto?

—Receta secreta. ¿Está buena?

—Muy buena. Menos mal que voy andando, así puedo tomar otra.

Hudson asintió y sonrió. Era un hombre grande como yo, pero sin duda tenía un lado sensible. Se notaba en sus ojos. Cuidaba de la gente. Lo reconocía en otros porque yo también lo tenía. Para Hudson, consistía en servir copas y esconderse tras una fachada de tipo duro. Para mí, era curarlos y esconderme tras la bata blanca.

—¿Por qué ha sido mala tu semana? —preguntó Ian.

Miré más allá de Ramsey hacia donde estaba sentado. En su mirada había curiosidad, no juicio. Los otros hombres estaban igual. No estaban allí para decirme que me equivocaba. Querían ayudar. Era por eso que había ido allí.

—Tuve una cita con Laura el martes por la noche.

Los hombres intercambiaron miradas sorprendidas.

—Te mueves rápido —dijo Gavin. —Impresionante, Doc.

—Demasiado rápido, supongo. Nosotros... Pensé que ella estaba en el mismo punto que yo, pero la cita... no me ha hablado desde entonces.

—¿Qué hiciste? —preguntó Hudson, con voz cargada de amenaza y peligro. El hombre protector que velaba por mí un momento antes estaba listo para arrancarme la cabeza.

—No tengo ni idea —le dije sinceramente. —Le besé en la mejilla, pero no la toqué de otro modo antes de que vayas por ahí.

Hudson se relajó lo suficiente como para no parecer que iba a hacerme pedazos con sus propias manos, aunque no tenía ninguna duda de que absolutamente podría hacerlo. —¿Por qué no te habla?

Negué con la cabeza. —No lo sé. Yo no le hablo a ella, pero solo porque no tengo ni idea de qué fue tan malo.

—Cuéntanos sobre la cita —dijo James. —Podemos analizarla.

—Vale. Hice reservas en The Starlight Overlook. El dueño y el chef son amigos míos. La recogí y solo le besé la mejilla, luego condujimos hasta el restaurante. Teníamos una mesa cerca del agua para poder ver el Castillo Boldt y contemplar la puesta de sol. El dueño nos asignó un camarero exclusivo para la noche para que no tuviéramos que esperar nada. Preordené toda nuestra comida con un menú especial que el chef preparó solo para nosotros, incluyendo el vino. Hablamos un poco, pero ella no estaba relajada ni disfrutando. Al final de la cena, dijo que estaba cansada y quería irse a casa, así que la llevé, la acompañé hasta la puerta, y entró sin darme la oportunidad de besarla o decir algo.

Miré a los hombres sentados a mi alrededor y estudié sus diversos grados de diversión y asombro.

—¿Qué? —pregunté. Obviamente sabían cuál era el problema.

Ramsey miró a los demás. —Llevo media vida con Melody. Necesito que uno de vosotros le explique esto.

Ian se inclinó hacia delante. —Las mujeres no quieren a un hombre que piense por ellas.

—¿Perdona?

—O a un hombre que les diga lo que tienen que hacer —añadió James.

—O a uno que no las deje tomar sus propias decisiones —añadió Rowan.

—Y algunas no quieren a un hombre que las haga felices, pero no creo que ese sea tu problema —dijo Sebastian Parks.

Los miré boquiabierto y negué con la cabeza. —¿De qué demonios estáis hablando?

—¿Sales mucho con chicas? —preguntó Colin.

Me encogí de hombros. —Algo, supongo. ¿Por qué?

—¿Siempre llevas a tus citas a restaurantes elegantes y pides por ellas? —preguntó Gavin.

Me encogí de hombros otra vez. —A veces. Mis mejillas se sonrojaron mientras los otros abrían los ojos de par en par. —¿Qué?

—¿Por qué? —preguntó Ian.

—¿Perdona?

—He dicho por qué. ¿Por qué vas a restaurantes caros y pides un menú especial? ¿Por qué no la dejas pedir? ¿O cogéis una hamburguesa y os sentáis junto al agua? —dijo Ian.

—Yo...¿por qué está mal querer impresionar a una mujer? ¿Darle cosas que no tiene? ¿Alardear de mi dinero ya que tengo mucho? —repliqué. ¿Por qué me estaban juzgando? Pensaba que se suponía que eran amigos o algo así.

—Está bien, escucha. Estos tíos no están dispuestos a decirlo directamente —dijo Ramsey. Se giró para mirarme. —Tener dinero es genial. Compartirlo con personas que te importan es genial. Impresionarla es genial. Hay algunos problemas. Uno es que Laura no va a impresionarse con tu dinero. Sabe que lo tienes, y tengo que preguntarte, si ella se impresionara con tu dinero, ¿realmente la querrías? No tienes que responder a eso, solo piénsalo.

—Segundo —dijo Hudson—, —si estás alardeando de tu dinero, le estás diciendo que eso es todo lo que eres. Lo veo todo el tiempo. Chicos, y algunas mujeres, vienen aquí y gastan un montón para impresionar a su cita. Lo único que le dice a la cita es que el dinero es todo lo que tienen para ofre-

cer. Te hace parecer como si no tuvieras mucha personalidad.

—Eso no es cierto.

—Y aquí es cuando llegamos a la tercera razón por la que
esto te estalló en la cara —dijo James. —¿Por qué la invitaste
a salir? ¿Fue para lucirte o para lucirla a ella? A Trinity le
molesta cuando no sabe adónde vamos. Quiere poder
vestirse adecuadamente. Laura probablemente se sintió fuera
de lugar, pero más que eso, estabas intentando presumir. No
buscabas conocerla o tratar de averiguar si funcionaban bien
juntos. Solo querías que pensara que tienes dinero, lo cual ya
sabe porque tú le pagas el maldito sueldo.

—Entonces, ¿esto es porque soy su jefe? —pregunté.

Todos se rieron y negaron con la cabeza. No tenía ni idea
de qué demonios estaba pasando.

—Escucha, todos conocemos a Laura. Es divertida,
coqueta, amable y generosa. El dinero no la impresiona.
Viene aquí algunas noches a la semana y come una hamburguesa o un sándwich. No es sofisticada. Pero es inteligente.
Pedir por ella y alardear de tu dinero probablemente le hizo
sentir que no te importa quién es ella o lo que piensa. Ni
siquiera la dejaste elegir su propia comida —dijo Hudson.

—¿Y eso es importante?

Todos asintieron.

—Mi padre solía pedir por mi madre todo el tiempo
cuando salíamos —les dije.

—¿Lo hacía después de haber estado juntos un tiempo o
en una primera cita? Porque a menos que sepas lo que le
gusta y sea un lugar al que habéis ido un montón de veces y
sabes que no está buscando probar algo nuevo, nunca, jamás
pidas por una mujer —dijo Ian.

—Nunca he pedido por Melody, y llevamos juntos toda la
vida —dijo Ramsey.

—¿En serio?

Todos asintieron de nuevo.

—Mierda —dije, frotándome la cara con las manos. —Entonces, ¿todo lo que hice en la cita la enfadó?

—Básicamente —dijo James.

—¿Cómo lo arreglo?

Todos hicieron una mueca.

—Puedes disculparte. Intenta explicar qué estabas pensando —dijo Colin.

—Hagas lo que hagas, no la culpes a ella —dijo Gavin.

—Y hazle cumplidos. Muchos —añadió Ramsey.

Miré a los hombres sentados allí y negué con la cabeza. —Las citas son un asco.

Todos se rieron.

—Sí, pero cuando encuentras a la adecuada, merece la pena —dijo Ian.

—Totalmente —coincidió Colin con una sonrisa de oreja a oreja.

—Entonces supongo que será mejor que haga lo que sea necesario para arreglarlo. Por si acaso —dije.

Todos me dedicaron sonrisas cómplices. Estaba mintiendo. Ya estaba hundido. Lo que significaba que no tenía otra opción que hacer las paces con Laura. Costara lo que costase.

12

LAURA

—¿No has hablado con él para nada? —preguntó Karissa.

Negué con la cabeza. Karissa y Sofia vinieron a cenar después del trabajo. Todavía estábamos conociendo a Sofia, pero cuando me di cuenta de que Piper trabajaba todos los jueves por la noche en O'Kelley's y Sofia solía estar sola, la invité a venir en lugar de arriesgarme a ver a Nico otra vez en el bar.

—No te culpo —dijo Sofia. Se recogió su pelo rubio en una coleta y se lo ató. —Yo tampoco estaría contenta con eso, y eso que no salgo con nadie.

Karissa asintió. —No sé en qué estaría pensando, pero siempre ha sido un poco raro. No sé si entiende las normas sociales. Supongo que Verónica no le enseñó a ser una buena cita.

Todavía me dolía pensar en él con Verónica, aunque supiera que no era el adecuado para mí. —Pues que se lo quede para ella sola. Simplemente sentí que no estaba interesado en mí para nada. Solo quería presumir ante todos de que tiene dinero. Y eso no va conmigo.

—Desde luego tampoco va conmigo. El dinero no arregla todo y definitivamente no borra una personalidad penosa —dijo Sofia.

—Parece que hablas desde la experiencia —dijo Karissa.

Las mejillas de Sofia se sonrojaron y forzó una pequeña sonrisa. —Desafortunadamente, sí.

Karissa y yo intercambiamos una mirada mientras Sofia bebía su agua. No habíamos llegado a conocerla mucho, pero realmente no importaba. Era amiga cercana de Piper y era amable y divertida. Le llevó un tiempo empezar a sentirse cómoda con nosotras, lo cual era comprensible. Podía tener sus secretos.

—Al menos ahora lo sabes —dijo Karissa. —Puedes dejar de preguntarte cómo serán las cosas y dejar de esperar que se fije en ti. Parece que no va a fijarse en nadie más que en él mismo.

Asentí con tristeza. No quería que las cosas con Nico terminaran así, pero no estaba dispuesta a cambiar quien era por estar con él. Si no estaba interesado en mí, entonces no éramos adecuados, sin importar cuánto me gustara.

—Sebastian dice que los hombres suelen ser bastante despistados. ¿Creéis que quizás Nico no sabía que estaba actuando como un idiota? —preguntó Sofia.

—Vamos a volver al tema de Sebastian en un minuto, pero no sé. ¿Es posible que un tío realmente crea que pedir por ti es sexy? —preguntó Karissa.

Me encogí de hombros. —Sí, técnicamente pidió por mí, pero no es que mirara el menú y decidiera que yo no podía hacerlo sola. Encargó un menú personalizado. Fue increíble, pero no pude pensar por mí misma en absoluto.

—Me habría molestado todo eso, absolutamente todo, pero también me habría sentido completamente incómoda en un sitio así —dijo Sofia.

—Lo estaba —admití. —No podía disfrutarlo porque

sentía que todo el mundo me miraba cuando entramos por cómo iba vestida. Luego durante toda la noche todos nos observaban porque teníamos comida diferente y nuestro propio camarero. Fue simplemente raro. Y él era raro. Todo fue raro.

—Si quisiera volver a salir contigo, ¿qué le dirías? —preguntó Karissa.

Negué con la cabeza. —No quiere, así que da igual.

—¿Cómo lo sabes? —preguntó Sofia.

—No me ha dirigido la palabra. Han pasado dos días. Esto no es como un tío que no llama después de una cita, es mi jefe, con quien he pasado la mitad del día hoy, y no me ha dicho ni una palabra. Ni siquiera sé si voy a seguir teniendo trabajo después de todo esto.

—Estoy segura de que no tienes nada de qué preocuparte —dijo Karissa.

Sofia y Karissa sonrieron y me dieron palmaditas en las manos como si fuera una anciana senil incapaz de cuidarme a mí misma. Intenté reírlo, pero me dolió un poco. Había idealizado demasiado a Nico a lo largo de los años. La realidad era dolorosa.

Sonó el temporizador del horno y sacamos nuestras pizzas individuales. Las pusimos en la encimera para que se enfriaran unos minutos mientras los aromas hacían que nos rugieran los estómagos. Todas nos reímos.

—Vale, entonces tú y Sebastian —le dijo Karissa a Sofia. —¿Qué está pasando?

—Absolutamente nada, como sigo diciendo. Y así es como lo quiero. Como lo queremos los dos —dijo Sofia.

—¿En serio? —preguntó Karissa. —Parecéis muy cercanos.

—Supongo que lo somos, pero como he dicho antes, no hay nada ahí. Cuando Piper y Gavin empezaron a hacer planes y arreglar la posada, Piper me trajo. Sebastian lleva tanto tiempo allí que conoce cada rincón del lugar. Hemos estado trabajando juntos mucho, pero eso es todo.

—No parece tan sencillo —le dije.

Se encogió de hombros. —Lo es. Hablamos y tenemos cosas en común, pero es como un hermano para mí. No tengo ningún interés en él. Sigue enamorado de Zoey, pero incluso si no lo estuviera, solo somos amigos.

—Quizás debería hacer eso. Solo ser amiga de los hombres en vez de verlos a todos como posibles citas —dije.

Karissa se rio. —Yo no soy ninguna de las dos cosas. No salgo con nadie y no tengo amigos hombres. No que no estén con alguna de mis amigas. No puedo recordar la última cita que tuve. Incluso una mala sería algo.

—Eres demasiado exigente —le dije.

Ella asintió. —Lo soy. Especialmente después de toda la investigación para la aplicación. No lo sé. Quiero encontrar a alguien, pero no solo por hacerlo. Quiero a alguien con quien realmente pueda construir una vida. Alguien a quien pueda amar como se amaban mi madre y mi padre o como se amaban mi madre y Eddie.

—¿Te conté que vi a Eddie la semana pasada? Estaba en la clínica —dije.

—¿Eddie estaba en la clínica? —preguntó Karissa. Su cara palideció y cogió su móvil.

—Lo siento, está bien. No debería haberlo dicho así. Yo pensé lo mismo. Estaba allí con Peter. Peter va a hacer la ampliación para Nico. Arriba.

—No creo que supiera que había un piso de arriba —dijo Karissa.

Negué con la cabeza. —Yo tampoco lo sabía. Al menos no uno que planeara utilizar. Es un espacio grande y abierto que va a convertir en una clínica de infusión. Más plazas para poder ayudar a más personas.

—¿Podéis? Las cosas siempre parecen bastante ocupadas allí.

—Lo están. Va a contratar más personal para ayudar.

—Vaya. Mira, por eso es difícil rendirse con un hombre como él. Porque al final del día, es un buen hombre —dijo Karissa.

—Solo que sin ninguna comprensión de cómo tratar a una mujer —añadió Sofia.

Me reí y asentí, estando de acuerdo con ambas. Era una pena, pero era cierto.

Después de hartarnos de pizza y ver una película, Karissa y Sofia se fueron a casa. Me acurruqué en mi sofá y pensé en Nico y nuestra cita. ¿Estaba mal que quisiera contactar con mi último match después de semejante desastre? Sentía que necesitaba un impulso, y un recordatorio de que no todos los hombres eran completos idiotas. No es que realmente supiera cómo sería Dictador, pero tenía esperanzas.

Antes de que pudiera pensármelo dos veces, le envié un mensaje.

SIN ARREPENTIMIENTOS

¿Cuál es la última serie que has visto del tirón?

Me encogí cuando el mensaje se envió. Era muy mala ligando. Demonios, ni siquiera sabía si estaba ligando. Solo necesitaba algo nuevo que ver.

DICTADOR

¿Me estás invitando a Netflix y relax?

Mis mejillas se calentaron con su mensaje. No lo rechazaría, pero no conocía al tío.

SIN ARREPENTIMIENTOS

Um, no es lo que quería decir, pero tal vez
algún día. Si decido mantenerte cerca el
tiempo suficiente.

DICTADOR

Parece que hay mucho de eso últimamente.

SIN ARREPENTIMIENTOS

¿Mucho de qué?

DICTADOR

Nada, lo siento. Y no veo mucha televisión,
así que ni siquiera puedo recomendarte una
buena serie.

SIN ARREPENTIMIENTOS

Nada, lo siento. Y no veo mucha televisión,
así que ni siquiera puedo recomendarte una
buena serie.

DICTADOR

Vi una buena el fin de semana pasado. He
estado viendo películas más antiguas
últimamente. De cuando era más joven. Vi
"La mujer explosiva" hace poco. ¿La has
visto alguna vez?

SIN ARREPENTIMIENTOS

Sí. Era buena, pero hace años que la vi. Pero
es una buena idea buscar algo más antiguo.
Siempre miro los estrenos nuevos y acabo
sin encontrar nada. Tal vez debería mirar
atrás.

DICTADOR

¿Has trabajado hoy?

SIN ARREPENTIMIENTOS

Sí. Ha sido una semana dura.

DICTADOR

¿Quieres hablar de ello?

SIN ARREPENTIMIENTOS

No realmente. Tengo como una regla de no hablar con mis matches sobre otras personas con las que estoy hablando o quedando. No me parece justo.

DICTADOR

Ah, así que una mala cita. Entiendo. Lo siento. Eso es un fastidio.

SIN ARREPENTIMIENTOS

Lo es, pero estas cosas pasan. ¿Qué tal tu semana?

DICTADOR

Más o menos como la tuya.

SIN ARREPENTIMIENTOS

¡Jajaja! Supongo que por eso tú también estás en casa esta noche.

DICTADOR

De hecho, acabo de llegar a casa. He quedado con un amigo.

SIN ARREPENTIMIENTOS

Si "amigo" es una palabra en clave para un rollo, puedes decírmelo directamente. No nos considero exclusivos. Ya sabes, dado que nunca nos hemos visto.

DICTADOR

No, no es una palabra en clave. Bueno saberlo sobre lo de la exclusividad.

SIN ARREPENTIMIENTOS

¡Loco por ti!

DICTADOR

Em, ¿qué?

SIN ARREPENTIMIENTOS

La película. Acabo de encontrarla. ¿La has visto alguna vez?

DICTADOR

Nunca he oído hablar de ella.

SIN ARREPENTIMIENTOS

Es genial. Es como "No puedo comprarte amor", pero unos 10 años después.

DICTADOR

Tampoco conozco esa. Parece que necesito ampliar mis intereses.

SIN ARREPENTIMIENTOS

Totalmente. Las películas cursis de romance te ayudarán mucho con las citas. A la mayoría de las mujeres les encantan.

DICTADOR

Necesito toda la ayuda posible.

SIN ARREPENTIMIENTOS

¿Estás mirando?

DICTADOR

Bueno, me pediste Netflix y relax...

SIN ARREPENTIMIENTOS

Me haces querer seguir intentándolo.

DICTADOR

¿Seguir intentándolo?

SIN ARREPENTIMIENTOS

Después del desastre de mi cita no estaba segura de querer intentarlo de nuevo. Tú me haces pensar que debería.

DICTADOR

Solo necesitas elegir a la persona adecuada.

SIN ARREPENTIMIENTOS

Pensé que lo había hecho. Quizás lo idealicé demasiado en mi mente.

DICTADOR

Probablemente mintió sobre quién era.
Dijiste que todo el mundo lo hace. Es una
mierda que te mientan. Siento que te haya
pasado.

SIN ARREPENTIMIENTOS

Gracias, pero no creo que mintiera. Creo que
simplemente vi algo que no estaba allí.

DICTADOR

No te pongas triste. Voy a contarte una
historia. Había una vez una mujer. Era guapa,
inteligente e increíblemente divertida. Lo
tenía todo. Todos los hombres la deseaban.
Pero ella no tenía ningún interés en salir con
ninguno de ellos. Porque podía leer sus
mentes, y sabía que todos solo la querían
para una cosa.

SIN ARREPENTIMIENTOS

Apuesto a que puedo adivinar para qué.

DICTADOR

Exacto. Así que evitaba a los hombres y
finalmente dejó de salir en público porque
podía escuchar los pensamientos de todos.
Un día, decidió intentarlo de nuevo, pero se
disfrazó. Escondió su pelo bajo un pañuelo y
llevaba ropa extraña y botas toscas. Nadie la
reconoció. Nadie se acercó a ella. Estaba en
paz. Podía caminar y aún podía escuchar los
pensamientos de la gente, pero se sentía
libre.

SIN ARREPENTIMIENTOS

Suena bastante bien.

DICTADOR

Lo era. Mientras caminaba, sonreía para sí misma y escuchaba los deseos de las personas a su alrededor. Quería ayudar y estaba pensando en formas en que podría hacerlo cuando oyó a alguien preguntándose dónde estaba. Un hombre. A él le gustaba verla sonreír y la echaba de menos y se preguntaba qué le había pasado. Miró alrededor y creyó verlo al otro lado de la calle. Empezó a caminar para saludarlo, se cruzó delante de un coche y murió.

Me quedé mirando el móvil. Quería lanzarlo al otro lado de la habitación.

SIN ARREPENTIMIENTOS

¿¡Qué demonios!? ¡Eso ha sido horrible!

DICTADOR

No, eso es la vida. Tu nombre es Sin arrepentimientos. Esa mujer tenía un montón de ellos. Estaba asustada. En lugar de decirle a todo el mundo que se alejara, se escondió. Cuando finalmente encontró a alguien que la quería por una razón diferente, murió. Podría haberlo buscado antes, pero esperó. Dejó que todos los demás le dijeran quién era y dejó de escuchar sus propios deseos. Vivió y murió con remordimientos. Sucede todo el tiempo.

SIN ARREPENTIMIENTOS

Vale, pero en serio, esa historia ha sido cruel. Estoy aquí casi llorando.

DICTADOR

Tú no eres esa mujer, Sin arrepentimientos. Estás viviendo tu vida. No te escondes del próximo encuentro o cita o experiencia. Eres fuerte.

Gracias.

DICTADOR

De nada. Gracias a ti por chatear conmigo.
Hace que mis días sean mucho mejores.

Los míos también.

Chateamos intermitentemente durante la película, pero yo seguía pensando en su historia. No quería pasar toda mi vida preguntándome si las cosas podrían haber sido diferentes. Lo intenté con Nico. Le di una oportunidad. Quería que todo fuera bien. Simplemente no funcionamos, y no podía lamentarlo para siempre.

Tampoco podía desear eternamente que fuera diferente. No podía cambiar quién era yo para estar conforme con que él tomara el control todo el tiempo. Cuando estábamos en el trabajo, él necesitaba dar las órdenes. Era quien tenía el conocimiento para tratar a nuestros pacientes. Era el experto. Pero fuera del trabajo, teníamos que ser iguales. Si él no podía aceptar eso, yo no estaba dispuesta a seguir intentándolo.

Cuando terminó la película, me despedí de Dictador. Quería seguir hablando con él, pero eso no sería mejor para mí que esperar a que las cosas cambiaran con Nico. Necesitaba centrarme en lo que quería y necesitaba de una relación.

A la mañana siguiente fui al trabajo con la cabeza bien alta y decidida a dejar atrás mi actitud hacia Nico. Nuestra cita no funcionó, pero seguía siendo mi jefe y yo seguía amando mi trabajo.

Puse mis cosas en la taquilla y me recogí el pelo. Estaba reuniendo mis materiales para ir a la oficina y revisar mis expedientes del día cuando el Dr. Allison se aclaró la garganta.

—Buenos días —dijo.

Me giré y forcé una sonrisa. Dios, todavía lo deseaba. No quería sentirme así, pero no podía evitar imaginar sus manos sobre mí.

Contuve mi deseo y dije: —Buenos días, Dr. Allison.

Él hizo un gesto de dolor, apenas perceptible. —Me preguntaba si podríamos hablar un momento.

Incliné la cabeza. No sonaba como algo de trabajo o habría dicho directamente lo que tenía en mente. Lo cual significaba... —Por supuesto.

—Gracias. ¿Te importa venir a mi despacho? Para que podamos hablar en privado.

Asentí, incapaz de aflojar la garganta para forzar las palabras. Lo seguí por el pasillo hasta su despacho. Esperó hasta que estuve dentro y luego cerró la puerta. Se alejó, poniendo espacio entre nosotros. Un espacio muy necesario.

—Yo, eh... quería disculparme por nuestra cita de la otra noche.

—Um, ¿vale?

Suspiró y se pasó una mano por la barba. —Sé que no lo pasaste bien, y ahora sé que fue todo culpa mía. Estaba ilusionado con nuestra cita y me excedí. Admiro tu mente, Laura. Me atrae todo de ti. Quería impresionarte, pero acabé pareciendo un imbécil. Quería decirte que lo siento.

Nunca había visto ese lado de Nico. El lado humilde. Era confiado y nunca vacilaba. Verlo inseguro y arrepentido era diferente.

—Um, gracias. —No sabía qué más decir. Me volví para irme, pero él me detuvo.

—Yo... sé que no merezco otra oportunidad, pero me preguntaba si te gustaría salir de nuevo.

Hice una pausa y me enfrenté a él. Me estaba mirando. Sus ojos nunca se apartaron de mi cara. Sus brazos colgaban a los lados. Su traje abrazaba sus hombros. A pesar de mi insistencia en que había terminado, me costaba pronunciar las palabras.

—Realmente no estoy segura de que debamos. Fue...

—Lo sé. Y es todo culpa mía. Nunca debí llevarte a un sitio sin decirte adónde íbamos. No debería haber pedido por nosotros sin darte la oportunidad de decidir por ti misma. No debería haber controlado la noche. Quiero conocerte. Si estás dispuesta a intentarlo de nuevo, podemos ir a O'Kelley's a cenar y jugar a los dardos. O puedes venir a mi isla y puedo cocinar para nosotros. O podemos bajar a Siracusa e ir a este pequeño restaurante cubano que conozco... lo estoy haciendo otra vez. Lo siento. La mayoría de las mujeres con las que he salido querían salir con el doctor.

Sonreí. —Yo trabajo con el doctor... para el doctor. No quiero salir con él.

Él tomó aire y asintió. —Entiendo.

—Quería salir con Nico. Quería conocerte.

Él asintió de nuevo.

—Cenar y jugar a los dardos en O'Kelley's podría no estar mal —dije.

Su mirada se clavó en la mía. Aquellos ojos oscuros y profundos se iluminaron. —¿Estás diciendo que me darás otra oportunidad?

Asentí. —Una oportunidad más.

—Gracias. No la fastidiaré esta vez.

Sonreí. —Supongo que ya veremos.

Su expresión cambió del hombre humilde al depredador que sabía que era. Dio un paso hacia mí, pero negué con la cabeza.

—No. No puedo pensar con claridad cuando haces eso.

Se rio y se detuvo. —Conozco esa sensación. ¿Te viene bien mañana por la noche?

—Sí. ¿A las siete?

—Nos vemos entonces.

Asentí.

—¿Laura?

—¿Sí?

—Ese vestido que llevabas la otra noche te quedaba espectacular.

Mis mejillas se sonrojaron. —Gracias.

Mantuvo su mirada fija en mí hasta que salí de su despacho. Maldita sea.

13

El aire fresco me sentaba bien. Lo necesitaba para despejar mi mente. Me aportaba claridad. O algo así. Lo único que sabía era que me animaba a hablar mientras caminaba por la Granja de Arce de la Familia Jones con Elise y Willow. Ramsey, Melody y Amber iban por delante de nosotras.

—¿Debería haber dicho que no? —les pregunté.

—No —dijo Willow con firmeza. —Solo fue una cita. Te arrepentirías si no le das otra oportunidad.

—Estoy con ella. Si sigue comportándose así, no estás obligada a darle oportunidades ilimitadas, pero parece que quiere ser un buen tío. Simplemente no sabe cómo serlo —dijo Elise con una sonrisa irónica.

Puse los ojos en blanco. —No quiero salir con un imbécil.

—Yo he salido con muchos de esos —dijo Willow. —No merece la pena.

—Creo que simplemente está desorientado —dijo Elise. —Siempre has hablado bien de él, y Karissa también. Es muy bueno en lo que hace, pero es cauteloso. No parece tener gente en su vida. Colin dijo que ha ido a O'Kelley's, pero casi se marchó las dos veces. Sus habilidades sociales son bastante malas.

—No todo el mundo tiene buenas habilidades sociales. Quizás está acostumbrado a ser el Dr. Allison y no sabe cómo ser simplemente Nico —dijo Willow.

—No estoy segura de poder manejar siempre tener que gestionar ambas facetas suyas. No quiero salir con alguien que no pueda ser él mismo. O con quien tenga que averiguar quién es cada vez que hablamos —dije.

—No deberías tener que hacerlo —dijo Willow. —Rowan tiene su faceta de policía, pero cuando no está trabajando, es diferente. Sí, sigue siendo duro y alfa, pero no me está vigilando en busca de cosas malas. Sabe que tiene que calmarse. Quizás a Nico le lleve un tiempo darse cuenta de lo mismo. Especialmente si todas las otras mujeres con las que ha salido lo querían por su título.

—Eso es una mierda —dijo Elise. —Sé que hay gente así, pero es una situación difícil para él. Que la gente solo se interese por su dinero o estatus o lo que sea. No pensé que a la gente de por aquí le importaran esas cosas.

—¿Cuántas mujeres ligaron con Colin cuando se mudó aquí? ¿Por ser el dueño de este lugar? —le pregunté.

Elise gimió y asintió. —Es verdad. Claro que yo viví en una caravana la mayor parte de mi vida adulta. Estaba mucho más preocupada por sentirme segura y valerme por mí misma que por el dinero.

—Tu caravana era genial. Todavía estoy orgullosa de ti por venderla y mudarte con Colin —le dije.

Sonrió y sus mejillas se sonrosaron. —Es diferente a cualquier otra persona que haya conocido. Nunca pensé que encontraría a alguien como él.

—Estoy exactamente igual —dijo Willow. —Rowan es diferente a los otros hombres con los que he salido. Casi había renunciado a encontrar a alguien.

—Yo estoy prácticamente ahí —admití. —He estado saliendo últimamente porque quiero creer que puedo encontrar a alguien, pero casi he renunciado.

—¿Qué hay de tu último match? Pensaba que estabas disfrutando hablando con él —dijo Elise.

Asentí. —Así es. Creo que tiene potencial, pero...

—No estás dispuesta a renunciar a Nico todavía —completó Willow por mí.

—Sí.

—Es comprensible. Has estado enamorada de Nico desde que te mudaste aquí —bromeó Elise.

Mis mejillas se acaloraron y negué con la cabeza. —Quizás no desde hace tanto tiempo.

Elise se rió. —Entonces estás haciendo lo correcto dándole otra oportunidad. Te lo debes a ti misma averiguar si es el hombre que siempre pensaste que podría ser. Si merece tu amor.

Respiré hondo y asentí. —Tienes razón.

—¿Desde cuándo te has vuelto tan sabia? —preguntó Willow.

—Probablemente al mismo tiempo que tú sacaste la cabeza de tu culo y te diste cuenta de que necesitabas cambiar —dijo Elise.

Negué con la cabeza. Elise y Willow se habían hecho amigas durante los últimos meses, principalmente porque Elise se negaba a andar de puntillas alrededor de Willow. Willow respetaba que Elise estuviera dispuesta a señalarle sus errores pasados. Yo simplemente estaba feliz de verlas a ambas sonreír.

Caminamos un poco más y luego regresamos al granero. Las cosas se habían calmado y la mayoría de los visitantes ya se habían marchado por hoy. Compré mantequilla de arce y un kit para hacer tortitas, me despedí de mis amigos y me fui a prepararme para mi cita.

Dudé sobre qué ponerme después de salir de la ducha. Estaba exfoliada y frotada, sintiéndome radiante y a gusto con mi piel. Me puse crema hidratante y me quedé mirando mi armario, aún sin saber qué quería ponerme.

Nico dijo que le gustaba mi vestido, pero íbamos a O'Kelley's. Llevar un vestido allí parecía como si me estuviera esforzando demasiado. Muchísimo. Esta vez él era quien tenía que esforzarse. Yo iba a estar cómoda.

Finalmente me decidí por unos vaqueros que resaltaban mis curvas y una blusa larga que era suave y acogedora y me hacía sentir bien. Añadí una chaqueta ligera, ya que la primavera seguía siendo solo una sugerencia para el caprichoso clima, y salí por la puerta.

No vi a Nico cuando llegué a O'Kelley's, así que cogí un asiento en la barra y le sonreí a Hudson.

—Estás muy guapa. ¿Has quedado con alguien? —preguntó mientras me preparaba una bebida y la colocaba frente a mí.

—Así es.

—¿Una cita?

—Sí, pero no te preocupes. No es de la aplicación.

—¿En serio? Me alegro por ti. ¿Alguien que yo conozca?

Le sonreí. —Eres bueno, ¿lo sabías?

—No tengo ni idea de a qué te refieres —dijo con una sonrisa socarrona que me indicaba que sabía exactamente lo que estaba pasando.

Empezó a prepararme otra bebida y estaba a punto de decirle que aún no necesitaba una segunda cuando Nico se deslizó en el taburete junto a mí.

—Hola —dijo, añadiendo un gesto de cabeza hacia Hudson.

Hudson deslizó la bebida que estaba preparando frente a Nico. —Me alegro de verte, Doc.

Nico sonrió y negó con la cabeza. —Gracias. Igualmente.

Los miré a ambos pero sabía que no obtendría respuestas de ninguno de ellos.

—¿Vais a pedir comida? —preguntó Hudson.

—Sí. ¿Quieres pedir ahora o esperar un poco? —me preguntó Nico.

Capté la sonrisa satisfecha en el rostro de Hudson antes de que agachara la cabeza. —Esperemos un poco, mejor.

Nico asintió y dio un sorbo a su bebida. Me pilló mirándola y dijo: —Hudson descubrió que me gustan las bebidas dulces. No sé qué es esta, pero está buena.

—¿Bebidas dulces? —pregunté.

Nico asintió. —Uno de mis muchos secretos. Pedí una cerveza y él me desenmascaró. Preparo bebidas mezcladas o batidas en casa, pero rara vez bebo cerveza a menos que esté fuera.

—¿Bebidas dulces? —volví a preguntar.

Soltó una risita y asintió. —Sí. Me gustan las mujeres como me gustan las bebidas. Extra dulces.

Bufé e hice ademán de levantarme. —Parece que esta cita ha terminado.

Se rio y puso su mano en mi muslo para mantenerme en mi sitio. Miré su mano y me humedecí los labios. Él la retiró, pero yo volví a acomodarme en mi asiento.

—Lo siento —dijo. —Debería preguntar antes de ponerte las manos encima.

—No me molestó —admití.

Su mirada se clavó en la mía mientras asentía lentamente. —Bueno saberlo. —Inspiró profundamente, su pecho subiendo con el movimiento. —¿Dardos? ¿O prefieres quedarte aquí? ¿Tal vez buscar una mesa?

Asentí. —Vamos a buscar una mesa. Ya veremos qué hacemos después.

Nico hizo un gesto a Hudson y cogió su bebida. El bar estaba lleno porque era sábado por la noche. En un pueblo como Cala MacKellar, no había mucho que hacer aparte de beber, así que O'Kelley's siempre estaba abarrotado.

En el lado más alejado de la improvisada pista de baile, había una acogedora mesa para dos. Esperaba encontrar algo más grande, quizás una mesa para cuatro, pero era la única mesa libre que podía ver.

—¿Qué te parece esa?— preguntó Nico, con su voz en mi oído. Mi cuello se estremeció con su aliento.

Asentí y me dirigí hacia la mesa. Al sentarme, se sentía incluso más aislada y remota de lo que parecía. Estábamos metidos en un rincón, tan escondidos que no estaba segura de si nos atenderían.

—¿Vienes aquí a menudo con tus amigos?— me preguntó.

—¿Otra vez con preguntas sobre mis amigos?

Sonrió. —Te conozco, pero no te conozco realmente. Sé a qué te dedicas y dónde vives. No sé dónde creciste ni nada sobre tu familia. Te veo cinco días a la semana, pero somos prácticamente desconocidos. Quiero conocerte, Laura, así que sí, voy a preguntarte sobre tus amigos, tu familia y tu pasado, y tendrás que decirme cuando me esté volviendo demasiado personal porque quiero saber todo lo que hay que saber sobre ti.

Tragué con dificultad, con la boca repentinamente seca. Me estaba mirando expectante, como si esperara que abriera la boca y vomitara las respuestas a todas sus preguntas sobre él. No estaba segura de qué debía hacer o decir. Yo también quería conocerlo, pero tenía razón. Había construido una fantasía de quién era él en mi cabeza, pero no sabía si era algo parecido al hombre que yo creía que era. No sabía si el Nico que amaba cuando mostraba cuánto se preocupaba por los pacientes era real o si solo era una fachada.

—Ya te lo dije antes, mis amigos son personas increíbles. Son como mi familia. Estamos ahí el uno para el otro en todo momento.

—¿Tienes familia aparte de ellos? No recuerdo que hayas pedido días libres para las fiestas.

Negué con la cabeza. —No, no tengo familia.

—Lo siento.

Sonreí. —Gracias. Mi madre murió hace mucho tiempo, y mi padre la siguió poco después. Estaban locamente enamorados. Perderla fue lo más duro para mi padre y creo que simplemente no soportaba vivir sin ella. Tenía que irse.

—Eso es a la vez triste y hermoso.

—Sí. Les echo de menos, pero me alegra que estén juntos. Me enseñaron cómo es realmente el amor. También lo veo con mis amigos, pero crecer con ello me hizo creer que el amor es posible.

—¿Has estado alguna vez enamorada?

Sonreí. —No te estás conteniendo, ¿verdad?

Él sonrió y dio un sorbo a su bebida.

—Enamorada. No. No lo creo. Siento que ese tipo de amor es uno que sabes que es correcto. No hay vuelta atrás.

—Yo he visto ese tipo de amor. Tan lleno de confianza y compromiso que nada puede separarlos.

—¿Tus padres?

Negó con la cabeza. —Mis amigos más cercanos.

—¿Son de aquí?

—No, desafortunadamente no lo son. Pero les veo siempre que voy a Syracuse.

—Ah, sí. Por supuesto.— Syracuse era donde vivía su ex. Con suerte, su ex. Todavía no se lo había preguntado.

—Intento bajar allí una vez al mes para verles. Han pasado un par de semanas.

Asentí, sintiéndome incómoda. Era la apertura perfecta para preguntarle por ella. Debería aprovecharla. Necesitaba aprovecharla. Totalmente no la aproveché.

—¿Deberíamos pedir?— pregunté abruptamente. Necesitaba dejar de hablar de Veronica y Syracuse.

—Em, claro,— dijo. Miró alrededor buscando a un camarero y captó la atención de alguien no muy lejos de nosotros. Le hizo un gesto con la cabeza, y ella se acercó a nuestra mesa.

—Hola. ¿Puedo traeros algo más de beber?

—Sí, y nos gustaría pedir comida. ¿Podemos hacerlo contigo? —preguntó Nico.

—Por supuesto. ¿Sabéis ya lo que queréis o necesitáis que os traiga la carta?

—Yo tomaré el sándwich club de pavo con queso frito —le dije.

—Es mi favorito —dijo mientras anotaba mi pedido.

—Están buenísimos. No me canso de ellos.

—¿Hudson os preparó las bebidas? —preguntó.

—Así es.

—Vale, le pediré que os prepare más. ¿Y para ti? —Se giró hacia Nico con una sonrisa y ladeando la cabeza.

—Yo tomaré un sándwich de pollo a la plancha con queso suizo y champiñones. Y probaré el queso frito. Aún no lo he probado.

—No te arrepentirás. Créeme. Os lo traeré todo enseguida. Por cierto, me llamo Megan.

—Gracias —le dijimos.

Cuando Megan se marchó, Nico dio otro sorbo a su bebida. Parecía nervioso, como si no estuviera seguro de qué decir o hacer.

—Cuéntame algo de lo que te arrepientas —dije.

—De no haberte invitado a salir hace años —respondió sin dudar.

—¿Años?

—Vale, ahora me arrepiento de haber admitido eso.

Me reí. —Me hubiera gustado que me invitaras a salir también, pero creo que todo pasa por alguna razón. No voy a cuestionarme por qué nos ha llevado tanto tiempo conocernos mejor.

—¿De qué te arrepientes tú?

Me tomé mi tiempo para pensar en la pregunta. Había muchas cosas que desearía que no hubieran pasado, pero arrepentimientos...

—No tengo ninguno. Especialmente después del trabajo que hacemos. Demasiados de nuestros pacientes mueren aún queriendo hacer algo. Perder a mis padres me enseñó lo mismo que nuestros pacientes. No merece la pena arrepentirse de la vida. Incluso los días de mierda son mejores estando encima de la tierra que debajo.

—Eso es muy profundo —dijo él.

Me encogí de hombros. —La vida no está hecha para vivirse a medias. Hay que disfrutarla. Volverse loco, soltarlo todo y ser salvaje. Sí, soy responsable y tengo un trabajo y un hogar estable, pero últimamente me he estado perdiendo en el trabajo y no quiero seguir haciéndolo. Mañana me voy a Canadá con una amiga. Vamos a cruzar los puentes y pasar unas horas allí. Estamos hablando de ir a Montreal este verano y a Nueva York en algún momento. Quizás hagamos viajes más largos algún día, pero la vida es demasiado corta.

—Necesito un poco de eso en mi vida.

—¿Un poco de qué? —pregunté.

—Un poco de locura y desenfreno. Un poco de espontaneidad. Un poco de no preocuparme por lo que los demás piensen de mí.

Sonreí. —Creo que todos necesitamos algo de eso. Yo definitivamente intento ver el lado positivo de las cosas. No siempre es fácil, pero tengo que creer que todo ocurre por alguna razón.

—Baila conmigo.

—¿Perdona?

—Baila conmigo. Quiero abrazarte y hacerte girar por esta pista de baile hasta que olvides el desastre que hice en nuestra primera cita y aceptes seguir dándome esta oportunidad.

—¿Y crees que bailar ayudará con eso?

Se puso de pie y extendió su mano. Miré desde su mano hasta su camisa azul cielo. Se había remangado las mangas y desabrochado el primer botón, pero seguía pareciendo el médico pulcro y elegante del trabajo. Sus pantalones negros estaban perfectamente planchados. Su barba estaba cuidadosamente recortada, enmarcando dos labios perfectamente carnosos que se curvaban en las comisuras mientras esperaba que tomara su mano.

Finalmente cedí y puse mi mano en la suya. Me levantó de un tirón de mi asiento y pegó mi cuerpo al suyo. Me mantuvo cerca con su mano libre mientras entrelazaba sus dedos con los míos.

—Si no hay otro motivo, bailar significa que puedo tenerte entre mis brazos de una manera perfectamente aceptable en público. Porque, a decir verdad, no estaba seguro de cuánto tiempo más iba a poder esperar.

Todos los pensamientos volaron de mi mente. Su mirada bajó hasta mis labios mientras yo atrapaba el inferior entre mis dientes. Él gimió y me hizo girar, guiándome hacia la pista de baile sin quitar sus manos de mí.

—Voy a advertirte que yo también estudié baile de pequeño. Mi abuela me enseñó.

—¿Eso significa que eres bueno?

Se encogió de hombros y luego me hizo girar alejándome y me trajo de vuelta a sus brazos tan rápido que quedé mareada. —Puedo defenderme.

—Puede que me arrepienta de haber aceptado bailar contigo —dije suavemente.

—No te preocupes, llevaré las cosas muy, muy despacio.

Mi pulso se aceleró de anticipación. Todo mi cuerpo se calentó de deseo. No estaba segura de que fuera a sobrevivir bailando con él. Esta era definitivamente una faceta de Nico que no sabía que existía.

Nos movíamos juntos, Nico guiándome sin esfuerzo por la pequeña pista de baile. Mantenía su mirada fija en la mía, haciéndome preguntarme cómo evitaba a las otras personas.

—Me gusta verte con el pelo suelto. Literal y figuradamente.

Me reí. —Siento lo mismo.

Comenzó una canción más rápida y Nico me soltó para que pudiéramos bailar al ritmo. Deslizó una mano alrededor de mi cintura y acercó mi cuerpo al suyo. Eché la cabeza hacia atrás, levanté los brazos y disfruté de la sensación de tenerlo contra mí.

Cada centímetro de mi cuerpo vibraba con energía. Siempre me había encantado bailar, pero bailar con él era una experiencia nueva. Bailar con Nico era como un juego previo. Había comenzado la cita preguntándome si sería un desastre. Una hora después y ya me preguntaba si podíamos saltarnos la cena e ir directamente al postre.

14

NICO

Laura se rió. No importaba de qué se estaba riendo, lo importante es que se reía. Lo estaba pasando bien. Hablaba y reía y me provocaba. Dios, cómo me provocaba. No solo con sus palabras, sino con su cuerpo, sus sonrisas y sus ojos.

No iba a presionar para ir más allá después de nuestra cita, pero tampoco iba a negarme si ella lo pedía. Había estado empalmado desde el momento en que la tomé en mis brazos en la pista de baile. Estaba seguro de que en algún momento estallaría, pero seguía poniéndome más y más duro. Joder, aquella mujer era embriagadora. Mejor que cualquier bebida. Mejor que cualquier cosa.

—Creo que deberías mostrar este lado tuyo al resto del personal —dijo Laura. —Les encantaría verte relajado.

—No me siento muy relajado ahora mismo —admití.

—Ya sabes a qué me refiero. Siempre estás tenso y ladrándonos. Sé que eres nuestro jefe, pero es bueno saber que también tienes un lado divertido. Nunca pensé que lo tuvieras.

—¿Por qué aceptaste tener una cita? Si no pensabas que era divertido, ¿por qué te interesaste en absoluto?

Ella se encogió de hombros. —Te admiro. Siempre lo he hecho. Antes de mudarme aquí, investigué sobre ti. Sabía que el trabajo que estabas haciendo era impresionante y quería formar parte de ello. Pero cuando llegué, vi cómo tratabas a tus pacientes. Cómo les hablabas, les tranquilizabas y dabas hasta el último pedazo de ti mismo para ayudarles. Era difícil no encontrar eso atractivo.

Asentí lentamente y la observé. Sus mejillas estaban sonrojadas por el baile, las bebidas y las risas, pero había algo en sus ojos. Una vulnerabilidad que decía que no estaba segura de si debería haberme confesado todo eso.

—Siento no haberte dado nunca eso mismo a ti.

Ella se encogió de hombros y agitó la mano como si no fuera gran cosa, pero lo era. Era un asunto enorme. Ella estaba apostando por mí. Estaba apostando a que había algo dentro de mí que merecía la pena descubrir.

—Me encanta lo que hago, lo que hacemos. No es fácil, pero vale la pena saber que intentamos todo lo posible para salvar a tantas personas como sea posible. Y en esta zona, no hay suficientes médicos que traten a pacientes con cáncer. Pero eso me ha vuelto... distante muchas veces. Mi terapeuta, Verónica, dice...

—Espera, ¿Verónica? ¿Ella es tu terapeuta? —preguntó Laura. Sus cejas se juntaron.

—Y una amiga, pero sí. Estudiamos medicina juntos. ¿Por qué?

—Pensé que era tu... sustituta o algo así.

—¿Sustituta?

Laura se encogió de hombros incómoda. Evitó mi mirada y jugueteó con el envoltorio de su pajita. —La mujer a la que llevas a eventos y demás.

—Lo es. Como ambos somos médicos, vamos juntos a

muchos eventos. Su marido no es médico y odia ir. Piensa que son insoportablemente aburridos.

—¿Está casada?

—Sí. Desde hace algunos años. Él está en política. Ella es psiquiatra para personas influyentes. Médicos que tratan con cosas como nosotros, muerte y enfermedades, pero también escándalos o calumnias o cosas así. Muchos sufrimientos.

Laura ladeó la cabeza. Frunció el ceño. Miró más allá de mí, buscando una explicación que no estaba ahí. —Espera, estoy confundida. ¿Es tu sustituta, pero está casada? ¿Te acuestas con tu amiga casada de la facultad de medicina?

—¿Qué? ¡No! ¡Nunca me he acostado con ella! ¡Está casada! —grité las palabras y luego miré alrededor a las personas cercanas que me observaban con expresiones curiosas.

—A eso me refería con sustituta. Vais a eventos y cuando te sientes solo os acostáis juntos —siseó como una serpiente preparándose para atacar.

—No. No. No. Nunca jamás. Es increíble, inteligente y divertida, pero es mi mejor amiga. Nunca ha pasado nada entre nosotros. Fuimos compañeros de piso en la universidad y siempre hemos estado el uno para el otro, pero nada más allá de la amistad. Ahora soy buen amigo tanto de ella como de su marido.

—Todas esas veces que fuiste a Syracuse los fines de semana... ¿Era solo para visitarla? Su expresión decía que creía que yo estaba mintiendo.

—Sí. No tengo mucha gente aquí, así que iba a ver a Verónica y a Jeff. ¿Pensabas que me acostaba con ella?

Asintió. Lentamente. Su mirada estaba fija en su regazo, sus mejillas sonrojadas. Cuando finalmente levantó los ojos hacia los míos, había un dolor que nunca esperé ver. —Durante mucho tiempo.

Alcancé su mano y la apreté. —Hace tiempo que no estoy

con nadie. He tenido a una preciosa enfermera en mi mente. Me ha hecho imposible pensar en nadie más.

Ella tomó aire y se mordió el labio. —¿Quieres que nos vayamos de aquí?

—Me encantaría.

—Vivo cerca.

Quería decirle que no teníamos que hacer nada, pero no quería que pensara que estaba intentando echarme atrás. Iba a seguir su iniciativa. Durante todo el tiempo que ella quisiera guiarme.

Pagué la cuenta y la guié entre la multitud con su mano en la mía. Cuando estuvimos fuera en la fresca noche primaveral, nos detuvimos. La miré atentamente, asegurándome de que no se estuviera arrepintiendo.

Se lanzó hacia mí. Sus brazos rodearon mi cuello y la atrapé, nuestros labios chocando al mismo tiempo que nuestros cuerpos. Gemí y la atraje más hacia mí, necesitando sentir tanto de ella como fuera posible. Ella empujó su lengua entre mis labios y gimió cuando rozó la mía. Me apoyé contra la pared, protegiéndola de la superficie rugosa. Ella estaba al mando. Ella tenía el control. Ella iba a... hacer que perdiera el control en plena calle frente a un bar concurrido.

—Tenemos que irnos, gruñí, necesitando moverme antes de avergonzarme.

Ella agarró mi mano y salió hacia el Parque Catherine sin decir palabra. Cruzó y siguió por una de las calles laterales. Giró hacia el camino de entrada de su pequeño bungaló con una luz encendida sobre la sólida puerta principal de madera. Abrió la puerta y nos metió dentro, volviendo a estar en brazos del otro en cuestión de segundos.

La presioné contra la puerta y cubrí su cuerpo con el mío. Dejé que sintiera lo desesperadamente que la deseaba, necesitando que supiera que estaba comprometido con esto. Ella gimió y se frotó contra mí, tirando de mi camisa antes de extender sus manos sobre mi espalda.

—Laura —gemí.

Nos separamos y nos miramos fijamente. Una lámpara en una mesa cercana me daba suficiente luz para verla, para ver el deseo en su mirada. La deseaba, pero me marcharía si ella no estuviera tan interesada como yo. Si tuviera alguna duda.

Pero su mirada era clara. Sus labios estaban rojos por nuestros besos y sus mejillas sonrosadas por el deseo. Su respiración salía en jadeos impacientes.

—Te deseo, Nico. Sé que necesitas oír las palabras porque eres mi jefe, pero ahora mismo solo eres un hombre. Me estoy exponiendo ahora mismo, diciéndote esto, pero te deseo. Si no sientes lo mismo, yo...

—Créeme, eso no es algo que tengas que adivinar. Quiero tocar cada centímetro de tu cuerpo. Quiero saborearte mientras te corres en mis labios. Quiero sostenerte en mis brazos mientras te lleno. Quiero besarte y hacerte el amor y estar contigo hasta que te hartes de mí y me eches. Pero nunca pienses que no siento lo mismo. Me está matando estar aquí parado y no quitar cada una de las capas que cubren tu precioso cuerpo para poder verte. He soñado contigo durante demasiado tiempo, y te deseo tanto que mis manos están temblando. Espero que tu amiga esté conduciendo hacia Canadá mañana porque planeo mantenerte despierta toda la noche.

—Oh, Dios —suspiró.

—Ven aquí —dije, curvando mi dedo para que se acercara a mí otra vez. —Después muéstrame dónde está tu cama. Vamos a necesitarla.

Una sonrisa sensual curvó sus labios después de unos segundos. Sonrió con picardía, luego se dio la vuelta y se alejó, dejándome seguirla. Cuando llegamos a su dormitorio, encendió las luces y se dirigió a su cama.

—¿Luz encendida? —pregunté.

Ella asintió. —Quiero verte.

Sonreí. —Bien.

Di un paso hacia ella, pero levantó la mano. —La camisa.

Sonreí y me desabotoné la camisa. Había considerado ponerme algo que normalmente no llevaría al trabajo, pero quería que supiera que me estaba esforzando. Mientras estaba de pie frente a ella, desabrochando lentamente los botones y observando cómo el deseo se acumulaba en su mirada, supe que la camisa había sido la elección correcta.

Cuando los botones quedaron libres, me quité la camisa. Ella se relamió los labios y me hizo sentir como si todos esos años que no fui al gimnasio no hubieran importado. No tenía abdominales marcados, nunca los tuve. No era material de modelo. Pero Laura me miraba como si no hubiera nada que quisiera cambiar en mí. Y joder, eso fue un impulso para mi ego. Y para mi miembro.

—Ahora tú, —le dije.

Su mirada se encontró con la mía. Agarró el borde de su camiseta y se la quitó por la cabeza. Debajo llevaba un sujetador azul con encaje en el borde superior. Un pequeño colgante de plata descansaba entre sus pechos. Sus rizos salvajes caían hacia sus pechos y alrededor de su espalda, dándole un aspecto relajado y despreocupado.

—Eres preciosa, —suspiré, incapaz de contener las palabras. Apreté los puños para evitar precipitarme a través de la habitación y poner mis manos por todo su cuerpo. Con calma. Teníamos toda la noche.

—Tú también, —jadeó. —No pares.

Sonreí con picardía, esperando que esas no fueran las últimas veces que dijera esas palabras esta noche.

Me desabroché los pantalones y dejé que cayeran al suelo. Me quité los zapatos con los dedos y aparté los zapatos y los pantalones a un lado antes de equilibrarme para quitarme los calcetines. Los calcetines no eran sexys. Excepto en Laura. Todo era sexy en ella.

Me quedé ante ella en calzoncillos tipo bóxer negros e intenté no contener la respiración mientras ella me miraba. Palpitaba contra el suave algodón que apenas me cubría. Quería liberarme.

Condón. Casi lo olvido. Agarré mis pantalones y saqué tres preservativos. Los había metido en mi cartera antes de nuestra primera cita. No porque pensara que los usaría, sino porque esperaba que quizás algún día lo haría. Los tiré sobre la cama y la observé mientras sus ojos registraban los tres.

—¿Vamos a necesitar todos esos?

—Si tuviera más, usaría más. Te lo dije, Laura. Toda la noche. Si me aceptas.

Ella inspiró temblorosamente y enganchó los pulgares en los laterales de sus vaqueros. Los bajó y los apartó de una patada junto con los tacones bajos que llevaba. Sus bragas hacían juego con el sujetador.

Dios.

Santo.

Cielo.

Sus bragas hacían juego con el sujetador.

No me habría importado lo que llevara debajo de la ropa, pero ver eso me dijo que ella esperaba este momento tanto como yo. No estaba entrando en esto por capricho. Quería que viera el azul. Quería que la viera a ella. Quería esto.

Gruñí y crucé la habitación en tres grandes zancadas. La atraje contra mi cuerpo y la besé, atrapando su sorprendido jadeo y hundiendo mi lengua entre esos preciosos labios suyos. Ella rodeó mi cuello con sus brazos y me besó con la misma intensidad. Nuestras lenguas luchaban, lamiendo y deslizándose juntas. No me importaba quién ganara porque ambos ganábamos. Laura estaba en mis brazos, casi desnuda. Estábamos de pie junto a su cama. Iba a ser mía.

Yo ya era suyo.

Nos movimos juntos hacia la cama, medio cayendo, una vez más riendo como si tuviéramos una sola mente. Laura se movió hacia arriba en la cama y se tumbó de espaldas. Me coloqué sobre ella y aparté el pelo de su cara.

—Me siento honrado de que me desees. De verdad. Gracias.

Sonrió, con los ojos brillantes. Se mordió el interior de la mejilla y asintió. —Gracias.

La besé suavemente, manteniendo mi peso fuera de ella tanto como fue posible. Quería prolongar esto el mayor tiempo posible. Estirar nuestra noche hasta que ella me suplicara. En parte porque quería que se sintiera bien y en parte porque si iba demasiado rápido, todo terminaría demasiado pronto.

Los pequeños gemidos de placer que hacía mientras nos besábamos me indicaban que no iba a ser tan paciente como yo. Sus manos se deslizaron por mi espalda y volvieron a subir. Se retorció debajo de mí, intentando colocar nuestros cuerpos en la posición correcta. Me reí contra sus labios y me aparté para besarle el cuello.

—¿Qué estás haciendo? —pregunté.

—No se me da muy bien ir despacio.

—A mí se me da muy, muy bien ir despacio. Vas a tener que esperar.

—No quiero esperar. Ya he esperado bastante.

—Confía en mí, merecerá la pena esperar.

Gimió y arrastró sus uñas por mi espalda. Siseé y le mordisqueé la clavícula. Ella dejó escapar un suave gemido. Lamí la mordida y luego deslicé mi lengua entre sus pechos, jugueteando con los bordes del encaje.

Intentó moverse para quitarse el sujetador, pero presioné mi peso contra ella para que no pudiera. Volvió a gemir. —¿Por qué?

Sonreí contra su piel. —Porque me gustas así.

—¿Frustrada y excitada?

—Joder, sí —dije. —Quiero que estés tan húmeda y lista para mí que pierdas la cabeza tan rápidamente como yo cuando por fin me hunda en ti. Quiero que te retuerzas y me supliques. Te quiero tan desesperada por un orgasmo que cuando te llene, no puedas evitar correrte sobre mí.

—Por favor, Nico.

—Me gusta eso.

—¿Qué te gusta?

—Mi nombre en tus labios —le dije, levantando la mirada desde sus pechos para encontrarme con sus ojos. —En el trabajo siempre soy el Dr. Allison, pero oírte decir mi nombre me pone más duro.

—Nico —suspiró. —Nico. Nico.

Gemí. —No vas a conseguir que me dé prisa. —Volví a lamer alrededor de sus pechos mientras ella jadeaba mi nombre. Sin embargo, estaba mintiendo descaradamente. Escuchar sus súplicas susurradas de mi nombre me hacían querer arrodillarme entre sus muslos y darle lo que ambos deseábamos desesperadamente. Pero no iba a ceder. Todavía no.

Me moví más allá de sus pechos sin darle lo que quería. Cuando besé su vientre y luego pasé mis dientes por su cadera, ella se impulsó hacia arriba y se desabrochó el sujetador. Se lo quitó por los brazos y lo arrojó fuera de la cama. Luego me agarró una mano y la llevó a su pecho.

Gemí y palpité al sentirlo en mi mano. Ella apretó y frotó su pezón con el pulgar. Sus caderas se elevaron ante el contacto, y maldita sea si no estaba perdido ante lo que ella quería. Rodé su pezón entre mi pulgar y mi dedo, y gemí cuando ella dejó escapar un quejido y empujó sus caderas contra mí.

—Por favor, Nico.

Debería haber sabido que no podría estar al mando. No con ella. Me tenía en sus manos. Le daría cualquier cosa que quisiera. Abandonaría todo lo que conocía por ella. Y me lo estaba demostrando justo allí.

Aparté sus bragas a un lado con mi mano libre y separé sus piernas con mis hombros. Le pellizqué el pezón al mismo tiempo que succionaba su clítoris y ella perdió el control.

—Sí —gimió, larga y sonoramente. —Oh, Dios, sí.

—Fuera, le gruñí. Retiré mi mano para poder usar ambas y quitarle las bragas. Ella elevó sus caderas y me ayudó a tirar de ellas. Una vez que las llevé hasta sus pies, me sumergí de nuevo, lamiendo su húmedo calor y acariciando sus pechos mientras ella gemía y suplicaba.

—Por favor, Nico. Por favor. Puso sus manos sobre las mías y meció sus caderas con cada movimiento que yo hacía. Aparté una mano y presioné sus caderas para abrirlas más antes de introducir dos dedos en ella.

Se dejó llevar al instante, sus gemidos y gritos resonando dentro de mi mente. Quería grabar ese sonido y reproducirlo una y otra vez. Sus jadeos entrecortados pronunciando mi nombre, sus súplicas para que entrara en ella. Sus quejidos de placer. Era lo más hermoso que había escuchado jamás.

Mientras ella se recuperaba, me puse un preservativo y me coloqué entre sus muslos. Me miró con una expresión satisfecha y embriagada en sus ojos. —Eso definitivamente valió la espera.

Sonreí mientras jugueteaba en su entrada. Sus ojos se cerraron de golpe y gimió. Movió sus caderas para encontrarme, su cuerpo suplicándome.

—Por favor, Nico, dijo. Temblaba con cada uno de mis movimientos. Me froté contra ella, apenas capaz de contenerme.

Uno de sus movimientos nos alineó perfectamente y presioné con fuerza dentro de ella. Gemí mientras su cuerpo me absorbía, pulsando a mi alrededor mientras alcanzaba el orgasmo una vez más.

—Nico, gritó. —No pares. Por favor, no pares.

Me retiré y volví a empujar. Observé su rostro mientras luchaba contra el placer que recorría su cuerpo. Su boca se abrió en un gemido silencioso, luego se retorció mientras las sensaciones se desataban en ella. Lentamente, nos torturé a ambos, retirándome y volviendo a entrar. Dándole la oportunidad de recuperar el aliento mientras yo perdía el mío una y otra vez.

Extendió sus brazos hacia mí, sus manos buscándome a ciegas. Tomé una de sus manos y la llevé a mis labios. Besé su palma y ella suspiró. Acunó mi mejilla y me atrajo hacia ella.

—Bésame, suplicó.

Me apoyé en mis codos y la besé rápidamente. Me siguió cuando intenté apartarme y me atrajo de nuevo hacia ella. Lamió mis labios y gemí, dejando que se saboreara a sí misma en mi lengua. Ella gimió y embistió contra mí en mi siguiente movimiento.

Nos movimos juntos mientras nos besábamos, nuestros cuerpos complementándose. Embestidas lentas y profundas y besos lentos y profundos nos llevaron hasta el límite hasta que caímos juntos, gemidos, quejidos y súplicas resonando a través de la habitación por lo demás silenciosa.

Perfección.

15

LAURA

Todo estaba en silencio. Un silencio ensordecedor. Nuestra respiración se ralentizó hasta dejar de hacer ruido. Nuestra conversación y risas se detuvieron. El mundo entero parecía sumido en el silencio. Tan silencioso que podía oír el miedo corriendo por mi mente.

¿Sería esto algo de una sola vez?

¿Ya no me respetaría?

¿Me respetaba yo? ¿O a él?

¿Por qué me acosté con él tan rápido?

¿Qué significaba esto?

Fue esa última pregunta la que me impidió conciliar el sueño mientras Nico se adormecía. Su mano permaneció en mi espalda, su pecho subía y bajaba suavemente con cada respiración. Su cuerpo estaba relajado y apacible. Pero yo no lo estaba.

¿Qué significaba esto?

Me había acostado con hombres en la primera o segunda cita antes. No me afectaba en absoluto. El sexo era divertido y no había nada de malo en tener tanto como uno quisiera.

Pero lanzarme a la cama demasiado rápido solía terminar en desastre para mí.

No quería un desastre con Nico. Quería más. Especialmente después de una cita tan maravillosa.

Era amable y divertido. Era exactamente como esperaba que fuera. Sabía que le habían aconsejado, pero también sabía que el hombre con el que estaba era Nico. No tenía a nadie diciéndole al oído qué hacer. Tomó sus consejos y lo pasamos muy bien.

¿Qué significaba esto?

Después de nuestro primer intento fallido, me sentí decepcionada. Lo había idealizado tanto en mi mente que una sola vez y punto habría sido más que desgarrador. Significaría que me equivocaba respecto a él, y que no era el hombre que había creado en mi cabeza. Pero él demostró que no era así. Era el hombre que pensé que sería. Pero ahora... ¿sería esto de una vez y ya? ¿Se levantaría y se escabulliría y nunca volveríamos a hablar de esta noche?

Intenté decirme que si eso pasaba, entonces no era el hombre para mí. Si así era como iba a tratarme, entonces sabría quién era en realidad, y podría dejarlo ir. Pero quería equivocarme.

Mi madre lo habría llamado buscar problemas donde no los hay. Me habría dicho que no me preocupara por las cosas hasta que ocurrieran. Pero a mí me gustaba estar preparada, aunque fuera solo mentalmente. Y para alguien que siempre veía el lado positivo en medio de la tormenta, buscar problemas no era algo que me gustara hacer.

Nico se movió y tomó aire. Rápidamente cerré los ojos y fingí estar dormida. Me quitó el brazo de encima con suavidad y se deslizó fuera de la cama. Me quedé allí, escuchándole, tratando de averiguar qué estaba haciendo.

Se escuchó el inodoro y el agua corriendo en mi baño.

Mantuve los ojos cerrados, esforzándome por oír a través del silencio de mi corazón palpitante.

—¿Cómo he tenido tanta suerte? —susurró.

Luché por mantener el rostro impasible.

Volvió a meterse en la cama con cuidado, y yo me giré con su movimiento. Sonreí dándole la espalda, fingiendo estar dormida. Apretó su cuerpo desnudo contra mi espalda y besó mi hombro. Su mano se deslizó por mi cintura y abarcó mi vientre antes de atraer suavemente mi cuerpo contra el suyo. Hundió la nariz en mi pelo y su miembro se estremeció.

Quizás no fuera cosa de una sola vez.

Fingí dormir otro minuto, pero sus manos inquietas hicieron imposible ocultar cuánto lo seguía deseando. Cuando me colocó debajo de él, nos miramos a los ojos. Ninguno dijo una palabra. Simplemente nos observamos. Fue la experiencia más erótica de mi vida, leer cada emoción, cada pensamiento, cada pizca de placer en su rostro.

Cuando llegué al orgasmo, con él profundamente dentro de mí y nuestros cuerpos entrelazados, me besó y luego me siguió hasta el éxtasis. Se apartó y se deshizo del preservativo antes de volver a mi cama y acurrucarme una vez más contra su cuerpo.

Entonces el silencio me acogió y me dijo que esto definitivamente no era cosa de una sola vez.

Nico y yo nos buscamos más de una vez durante la noche, y cuando finalmente dejó mi cama temprano a la mañana siguiente, me dijo que se iba y que disfrutara de mi viaje a Canadá.

Finley me recogió a media mañana con una disculpa de Karissa, que estaba terminando una aplicación y no podía acompañarnos. Había sido indecisa sobre venir, así que no fue una sorpresa, pero aun así me sentí decepcionada.

—¿Cómo estás? Pareces agotada —dijo Finley. —¿Necesitas cancelar?

Negué con la cabeza. —Estoy genial. Un poco dolorida, y definitivamente agotada, pero genial.

—No me digas que lo hiciste.

Sonreí. —Sí lo hice. Hasta que se le acabaron los preservativos. Luego nos volvimos creativos.

—Oh, estoy tan celosa ahora mismo. Me alegro por ti. Cuéntamelo todo.

Me reí y no escatimé en detalles mientras le contaba a Finley todo sobre mi cita con Nico. Cuando terminé, estábamos parando y listas para explorar un poco.

—Me encanta que por fin estéis juntos. Creo que estoy un poco obsesionada con el romance.

—Tienes el trabajo perfecto para ello —le dije. Me recogí las ondas rubias al salir. Hacía un poco de viento, y lo último que necesitaba era un montón de nudos cuando volviéramos a casa.

Finley sonrió y se colocó su pelo castaño detrás de la oreja. Los cuatro pendientes de diamantes que llevaba a diario atraparon la luz del sol y brillaron. —A veces desearía pensar menos en el amor y las relaciones. Especialmente porque estoy tan soltera que me pregunto si alguna vez encontraré a alguien. Mis padres tienen una relación estupenda e Ian y Blake están locamente enamorados, el resto de nuestros amigos emparejados son felices. Solo quiero lo mismo, pero empiezo a preocuparme por no encontrarlo.

—Eso lo dice la mujer que tiene una tienda sobre romance y lee libros constantemente sobre ese mismo tema —dije con ironía.

Finley se rio. —Ya lo sé, pero quizás sea eso. Siempre parece fácil, pero el romance no ha sido fácil para mí.

—Tampoco es fácil para mí. No creo que haya sido fácil para mucha gente. Vemos lo que las personas nos muestran, miramos desde fuera, pero estar fuera de una relación significa que no ves el dolor y la frustración que hay dentro. Mi primera cita con Nico fue horrible. Me fui disgustada porque no era el hombre que pensaba que era. Me sentí herida, y me sentí estúpida por ver a alguien que no existía.

—Sí, pero le diste otra oportunidad.

Asentí. —Lo hice. Porque se disculpó. Porque admitió que la había fastidiado y me pidió otra oportunidad. Si hubiera dicho que quería intentarlo de nuevo, sin preguntarme si yo estaba dispuesta, no lo habría hecho. Fue malo. Muy malo. Pero estuvo dispuesto a contarles a los chicos lo que pasó y a aceptar sus consejos.

—¿Qué quieres decir?

Sonreí. —Hudson estaba siendo Hudson. Sabía que iba a encontrarme con Nico antes de que Nico apareciera y cuando Nico preguntó si estaba lista para pedir, vi a Hudson sonriendo con suficiencia. Era bastante obvio que le habían aconsejado a Nico, pero él les escuchó.

Finley se rio. —Es bueno saber que algunos hombres pueden aprender. Normalmente pienso que o nacen con la capacidad de ser buenos novios o no.

Me reí. —Estoy segura de que algo de eso hay en todos ellos, pero ya me conoces. Creo en la fantasía.

Resopló. —Tú crees que morir por estar juntos es mejor que vivir separados. Nunca he podido estar de acuerdo con Romeo y Julieta.

—Es amor. Para mí, esa es la forma más verdadera de amar a alguien. Estar dispuesto a morir por ellos y ser incapaz de vivir sin ellos. Es lo que le pasó a mi padre después de que muriera mi madre. Él no se suicidó, pero murió el día que ella lo hizo. Solo que a su cuerpo le llevó unos años alcanzarla. Cuando murió, me sentí aliviada por él porque significaba que ya no sufría. Estaba con ella, y era feliz.

—Pero eso significó que tú te quedaste sola.

Me encogí de hombros. —Cierto, pero yo era su hija, no el amor de sus vidas. Siempre he esperado encontrar a alguien que me hiciera sentir así. Que me hiciera estar dispuesta a renunciar a todo.

—¿Crees que Nico podría ser esa persona?

—Quizás, pero aún no tengo ni idea. Me gusta mucho, pero está claro después de nuestras citas que hay muchas cosas que no sé de él. Pero si no lo es, no voy a rendirme. Quiero decir, seguramente querré hacerlo, pero voy a cumplir treinta y nueve pronto. Ya he renunciado prácticamente a tener hijos, no es que estuviera segura de quererlos de todos modos. No estoy dispuesta a renunciar al amor. No todavía. No para siempre.

—Y ahora que sabes que no está saliendo con Veronica, eso te ayuda a estar abierta a una relación con él.

—Sí, admitir eso fue más que un poco embarazoso. Él se lo tomó con calma, pero me sentí como una idiota cuando hablaba de ella.

—Estoy encantada de que tus instintos sobre él fueran correctos.

Me reí. —Yo también. Espero que mi instinto de intentarlo otra vez sea bueno también. Anoche fue increíble.

—Creo que podría tener sexo estupendo durante el resto de mi vida. Sin preocuparme por el lado sentimental de las cosas.

—Definitivamente veo el atractivo de esa opción —dije. —Venga, vamos a ver qué podemos encontrar aquí.

Caminamos juntas por el mercado al aire libre, deteniéndonos para ver artículos de artistas locales. Encontramos un lugar para almorzar en una cafetería bonita y luego paseamos un poco más. De camino de vuelta a Cala MacKellar, nos detuvimos a tomar un café y revisamos todas nuestras compras.

—Eso es simplemente precioso —me dijo Finley cuando saqué una impresión del amanecer en las Mil Islas.

—Yo también lo pensé. Nadie lo sabe todavía, pero Nico está remodelando la planta de arriba de la clínica para ampliarla. Estaba pensando en ver si quería colgar esto en una de las habitaciones. Algo bonito para que lo miren los pacientes.

—Es una gran idea. —Miró la impresión durante un largo momento. —Siento si he dado la impresión de que no creo que debáis estar juntos.

Negué con la cabeza. —No lo has hecho. Ahora mismo soy cautelosamente optimista sobre las cosas con él, pero estoy intentando contener mi interés. Romeo y Julieta es mi historia favorita, pero no estoy buscando seguir todos sus pasos y casarme con alguien a quien apenas conozco.

—O, ya sabes, morir, espero —dijo con una risa.

Asentí en señal de acuerdo. —Eso también.

—Quiero encontrar el amor, y quiero que las personas que me importan encuentren el amor, pero yo... es desalentador después de un tiempo. Y odio decirlo, pero ver a todos los demás encontrar el amor y yo no, a veces es difícil.

—No tienes que explicármelo. Lo entiendo. Estaba muerta de celos cuando Peyton y Wyatt se comprometieron, aunque no tenía nada que ver con ninguno de ellos. Y cuando Blake e Ian se juntaron, y todos los demás. Como dijiste, parece tan fácil para otras personas, pero he conocido a Nico durante años y hasta hace poco estaba renunciando a que él me viera como algo más que una empleada.

Finley sonrió. —Me alegro de que por fin sacara la cabeza de su culo y se fijara en ti.

Me reí con ella. —Yo también.

Tomé una breve siesta cuando llegamos a casa y luego me preparé para la noche de chicas. Un chándal y una camiseta suave de algodón eran definitivamente el plan para mi atuendo nocturno. Todavía estaba agotada, pero tenía ganas de pasar tiempo con mis amigas.

Estaba casi llegando a Novios Literarios Ilimitados cuando recibí un mensaje de Nico. Sonreí mientras lo leía.

—¿De qué te ríes?— preguntó Elise, sorprendiéndome cuando apareció a mi lado en la calle.

—Nico— dije.

Se rio. —¿La segunda cita fue bien?

Asentí. —Muy bien.

—Bien. Estoy apoyándote. Colin dijo que le cae bien Nico. Le recuerda a sí mismo, pero tú estás mucho menos loca que yo, así que espero que las cosas sean más fáciles para ti y Nico.

—No estás loca— le dije. —Eres cautelosa. No hay nada malo en eso.

—Por suerte esta vez tomé una buena decisión— dijo Elise con su propia sonrisa soñadora.

—Esas sonrisas solo pueden significar una cosa— dijo Trinity cuando nos encontró frente a Novios Literarios Ilimitados.

Llamamos a la puerta y asentimos. —Hombres— explicó Elise. —Todavía es nuevo para mí tener a alguien más que me haga tan feliz.

—Vosotros lleváis juntos un año. ¿Todavía se siente raro?— pregunté.

Elise se encogió de hombros. —Un poco, sí. Estuve sola durante tanto tiempo y me convencí de que seguiría así. Nunca vi venir a Colin.

—Definitivamente he llegado en la parte equivocada de esa conversación— dijo Finley mientras nos abría la puerta.

Todas nos reímos y Elise se lo explicó mientras caminábamos hacia la parte trasera para reunirnos con las demás.

—Yo quería encontrar el amor pero todavía me siento rara con James a veces— dijo Trinity. —Cuando lo pillo mirándome con una sonrisa tonta me pregunto en quién estará pensando. No es fácil pasar de ser alguien que no interesaba a la mayoría de los hombres a ser la única mujer que le interesa a un hombre.

—Sí, pero es una sensación tan maravillosa— dijo Blake. —Todos esos años con William me sentía invisible, pero Ian nunca me hace sentir que soy menos que perfecta a sus ojos.

—Yo quiero eso— admitió Finley con una sonrisa en mi dirección. —Siento que últimamente me estoy embriagando de amor. También estoy empezando a leer más libros con antihéroes o de opuestos que se atraen. Siento que necesito ver que el amor no siempre es fácil.

Las comprometidas del grupo gimieron y le dirigí a Finley una sonrisa.

—El amor no es fácil— dijo Willow. —Rowan me dijo esta mañana que yo era un desastre y que necesitaría su propio piso otra vez si no empezaba a limpiar.

—A veces eres un poco desastre— le dijo Melody a su hermana.

—¿De parte de quién estás?

—De la tuya. Siempre. Pero eso implica verte feliz, y eso significa mantener a Rowan en tu vida. Se le pasará, especialmente cuando se dé cuenta de que estos momentos son temporales. Pero cada relación necesita un poco de tira y afloja. Dar y recibir. Si alguien sabe eso, soy yo.

Willow sonrió y asintió. —Tienes razón. Como siempre.

Melody resopló. —Casi nunca tengo razón, pero me conformo con lo que pueda conseguir.

Todas nos quedamos calladas un minuto. Piper cortó la tarta de limón que había traído y nos repartió los trozos. Todas gemimos al dar el primer bocado.

—Vaya. Diría que esto es mejor que el sexo, pero Colin estaba especialmente juguetón hoy— dijo Elise con un guiño.

—Totalmente de acuerdo— dijimos la mitad de nosotras.

—No creas que te vas a librar de ese comentario— me dijo Piper. —¿Con quién estás teniendo sexo mejor que el merengue?

—El Dr. Nico— bromeó Finley.

—¿Qué? ¿Hablas en serio?

—¡Bien por ti!

—Cuéntanoslo todo.

—Le di una segunda oportunidad ayer. Gracias a todos vuestros hombres que le aconsejaron sobre cómo ser una cita decente. Escuchó. Nuestra cita fue realmente buena. Realmente, realmente buena.— Sonreí.

—¡Genial! Me alegro de que por fin esté funcionando— dijo Karissa.

Le sonreí pero no dije nada.

—Es paranoica—explicó Finley por mí. —Lo ha idealizado tanto que cree que sus expectativas son demasiado altas.

—¿No lo son siempre?—preguntó Piper. —No me refiero a ti específicamente, sino en general. Pensamos que los hombres van a ser decentes. Tenemos estas creencias sobre las personas. Cuando nos muestran quiénes son realmente, nos quedamos impactadas y heridas porque nunca vimos la verdad. Ellos no querían que viéramos la verdad.

—Eso es lo que me preocupó después de nuestra primera cita—dije. —Me sentí herida porque ese no era el hombre que creía conocer. Pero en la segunda cita sí lo fue. Me dijo que la mayoría de las mujeres quieren salir con el médico.

—Ahora me da pena por él—dijo Karissa. —Eso es una faena.

Asentí. —Está acostumbrado a fingir en las citas, así que estaba intentando impresionarme. Yo no quería todo eso, por eso nuestra segunda cita fue mucho mejor. Fuimos a O'Kelley's y bailamos, comimos y luego volvimos a mi casa.

—Oye, así fue como besé a Ian por primera vez.—Blake puso una expresión soñadora. —Creo que Hudson es un maestro casamentero.

—¿Crees que Hudson tiene algo que ver con que nosotras estemos con nuestros hombres?—preguntó Elise.

—¿Dónde conociste a Colin por primera vez?

—En su granja.

—¿Y vuestra primera salida?

—Sí, pero le di plantón esa noche—argumentó Elise.

—Pero él no se rindió. Hudson—dijo Blake con una sonrisa. —Habló con Ian, sé que habló con Ramsey. Colin, James, Gavin y Rowan. Está moviendo los hilos para todos nuestros hombres.

—Sabe cómo ser un buen novio y marido—dijo Finley. —Si Hillary todavía estuviera aquí, él seguiría siendo un marido.

—¿Creéis que volverá a salir con alguien alguna vez?—pregunté. No conocí a Hillary, pero obviamente era muy querida por la forma en que todos en el pueblo hablaban de ella. Hudson rara vez la mencionaba, pero todos los demás la adoraban.

—No lo sé. Han pasado años, pero no parece muy interesado en salir con nadie—dijo Piper. —Dice que está casado con el bar.

—Mientras sea feliz, estar solo no es lo peor del mundo—dijo Karissa.

—Pero si no es feliz, eso es diferente—dije.

—Hudson es feliz. Está herido, pero no sé si es posible

superar la pérdida del amor de tu vida. Creo que es tan feliz como puede serlo. Y si está haciendo de casamentero para todos los demás en el pueblo... obviamente todavía cree en el amor—dijo Piper.

—Deberíamos buscarle pareja. Me pregunto si tendrá una cuenta en Novios de Libro Buscando—dijo Finley.

Karissa resopló. —Eh, no. No tiene. Y tú tampoco vas a crearle una.

—No eres nada divertida—dijo Finley.

Karissa asintió. —Me lo han dicho alguna que otra vez. Pero tampoco voy a dejar que hagas catfishing a alguien.

—Vale. Solo quiero verlo feliz—dijo Finley.

—Todas queremos. Pero por ahora, tenemos que evitar que Laura se comporte como Romeo y Julieta con Nico—dijo Karissa.

Me reí y negué con la cabeza. —Le estaba diciendo lo mismo a Finley hoy. Necesito toda la ayuda que pueda conseguir.

16

El lunes por la mañana seguía en las nubes en el trabajo. No había hablado con Nico desde que se marchó de mi casa el domingo temprano, pero estaba de un humor excelente. La mañana transcurría rápidamente y aunque no habíamos hablado, él me lanzaba miradas coquetas que hacían que todo mi cuerpo se encendiera de calor y deseo.

Ese hombre me provocaba todo tipo de sensaciones.

Respiré hondo y sonreí cuando abrí la puerta de la sala de espera y llamé a Damien por su nombre. Tenía mejor aspecto que la última vez que le vi. Me dedicó una pequeña sonrisa y me saludó mientras nos dirigíamos a una sala de examen.

—¿Cómo se encuentra? —le pregunté.

Se encogió de hombros, que parecían más delgados de lo que recordaba.—Estoy bien.

—¿Está comiendo? ¿Bebiendo mucha agua?

—Lo intento.

—Vamos a pesarle.

Él gruñó y yo sonreí.

Había perdido dos kilos. En dos semanas. No era buena señal.

—¿Está teniendo problemas con la quimioterapia? —anoté su peso y lo rodeé con un círculo para que Nico se fijara en ello.

—Sí, pero eso es normal, ¿verdad?

—Es normal, pero me preocupa su pérdida de peso. ¿Puede comer algo después del tratamiento?

Intentó sonreír, pero no lo consiguió. Suspiró.—Es difícil. Beth... Pensé que estaríamos juntos para siempre. En lo bueno y en lo malo, en la enfermedad y en la salud y todo eso. No estábamos casados, pero habíamos hablado de matrimonio. Y ahora, simplemente se ha ido. Hizo las maletas, se mudó, desapareció.

Le sonreí y puse mi mano sobre la suya.—Lo siento muchísimo. Se merece algo mejor que esto. De verdad. Es algo horrible hacerle a una persona por la que se supone que te preocupas.

—Esa es la cuestión. Eso es lo que me afecta. No le haces eso a alguien por quien te preocupas. No tratas así a la gente. Si nos acabáramos de conocer, podría entenderlo porque conocer a alguien en esta situación es difícil, pero llevábamos viviendo juntos más de un año. Y todo fue una mentira. Todo. Y me siento tan estúpido por pensar que era real. Por pensar que era buena persona.

—No es usted estúpido, Damien. Algunas personas son horribles. Se merece algo mucho mejor. De hecho, hay una paciente que quiero que conozca. Cuando vayamos para la quimio, se la presentaré.

Negó con la cabeza.—No me interesa otra relación. No puedo. Necesito centrarme en recuperarme.

—Yo...

—Buenos días —dijo el Dr. Allison con firmeza.

Damien y yo levantamos la mirada, pero Nico me estaba fulminando con los ojos.

—¿Cómo va todo por aquí?

—Bien, doctor. ¿Y usted qué tal?

El Dr. Allison cerró la puerta tras él y sonrió a Damien.—Bien, gracias. —Se acercó a mí, con la mirada clavada en la mía y furioso. Quería huir, pero no iba a dejar que me asustara. No estaba haciendo nada malo. Era mi trabajo cuidar de mi paciente, y eso incluía su salud mental.

El Dr. Allison tomó la tableta que yo sostenía, la miró y me la devolvió.—¿Cómo se encuentra hoy, Damien?

—Estoy bastante bien, doctor.

—Ha perdido peso. Eso me preocupa. ¿Está comiendo? ¿Bebe suficiente agua? ¿Se cuida?

—Lo intento, doctor. La vida se ha vuelto... difícil.

—¿Es así?

Damien asintió. —Mi novia me dejó cuando se enteró del cáncer, y yo solo... Se rio entre dientes. —Usted no entendería los problemas con las mujeres. Seguro que las tiene haciendo cola.

—Compláceme, dijo el Dr. Allison, manteniendo su atención en Damien.

—Yo... siento que debería haber visto algo que me indicara quién era ella realmente. Como si hubiese tenido que saber que haría algo así.

El Dr. Allison frunció los labios. —Lo que he aprendido sobre las mujeres es que son muy buenas mostrando lo que quieren que veas. Si encuentras una buena, no se contendrá. Pero no siempre lo sabes. Y eso es difícil.

—Sí, lo es, dijo Damien con una sonrisa melancólica. —Intento establecer una rutina y esas cosas, pero Beth siempre hacía la compra y siempre preparaba la cena. Después de la quimio, me siento fatal y solo quiero dormir. Normalmente me derrumbo, pero luego me siento regular durante unos días. Realmente no he estado enfermo, pero no tengo apetito.

El Dr. Allison asintió. —Eso lo escucho mucho. Tenemos una lista con algunas sugerencias de alimentos. Cosas que otros pacientes nos han dicho que toleran después de la quimio. No son requisitos dietéticos, solo ideas para probar. Si puede, preste atención a lo que le apetece en los próximos días. Si lo necesita, coma eso. Muchos pacientes solo toleran una o dos cosas durante unos días. Incluso si no es muy saludable, tampoco lo es perder mucho peso.

Damien asintió. —Tiene razón. Lo sé. Prestaré más atención. Y echaré un vistazo a la lista. Gracias, doctor.

El Dr. Allison asintió. —Súbase a la camilla para un examen rápido y le enviaremos a la infusión.

Damien hizo lo que se le pidió. Tomé notas mientras el Dr. Allison lo examinaba. Afortunadamente, todo parecía bien.

Una vez que el Dr. Allison terminó, acompañé a Damien a la clínica de infusión y comencé con su primera dosis. Cuando ya estaba fluyendo, dije: —No iba a emparejarte con nadie.

—¿No? preguntó.

Sonreí y negué con la cabeza. Me quité el equipo de protección e hice anotaciones en su historial. —No. Iba a presentarte a otro paciente, un paciente masculino, que también está soltero. Tiene tres hijas, y su esposa falleció hace unos años. Pensé que sería bueno tener otro hombre con quien hablar. Alguien que entendiera lo que estás pasando.

Él se rio entre dientes y asintió. —Gracias, Laura. Siento haber sacado conclusiones precipitadas.

Le di unas palmaditas en la mano. —Lo entiendo. No quería hacerte sentir incómodo. Voy a traer a Lucas ahora mismo. Le sentaré a tu lado y os presentaré. Sin presiones, solo alguien con quien hablar.

Damien asintió. —Gracias. Creo que me vendría bien un amigo.

Sonreí y fui a buscar a Lucas. De camino de vuelta, charlamos sobre sus hijas y cómo se sentía. Estaba tolerando bien la quimio, y como había venido la semana anterior para su cita con el Dr. Allison, podíamos ir directamente a la infusión.

Senté a Lucas junto a Damien y los presenté. Mientras iniciaba la quimio de Lucas, charlé con ambos hombres, contándoles un poco sobre cada uno y algunas cosas que sabía que tenían en común. Cuando Lucas iba por la mitad de su primera dosis, conversaban con facilidad y reían. Ambos tenían mejor aspecto.

—Enfermera Kempis, dijo el Dr. Allison. —¿Puedo hablar con usted?

Terminé mis notas y le seguí hasta su despacho. Se estaba convirtiendo en algo habitual que yo estuviera allí, algo que raramente ocurría antes. Y definitivamente no era algo bueno.

—Por favor, cierre la puerta.

Puse los ojos en blanco e hice lo que me pidió. Estaba detrás de su escritorio, lo que significaba que volvía a estar en problemas. Genial.

—¿Por qué te entrometes en las vidas de los pacientes' ?

—No me estoy entrometiendo.

—Pues sonaba como si lo estuvieras haciendo.

—¿Cuándo? ¿Qué escuchaste exactamente que te hizo pensar que me estaba entrometiendo?

—Le dijiste a Damien que querías presentarle a alguien. Me cuesta pensar que eso no sea entrometerse. El hombre acaba de ser abandonado, y tú te estás metiendo en su vida. No es para eso para lo que estás aquí.

—Damien es mi paciente, Dr. Allison. Hablo con él. Sé lo que le pasa. Le escucho. Usted oyó solo unos momentos de una conversación, y si no hubiera interrumpido cuando lo hizo, habría sabido que quería presentarle a Lucas. —Señalé hacia el centro de infusión como si pudiera ver a los dos hombres a través de la pared. Respiré hondo y bajé la mano.

—¿A Lucas? ¿Por qué?

—Porque quería que Damien tuviera un amigo. Otro hombre que sabe lo duro que es esto y que también lo está pasando sin una pareja.

—¿Me estás tomando el pelo?

Levanté las manos y gemí. —Están hablando ahora mismo. Los senté uno al lado del otro para que pudieran hacerlo. Creo que ambos se sienten muy solos, y pensé que sería bueno para ellos. No estoy haciendo de casamentera. Estoy intentando ayudar a levantar la moral de mis pacientes.

El Dr. Allison me estudió durante un largo momento. —Eres realmente algo especial, ¿sabes?

Resoplé. —Eso no suele ser un cumplido.

—Lo digo como tal, Laura. Te pido disculpas por juzgarte.

—¿Hace eso a menudo? ¿Juzgarme a mí y a las otras enfermeras?

Se encogió de hombros. —Probablemente demasiado. Especialmente a ti. No siempre veo lo mejor de las situaciones o de las personas. Siempre estoy esperando que alguien haga algo con lo que no esté de acuerdo. Tengo tendencia a reaccionar de forma exagerada cuando se trata de ti.

—¿Reaccionar de forma exagerada?

Suspiró. —Vale, ponerme celoso y cabrearme.

Intenté no sonreír, de verdad que lo intenté, pero no pude evitar que mis labios se curvaran por las comisuras.

Se rio entre dientes. —Vete antes de que te tumbe sobre este escritorio.

Mi cuerpo se encendió de calor. Me mordí el labio y miré su escritorio. Definitivamente podría estar de acuerdo con eso. —En otra ocasión.

Gimió mientras salía de su despacho y volvía con mis pacientes.

El resto del día pareció pasar rápidamente. Lucas y Damien hablaron mientras estuvieron allí, y Damien me agradeció por presentárselo cuando se marchó. Intercambiaron números y hicieron planes para quedar a cenar durante el fin de semana.

Lo había hecho bien.

Ally me preguntó por la sonrisa en mi cara cuando estábamos en la sala de descanso al final del día. —He hecho felices a dos pacientes hoy.

—¿Cómo lo has hecho?

—Ambos parecían necesitar un amigo. Los presenté.

—¿Sabes quién más necesita una amiga? Yo. ¿Qué estás haciendo ahora mismo? —preguntó Ally. Sonrió pero sus ojos me suplicaban.

—Um, nada. ¿Por qué?

—Voy a cenar con mi hermana y nunca sé qué decirle. ¿Me acompañarás? ¿Por favor?

—¿Tu hermana?

Ally gimió y asintió. —Tenemos el mismo padre, pero Goldie es bastante mayor que yo. Su madre estaba casada con mi padre y luego se divorciaron y él se casó con mi madre. Mi padre siempre ha intentado que nos llevemos bien, pero es incómodo. Si vienes, será mucho mejor.

—¿Estás segura? Es tu hermana.

Ally negó con la cabeza. —No, necesito ayuda. Por favor. Normalmente hago que Spencer me acompañe, pero esta noche no puede. Nunca sé qué decirle a Goldie. Por favor, Laura.

Dudé. Era totalmente extraño, pero me caía bien Ally. No quería dejarla colgada.

—Yo invito a la cena.

Me reí. —No tienes por qué invitar a la cena. Te acompañaré. ¿Tengo tiempo de ir a casa y cambiarme?

Ally miró su reloj e hizo una mueca.

—Vale, entonces. Iré con el uniforme. Espero que no vayamos a un sitio elegante.

Ally negó con la cabeza. —Hemos quedado en O'Kelley's.

Asentí. No sería la primera vez que iba allí con uniforme. Probablemente tampoco sería la última.

Ally me esperó mientras recogía mis cosas y nos dirigimos hacia la puerta. El Dr. Allison nos vio salir y nos detuvo.

—¿Se van a casa? —preguntó, su mirada saltando entre nosotras.

Ally asintió. —Nos vamos, pero no a casa. Laura viene a cenar conmigo y mi hermana.

—Oh. No me había dado cuenta.

Intenté interpretar su expresión. —¿Necesitaba algo?

Negó con la cabeza como si acabara de darse cuenta de que había alguien más con nosotros. —No. Yo...no. Que paséis buena noche.

Intenté captar su mirada, pero se dio la vuelta y regresó a su despacho. Ally me empujó hacia la puerta mientras buscaba sus llaves.

—Siempre estoy tan nerviosa con Goldie. Es... perfecta. Nunca puedo compararme con ella.

Sonreí y mantuve la boca cerrada. Yo pensaba que Ally era perfecta, así que sería interesante conocer a su perfecta hermana.

Ally y yo fuimos por separado a O'Kelley's. Aparqué a

unas manzanas, más cerca del Parque Catherine. Ally estaba de pie frente a O'Kelley's cuando me acerqué. Tenía los hombros encogidos y miraba su teléfono cada cinco segundos. Se balanceaba sobre las puntas de los pies y se apartaba el pelo imaginario de la cara.

—Ally. Tranquilízate. No puede ser tan malo.

Se rio sin alegría. —No tienes ni idea. ¿Estás lista?

Asentí y la seguí al interior. Se detuvo y examinó la sala. Yo no sabía a quién estaba buscando, pero también miré alrededor. Si alguno de mis amigos estaba allí, quizás Ally querría que se unieran a nosotras. ¿Un protector más grande? Quizás lo suficientemente grande como para que yo no fuera el parachoques.

—Está aquí —dijo Ally en voz baja. Se dirigió hacia los reservados de la derecha, serpenteando entre las mesas. La seguí, intentando ver adónde íbamos antes de que Ally se detuviera.

Una mujer rubia estaba sentada en la mesa frente a nosotras. Tenía la cabeza agachada, mirando su teléfono. Llevaba un traje caro y un ceño fruncido.

—Hola, Goldie —dijo Ally en voz baja, apenas captando la atención de la mujer.

—Ally, estás aquí. Y has traído a una amiga. Hola, soy Goldie. La hermana de Ally. Encantada de conocerte.

Estreché la mano que me ofrecía. —Hola, Goldie. Soy Laura. Ally y yo somos amigas del trabajo.

—¿Es usted médico?

—No, soy una de las enfermeras de infusión.

—Vaya. El trabajo que hacéis es tan inspirador. Le digo a Ally constantemente lo impresionada que estoy con su trabajo.

—Básicamente soy una asistente administrativa —dijo Ally.

—Y sé lo duro que es ese trabajo. Yo tengo una, y ella es la única razón por la que no estoy siempre perdiendo la cabeza. ¿Cómo está Nico?

Me erguí más de lo que debería ante la mención casual de Nico por parte de Goldie. Quizás él no era el único que se ponía celoso.

—Está bien. Todavía en el trabajo, por supuesto.

Goldie se rio. —Por supuesto. ¿Cómo estás tú? ¿Cómo va la vida de casada? Se estremeció y luego me sonrió. —Mi primer matrimonio fue un desastre. Juré no volver a casarme nunca. Pero estoy a favor de los matrimonios felices como el de Ally.

Sonreí. Definitivamente podía entender por qué Ally pensaba que su hermana era perfecta, pero no estaba segura de por qué Ally no se sentía cómoda con ella, o por qué decía que era distante. Goldie era amable y habladora. No había dicho nada que yo pensara que pudiera incomodar a Ally. Parecía que realmente le caía bien Ally. Estaba confundida.

—La vida de casada va bien. Spencer tuvo que trabajar esta noche.

—Esas cosas pasan. ¿Queréis algo de beber? Ya que estáis aquí, puedo ir a la barra y pedir para nosotras. ¿Una jarra de algo o bebidas individuales? ¿Qué os apetece?

Miré a las hermanas y me di cuenta de que ninguna de las dos iba a decidir. Ambas estaban preocupadas por no pisarse los pies mutuamente. Lo que significaba que podríamos quedarnos sentadas toda la noche sin pedir nada.

—¿Y si pido una jarra de margaritas? —sugerí. —Hudson prepara unas margaritas de melocotón realmente buenas. ¿Os parece bien a todas?

Goldie asintió y me dedicó una brillante sonrisa. Ally también asintió, pero su sonrisa era más de agradecimiento que otra cosa. Hasta que me levanté. Entonces el pánico llenó su mirada al darse cuenta de que estaba a punto de dejarla sola con su hermana.

—Vuelvo enseguida —les dije.

A Ally se le abrieron los ojos como platos pero mantuvo la boca cerrada. Me alejé, deslizándome en un asiento en la barra y captando la atención de Hudson.

—¿Has venido sola? —preguntó.

Negué con la cabeza. —Mi compañera de trabajo había quedado con su hermana y quería que hiciera de intermediaria. ¿Puedes prepararnos una jarra de margaritas de melocotón? Creo que necesitamos toda la ayuda posible.

Hudson sonrió. —Marchando. ¿No tenéis camarero?

Volví a negar con la cabeza. —No desde que me he sentado.

Hudson puso los ojos en blanco. —Maldita sea.

—Es difícil encontrar buen personal.

—Eso es la pura verdad. Os llevaré la jarra en un minuto. ¿Tres vasos?

Asentí.

—¿Comida?

—Sí. Sé que necesito comer. Supongo que ellos también querrán.

—Vale. Siento lo del camarero.

Sonreí. —Yo también.

Se rio y cogió una batidora para preparar nuestros margaritas. Regresé a la mesa y sonreí mientras me sentaba de nuevo.

—¿No hay bebidas? —preguntó Ally.

—Hudson las está preparando. Dijo que las traerá en un minuto. Y tomará nuestro pedido de comida.

—Oh, sí, estoy muerta de hambre —dijo Goldie. —¿Vienes aquí a menudo?

Asentí. —Sí, normalmente un par de veces por semana. Hudson es amigo mío.

—Qué bien. Yo no salgo mucho. Ni siquiera sé quién es Hudson.

—Es el dueño de O'Kelley's. Perdón. Pensaba que todo el mundo le conocía —dije.

Goldie asintió. —Ahora tiene más sentido. Crecí aquí, pero fui a un colegio privado y luego me marché a la universidad, y solo volví a la zona hace unos años. Soy la directora de turismo de la zona.

—¿En serio? Vaya. Es un trabajo importante.

Goldie sonrió. —Lo es. Pero me gusta. Trabajo con organizadores de eventos locales y negocios de la zona para coordinar eventos que atraigan a turistas. Este lugar es precioso, especial y un poco secreto. No siempre hemos hecho un buen trabajo contándole al mundo que existimos. Quiero cambiar eso.

—Sin cambiar la belleza de las Mil Islas —añadió Ally.

Goldie asintió. —Exactamente. Es un equilibrio delicado. Pero nuestra capacidad hotelera limitada ayuda con eso.

—¿Te gustaría aumentar la capacidad hotelera?

Goldie se encogió de hombros. —Si acaso, sería muy ligeramente, pero me inclino más por llenar los hoteles que ya tenemos. Ninguno está a plena capacidad todo el tiempo. La mayoría tienen bastantes habitaciones libres. Quiero ayudar a los empresarios locales, no verlos hundirse.

—A mis amigos que tienen negocios locales les encantará oír eso —le dije.

—Me encantaría reunirme con cualquiera que conozcas. Ver qué podemos hacer para trabajar juntos y mejorar las cosas —dijo Goldie. —Te puedo dar mi número para compartirlo con ellos. Si te parece bien.

Asentí. —Por supuesto. Sería genial.

Mientras Goldie introducía su número en mi móvil, Hudson nos trajo la jarra. Tomó nuestros pedidos mientras Ally se servía un vaso muy lleno y se bebió la mitad casi al instante.

Algo no iba bien con esta situación.

lly siguió bebiendo mientras Goldie me contaba sobre su trabajo y sus ideas para actividades de verano. Algunas eran nuevas para mí y otras eran las mismas cosas que ocurrían cada año, pero con un nuevo enfoque.

—¿Es tu primer año en el trabajo? —le pregunté a Goldie.

—Lo es. Antes trabajaba para el departamento de eventos del Hotel Bayside en A-Bay, pero cuando se abrió este puesto, tuve que presentarme. Solo llevo unos meses en el trabajo.

—Eso es emocionante. Enhorabuena.

—Gracias. Me encanta de verdad. Y creo que con tus contactos, podré avanzar en muchos de mis planes. Especialmente me gusta tu amiga que diseña aplicaciones. Será mi primera llamada.

Le sonreí mientras Ally resoplaba a mi lado. Apenas había dicho nada desde que llegaron las margaritas. Lancé una mirada confusa y preocupada entre ellas, pero ninguna pareció darse cuenta.

—Aquí tenéis —dijo Hudson, trayendo nuestra comida. —

Espero que todo se vea bien. ¿Necesitáis agua por aquí? ¿O algo más?

—En realidad —dijo Goldie—, ¿tienes un minuto?

Hudson me miró con las cejas fruncidas. Asentí para que supiera que estaba bien que aceptara.

—Eh, claro. ¿Qué pasa?

—Soy la directora de turismo de la zona y estoy buscando reunirme con propietarios de negocios locales sobre algunos eventos que me gustaría programar para el verano. También quiero tener la oportunidad de incluir los eventos que tú, y otros, organizáis en nuestra página web. ¿Sería posible hablar sobre algunas ideas?

Hudson asintió. Se ajustó la gorra de béisbol y cambió el peso de un pie a otro. Él prefería quedarse detrás de la barra y que nadie supiera que estaba al mando, aunque todo el mundo lo sabía. Que lo pusieran en el punto de mira no era lo ideal para él. —Realmente no planifico eventos aquí. Al menos, no los que están abiertos al público. Participo en lo que el pueblo organiza.

—Si fueras patrocinador de un evento, podríamos añadir tu negocio a la web igualmente. Un poco de publicidad para ti —dijo Goldie.

—Ha dicho que no, Goldie —gruñó Ally.

Hudson miró entre las hermanas y luego a mí. Me encogí de hombros, haciéndole saber que tampoco estaba segura de lo que estaba pasando.

—Está bien —dijo Hudson. —Me va bastante bien. Y cuando ayudo, no lo hago por publicidad adicional. Lo hago porque es lo correcto.

—Por supuesto —dijo Goldie. —Y personas como tú son exactamente las que necesitamos mostrar.

—¿Personas como yo?

Goldie asintió. —Absolutamente. Eres de aquí, ¿verdad? Y

has hecho este bar tuyo. Eres muy típico de las Mil Islas. Un propietario de negocio exitoso que devuelve a la comunidad. Por eso este lugar es tan especial.

Hudson asintió lentamente. —Es especial. Pero la gente que vive aquí no quiere cambiarlo.

—Yo tampoco —le aseguró Goldie. —Quiero asegurarme de que las personas que vienen aquí de visita sepan lo increíble que es. Quiero que se lo cuenten a todos sus amigos y que vuelvan a visitarnos. Quiero que este lugar sea un destino para la gente.

—¿Y crees que eso beneficiará a la comunidad?

—En realidad, sí. He estado en el centro comunitario. Lo primero que pretendo hacer es invertir algo de dinero en él. El aparcamiento necesita ser excavado y completamente renovado. El edificio en sí podría usar algunas mejoras. Y el equipamiento que tienen es viejo e insuficiente. He estado hablando con la directora al respecto. Está de acuerdo.

—Amelia definitivamente puede usar la ayuda —admitió Hudson.

—¿La conoces? —preguntó Goldie, más que un poco sorprendida.

—Su hijo mayor es amigo mío. James es policía local —dijo Hudson.

Goldie tomó notas en su teléfono y sonrió ampliamente. —Me encanta este pueblo. Todo el mundo conoce a todo el mundo. Siento que me perdí muchas cosas por ir a un colegio privado.

—Probablemente —dijo Hudson. —Necesito volver detrás de la barra, pero si necesitáis algo más, hacédmelo saber.

—Gracias, Hudson —le dije. Me guiñó un ojo y dio un golpecito en la mesa, luego se alejó.

—Es guapo —dijo Goldie.

Ally resopló.

—Lo es. Y es un tío realmente bueno —le dije.

—¿Está soltero?

Asentí. —Lo está, pero no estoy segura de lo abierto que está a una relación.

Goldie se encogió de hombros. —No pasa nada. Yo tampoco lo estoy. Simplemente no me gusta admirar a hombres que no están disponibles. Me parece mal.

Ally murmuró algo que no pude oír. Cuando me giré para preguntarle qué había dicho, se disculpó y fue directa a los baños.

Forcé una sonrisa hacia Goldie, preguntándome si debía dar excusas por Ally o no.

—Mi madre nunca le hizo la vida fácil —dijo Goldie. —Estaba celosa y era desagradable, y le puso las cosas difíciles a Ally.

—¿A qué te refieres?

—Insistía en que mi padre estuviera presente en las vacaciones conmigo y le obligaba a asistir a todo lo que yo hacía. Incluso me dejó en su casa un par de veces sin avisar.

—¿En serio? —solté.

Goldie asintió y miró hacia los baños. —No creo que le caiga muy bien, pero lo intento. Quiero a mi madre, pero siempre sentí que no encajaba cuando era niña. Mi padre tenía esta familia feliz de la que yo no formaba parte, y cuando estaba allí, me encontraba en medio de todo. Era divertido y lo disfrutaba, pero seguía estando fuera. Ally y su hermano eran un equipo, y son bastante más jóvenes que yo. Él se mudó a Texas después de la universidad, así que nuestro padre ha intentado que Ally y yo seamos cercanas, pero a ella no le interesa.

—Lo siento. Cuando me invitó, no sabía qué hacer.

Goldie sonrió. —No es culpa tuya. Igual que no fue culpa mía que nuestros padres no supieran manejar nuestra situación cuando crecíamos. Tenía nueve años cuando nació Ally.

Para cuando pude relacionarme con ella, yo era una adolescente enfadada con el mundo por no tener a mis padres bajo el mismo techo. Cuando Ally era adolescente, yo ya vivía por mi cuenta, y poco después me casé y tuve mi propio hijo. Nuestras vidas nunca han estado sincronizadas.

—No parece que lo hayan estado. Pero seguís siendo hermanas —dije.

Goldie sonrió con tristeza. —La sangre no te hace hermanas. Tampoco el hecho de que yo quiera conocerla.

—Puedo intentar hablar con ella.

Goldie negó con la cabeza. —No, no puedo pedirte que hagas eso. Te odiará por meterte.

—Lleva tiempo queriendo presentarnos. No deja de decirme que tú y yo deberíamos ser la carabina de la otra. No te preocupes.

—¿De verdad? —los labios de Goldie se curvaron en las comisuras. —Eso es interesante.

Sonreí. —Quizás una relación con ella no sea una causa perdida.

Goldie asintió. —Quizás no.

ALLY VINO A TRABAJAR a la mañana siguiente con unas gafas de sol enormes y zapatos planos. Su exterior normalmente brillante estaba apagado y su sonrisa era claramente forzada.

—¿Estás bien? —preguntó Bonnie, otra enfermera.

Ally negó con la cabeza, y luego hizo una mueca. —Laura me emborrachó anoche.

—¡Yo no hice eso! Lo hiciste tú solita.

—Todo es culpa de Laura —gimió Ally. —Ella compró una jarra de margaritas.

—Se suponía que era para todas nosotras, no solo para ti —repliqué.

—Sí, bueno, mi hermana estaba allí.

—Oh —dijo Bonnie, haciendo una rápida salida.

—¿Qué pasa contigo y Goldie? —le pregunté a Ally. Me lo había estado preguntando desde que Ally fue al baño y Goldie compartió tanto conmigo, pero no tuve la oportunidad de preguntarle nada a Ally la noche anterior.

—Goldie es la perfecta. Gran trabajo, vida perfecta, todo perfecto. Es la única persona que conozco que dejó su matrimonio y salió ganando. Podría dejar de trabajar si quisiera, según mi padre. Y su hijo es una especie de prodigio adolescente o algo así. Es todo tan...

La emoción cruda en sus ojos decía que había más de lo que estaba contando. No solo tenía celos de su hermana, sino que sentía que su padre tenía a Goldie en un pedestal y Ally simplemente estaba ahí.

—¿Has pensado que quizás tu padre quiere que te caiga bien Goldie y comparte todas estas cosas para que así sea?

Ally resopló. —No. ¿Por qué me contaría todas estas cosas si no fueran ciertas?

—No estoy diciendo que no sean ciertas. Solo que creo que él quiere que te caiga bien. Ella me estaba contando

—¿Ahora sois amigas?

Abrí y cerré la boca, luego negué con la cabeza. —No, pero no es mi hermana así que hablé con ella anoche. Es agradable.

Ally asintió lentamente. —Bueno saber que puede ganarte tan rápido.

—Ally, tú fuiste quien quería que la conociera. Tú me invitaste. Me has estado diciendo que debería conocerla. ¿Y ahora estás enfadada porque lo hice?

—No me di cuenta de que ibas a ponerte de su lado tan rápido.

—No me estoy poniendo del lado de nadie —le dije con calma. —Quiero que habléis o lo que sea. Puede que nunca seáis amigas, pero no deberías tener que beberte una jarra de margaritas tú sola para tolerar una noche con ella.

Ally hizo una mueca al mencionar los margaritas. —Cierto. Y lo siento. Te puse en una situación complicada sin darte información. No debería haberlo hecho.

—No pasa nada. Te lo prometo.

—Gracias, Laura. Te debo una.

Sonreí. —Ten una comida con Goldie sin consumir cantidades copiosas de alcohol y estaremos en paz.

Ally hizo una mueca. —¿Estás segura de que no puedo darte a mi primogénito en su lugar? ¿Algo más fácil de manejar?

Me reí con ella y fui a empezar mi día. Iba a ser largo.

Acababa de sentarme para almorzar cuando me llegó un mensaje de Nico.

> Por favor, ven a verme cuando estés disponible.

Miré mi comida y negué con la cabeza. No iba a correr hacia él simplemente porque me lo pedía. Nunca me había enviado mensajes en el trabajo, así que sabía que era personal y no relacionado con el trabajo.

> Acabo de sentarme a comer. ¿Estarás disponible en diez minutos?

> Sí.

Le envié un emoji de pulgar hacia arriba y dejé el teléfono. Era la única en la sala de descanso, lo que definitivamente era inusual, pero no me molestaba. Mi mañana había sido dura y la tarde no iba a ser mejor.

Comí rápidamente, diciéndome a mí misma que no tenía prisa por verle aunque estaba deseando hacerlo. Estaba saliendo de la sala de descanso cuando Bonnie entraba. Parecía tan cansada como yo y solo me ofreció una pequeña sonrisa.

Llamé a la puerta de Nico y él me dijo que pasara. Asomé la cabeza por el borde de la puerta para que pudiera ver que era yo. —Pasa. Cierra la puerta, por favor.

Entré y cerré la puerta mientras él se levantaba. Se acercó a mí y no se detuvo hasta que estuve entre sus brazos, con mi cara enterrada en su pecho.

Le abracé durante un largo momento, sin estar segura de lo que pasaba. —¿Estás bien?

Asintió y me apretó más fuerte por un momento, luego me soltó. —Gracias. Necesitaba eso.

—¿Está todo bien?

—Sí. Este trabajo me afecta a veces. No siempre es fácil.

Me reí levemente. —Nunca es fácil. Incluso cuando parece fácil, no lo es. Tenemos las vidas de las personas en nuestras manos. Les administramos veneno esperando que mate solo lo que debe matar. Es como ciencia ficción, pero lo hacemos porque no hay alternativa.

—Sí. Tienes razón. No hay alternativa. Y si nosotros no luchamos por nuestros pacientes, nadie lo hará. Pero no es por eso por lo que te pedí que vinieras.

—¿No lo es?

Negó con la cabeza. —No. Quería enseñarte los planos de arriba. Esperaba pillarte ayer, pero Ally se me adelantó. ¿Estás libre hoy después del trabajo?

Asentí. —Lo estoy.

—¿Te parece bien que pidamos cena y repasemos todo juntos?

—¿Es algo de trabajo o algo personal?

Ladeó la cabeza. —¿Tiene que ser solo una cosa?

Me encogí de hombros. —Si es de trabajo, entonces me parece bien, pero si es personal, quizás quiera pasar por casa y ducharme.

Sonrió. —¿Puedo decirte que es de trabajo para que te quedes y luego convertirlo en algo personal?

Me reí. —Ya estoy sudada.

—No me importa.

—Y asquerosa.

—Sigue sin importarme.

—Y agotada.

—Entonces déjame cuidarte un poco esta noche.

Levanté una ceja, a lo que él solo sonrió.

—¿Eso es un sí?

Asentí. —Sí, es un sí. Siempre fue un sí.

—Bien. Podemos pedir... quiero decir, ¿qué te apetece pedir?

Sonreí. —Puedes hacer sugerencias, ¿sabes?

—Me gustaría saber qué quieres tú.

Me encogí de hombros. —Estoy abierta a ideas. Acabo de comer un sándwich, así que algo diferente, pero soy fácil de complacer.

Se rio por lo bajo. —Difícilmente. ¿Qué tal tacos para cenar?

—Suena delicioso.

—Vale. Te veo aquí en unas horas.

Sonreí y asentí, luego me moví para abrir la puerta y volver al trabajo.

—Eh, una cosa más —dijo, acercándose a mí de nuevo. Me tomó en sus brazos y selló sus labios con los míos. Se abrió camino con su lengua en mi boca y apretó mi cuerpo contra el suyo.

Mis manos fueron a sus brazos y lentamente ascendieron. Las envolví alrededor de su cuello mientras él me presionaba contra la puerta. Sus manos se extendieron sobre mi espalda, manteniéndome junto a él mientras apoyaba su cuerpo contra el mío.

Me provocaba con su lengua, alternando entre caricias suaves y embestidas fuertes, haciendo el amor a mi boca. No podía hacer nada más que agarrarme y rezar para que nunca terminara.

Finalmente se apartó y apoyó su frente contra la mía. Su aliento acariciaba mi rostro con cada jadeo. Su calor se filtraba en mí, haciendo casi imposible que pudiera moverme para irme.

—Gracias.

Le sonreí. Deslicé mi mano por el lado de su cara, acunando su mandíbula. Él se acurrucó contra mi palma y la besó. Me atrajo hacia él para un abrazo y luego abrió la puerta y me dejó ir.

—Te veo pronto —dije suavemente antes de salir de su despacho. Casi tropiezo con mis propios pies. Era como si estuviera flotando.

Aquel hombre era verdaderamente embriagador. No podía tener suficiente de él. Y cuanto más tenía, más segura estaba de que iba a necesitarlo.

Cuando por fin terminó mi jornada, me tomé unos minutos para mí en el baño. Me obligué a respirar profundamente y a alejar todo lo malo. Era una práctica que había aprendido de una consejera años atrás, una que me había ayudado a superar todas las cosas difíciles de mi vida.

Sabía que ocurrían cosas malas, pero elegía centrarme en las cosas buenas de la vida. Sin embargo, después de días como el que acababa de tener, lo malo se estaba volviendo abrumador. Los martes eran días duros por los pacientes que venían. Una joven madre soltera que tenía que programar sus citas en torno al horario de preescolar de su hijo, un abuelo cuyo tratamiento no estaba funcionando bien, y un devoto marido y padre que lloraba cada vez que venía. Los tres me rompían el corazón. Les escuchaba, hablaba e intentaba animarles, pero era duro. Todo era duro.

Cuando mi madre murió, decidí no dejar entrar lo malo. Mi padre dejó entrar lo malo y acabó matándole. Yo no podía hacer eso. No tenía más remedio que expulsar lo malo y centrarme en lo bueno.

Como mi velada con Nico.

Me eché agua en la cara y me refresqué tanto como pude y luego fui a la sala de descanso. Todos los demás ya se habían ido, así que tenía el espacio para mí sola. Me cambié y me puse un uniforme limpio, uno extra que guardaba en mi taquilla para emergencias. Me apliqué más desodorante y dejé mis ondas sueltas. Me peiné el pelo con los dedos y decidí que mi aspecto era tan bueno como podía estar.

Fui al despacho de Nico para buscarle pero estaba vacío. Su ordenador estaba apagado. Las luces estaban encendidas, pero no había nadie allí. Recorrí el resto de la planta baja pero no lo encontré. Pensaba que habíamos quedado en su despacho, pero supuse que me había equivocado y me dirigí al segundo piso.

Nico estaba de pie en el extremo más alejado de la habitación cuando se abrieron las puertas del ascensor. Se volvió para mirarme, con el sol del atardecer iluminándole por detrás. Parecía que pertenecía a un anuncio.

—Hola. Me preguntaba dónde estabas —dije, caminando hacia él.

—Pensé que te habías ido.

Me detuve. —Me pediste que me quedara.

—Sí, pero te fuiste —empezó a caminar hacia mí.

Negué con la cabeza. —Me cambié de ropa.

—Miré en la sala de descanso. No estabas allí.

—Estaba en el baño. Necesitaba unos minutos.

—¿Está todo bien? —Extendió la mano hacia mí, cogiendo la mía.

Inspiré profundamente. —Ahora está mejor.

Me atrajo hacia sus brazos y me abrazó con fuerza. Definitivamente ahora estaba mejor.

18

NICO

Laura estaba temblando. Literalmente temblando. Nunca la había visto alterada, pero estaba temblando. —¿Estás bien?

Negó con la cabeza. —No realmente, pero lo estaré. A veces las cosas se ponen difíciles. Hoy ha sido un día difícil.

Me reí entre dientes. —Las cosas siempre son difíciles para mí.

—No lo parece. Eres tan sereno.

Negué con la cabeza. —No realmente. Lo oculto. Me refugio en mí mismo. Me voy a casa y me escondo. No dejo que nadie me vea cuando pierdo el control.

—Yo no pierdo el control muy a menudo, —admitió Laura. —Desde que mi madre...sé lo devastadora que puede ser una pérdida. Lo he visto de primera mano. Vi a mi padre desaparecer completamente ante mis ojos. No fue a propósito y no fue porque no me quisiera, pero aun así se esfumó. La única persona por la que vivía se había ido, y no tenía nada más, así que él también desapareció. Por muy doloroso que fuera, me ayudó a ser mejor profesional sanitaria. Me ayudó a ser capaz de soltar las cosas. No tiene por qué ser tan difícil para la gente. Nunca sabemos la razón detrás de una pérdida, pero tengo que creer que hay un motivo. Tengo que creer que cada pérdida es para ayudar a los que quedamos a aprender algo.

—Yo no estoy tan evolucionado, —confesé. —Las pérdidas me cabrean. Quiero salvarlos a todos, y si no puedo, me lo tomo como algo personal.

—¿Y cambias? ¿Aprendes de ello? ¿Revisas un caso y lo que salió mal e intentas hacerlo mejor para el siguiente?

—Por supuesto.

Sonrió y se encogió de hombros. —Entonces aprendes de ellos.

Me reí entre dientes. —Vale, de acuerdo, aprendo de ellos. Preferiría aprender de otra manera.

Asintió. —Sí.

—¿Qué ha pasado hoy que ha sido tan malo?

Tomó aire. —Algunos pacientes me afectan. Cuando los tratamientos no funcionan bien o cuando funcionan pero les exigen mucho. Es duro verlo. Me implico emocionalmente, aunque sé que no debería.

—Creo que eso te hace mejor. Si te importa, no te rindes. Sigues luchando.

Asintió. —Siempre. Respiró hondo y cerró los ojos mientras exhalaba. Vi cómo su cuerpo se relajaba y su rostro se transformaba en uno de paz.

—Te sientes mejor.

Asintió y abrió los ojos. —Sí. Gracias.

—Nunca he sido capaz de quitarme las cosas de encima como tú acabas de hacer.

—Todos somos diferentes. No tardo mucho en hacer mi duelo. Pasé muchos años haciéndolo y no cambió nada. Elijo centrarme en lo bueno, en el lado positivo. Encuentro algo bueno en todo, incluso en las cosas terribles. Y no es difícil encontrar el lado positivo aquí arriba. Cuéntame los planes.

Sonreí, impresionado con ella una vez más. Le expliqué todo lo que había hablado con Peter. Ella asentía y hacía preguntas mientras recorríamos el espacio. —¿Qué te parece? —pregunté cuando terminé.

Sonrió. —Creo que es perfecto. Creo que será exactamente lo que quieres que sea. Una combinación de relajante y pacífico con los requisitos médicos apropiados. ¿Cuándo empiezan?

—Mañana. Aunque firmé el contrato la semana pasada, todavía estábamos ultimando todos los pequeños detalles. Tuvo que hacer algunos cambios a lo que yo quería para que cumpliera con los códigos de construcción y cosas de las que no sé nada. Mañana van a vaciar todo y comenzar con los cambios de distribución. Peter está seguro de que no necesitará modificar el calendario y terminará en cuatro o seis semanas como hablamos originalmente.

—Vaya. Parece muy rápido.

Me reí. —Eso mismo dije yo, pero es bueno. La siguiente parte es contratar a alguien nuevo para que ayude.

—¿Otro médico?

Asentí. —Sí. He estado buscando, pero no he ido más allá de eso.

—Este lugar está cambiando. Creo que es bueno para ti. Quizás otro médico signifique que puedas tomarte un poco más de tiempo libre.

—Quizás.

Se rio de mi expresión. —No. No tienes planes para eso.

Sonreí. Me conocía bien.

Mi teléfono vibró con un mensaje del servicio de entrega. —La cena está aquí. Vuelvo enseguida.

Ella asintió e inclinó la cabeza hacia atrás para recibir un beso cuando pasé a su lado. Un solo roce de sus labios me hizo querer decirle al conductor que volviera en una hora, pero Laura se apartó rápidamente y sonrió.

Recogí la comida del conductor, le di las gracias y después de comprobar que todas las puertas estaban cerradas, subí de nuevo. Laura estaba de pie junto a la ventana contemplando la puesta de sol.

—Realmente es una vista preciosa —dijo cuando me acerqué.

Asentí. —Sí que lo es. No estaba hablando de la puesta de sol.

—Compré algunas obras de arte cuando fui a Canadá. Una pieza que creo que funcionaría bien en las habitaciones de atrás. Si te interesa. —Buscó en su teléfono y finalmente lo giró hacia mí.

Aparté la mirada de ella y observé la imagen que me mostraba. Una puesta de sol, o amanecer, con vistas a las Mil Islas. —Me gusta.

—Si no te gusta, no pasa nada. Puedo traerla algún día para que la veas en persona.

Asentí. —No quiero hablar más de trabajo. Esto es una cita, ¿sabes?

—¿Ah, sí? Pensaba que era una cena de negocios. Querías enseñarme la clínica. No recuerdo que dijeras que era una cita. —El tono juguetón de su voz hizo que mis labios se curvaran en una sonrisa. Ella me devolvió la sonrisa y se lamió los labios.

—Soy excelente en la multitarea. Ya me he ocupado de la parte de negocios. Ahora estamos en la parte de la cita.

—¿De verdad? ¿Y la parte de la cita incluye cena?

Asentí y me acerqué a ella. El sol se reflejaba en su pelo haciéndolo brillar. Los mechones rubios caían sueltos sobre sus hombros. Echó la cabeza hacia atrás cuando me acerqué y sacudió el pelo para que cayera hacia atrás. Tomé un mechón y lo enredé entre mis dedos.

—Estoy listo para el postre —le dije. —¿Tienes algo para mí?

—Creo que me gusta que mi jefe me hable sucio.

Di un paso atrás. —Ahora mismo no soy tu jefe, Laura. Esto no es porque sea tu jefe.

Sonrió y se acercó. —¿Eso significa que puedo darte órdenes?

Me reí. —No estoy seguro de eso. Puede que ahora mismo no sea tu jefe, pero definitivamente prefiero estar al mando.

—¿Y crees que estás al mando?

Negué con la cabeza. —Ni lo más mínimo. Tú das las órdenes.

Me agarró de la camisa y me atrajo hacia ella, inclinándose para que nuestros labios chocaran. Mis manos cayeron a sus caderas, arrastrando su cuerpo contra el mío. Gemí cuando presionó su lengua contra la comisura de mis labios y los abrí ansiosamente para ella.

Mantuvo una mano aferrada a mi camisa y envolvió la otra alrededor de mi cuello. Ella tenía el control. Más o menos. Dejé que pensara que estaba al mando mientras nos dirigía hacia la mesa que estaba a un lado. Cuando sus piernas chocaron contra el borde, se apartó de mí. La subí a la superficie y me coloqué entre sus muslos. La mesa tenía justo la altura adecuada para que pudiera presionarme contra ella y sentir su calor.

—Oh, Dios —gimió, arrastrándome de nuevo hacia sus labios.

Joder, esta mujer me hacía cosas. Siempre me había considerado un solitario, mejor sin gente cercana, pero con Laura... no quería estar solo. La quería toda para mí. Cada centímetro, cada segundo de cada día.

Sus uñas arañaron mi espalda. Tiró de mi camisa para sacarla de los pantalones e intentó romperla. Se rio y luego frunció el ceño.

—En las películas parece tan fácil.

Tomé los bordes y tiré, sin estar seguro de si funcionaría. Cuando los dos lados se abrieron y los botones salieron volando, la expresión de su cara bien valió el coste de la camisa arruinada.

Sus ojos se agrandaron. Se lamió los labios y atrapó uno entre sus dientes. Extendió las manos sobre mi pecho y se demoró. Sus manos subieron y apartaron mi camisa de mis hombros. Me la quité mientras ella se inclinaba hacia delante y lamía uno de mis pezones.

—Oh, joder, Laura —gemí. Mi respiración se agitaba. Mi polla se elevó hasta un punto doloroso. Solo tenía un condón, y planeaba aprovecharlo bien, pero maldita sea, me estaba haciendo dudar de si podría conformarme con tenerla solo una vez.

—¿Te gusta eso? —Me miró desde debajo de sus pestañas. No lo preguntaba para hacerse la coqueta. Lo preguntaba porque quería que me sintiera bien. No tenía ni idea de lo bien que me hacía sentir.

—Sí.

—Dime qué más te gusta.

—Me gusta saborearte. Y me gusta ver cómo pierdes la cabeza. Y me gusta sentir cómo tu cuerpo me envuelve cuando estoy dentro de ti. Pero sobre todo, me gusta oler tu aroma en mí durante horas después. Saber que soy el único hombre que huele a ti.

Su sonrisa vaciló por un segundo. Lo suficiente como para que yo dudara.

—¿No lo soy? —pregunté. Necesitaba saberlo. No tenía intención de estar con nadie más, pero si ella no estaba allí...

—Lo eres. Pero no soy virgen.

Negué con la cabeza. —Nunca imaginé que lo fueras. Yo no me acuesto con nadie más. ¿Y tú?

Ella negó con la cabeza. Había algo en su mirada, pero dijo: —Solo contigo.

Suspiré aliviado e ignoré la duda que cosquilleaba en mi mente. Le estaba diciendo la verdad, pero sabía que no era toda la verdad. La mujer con la que había estado hablando en En Busca del Galán de Papel... No sabía qué diría si ella quisiera quedar. No era Laura, pero era fácil hablar con ella.

Laura me lamió el pezón de nuevo, y todo pensamiento sobre otras mujeres desapareció. Ella era la que importaba. Ella era a quien yo quería. Ella era la mujer con la que había fantaseado durante años.

Y ya no era un sueño.

Enredé mis manos en su pelo e incliné su cabeza hacia atrás para poder saborear sus labios de nuevo. Ella gimió y cambió de posición para apretarse contra mí. Su uniforme me impedía sentir su piel, así que lo quitamos en silencio.

La empujé hacia atrás hasta que quedó tumbada sobre la mesa. Cubrí su cuerpo con el mío y la besé hacia abajo. Al llegar a su cintura, lamí su piel. Ella gimió y levantó sus caderas, quitándose los pantalones.

Me eché hacia atrás y la ayudé a quitarse los pantalones y las bragas, dejándola solo con el sujetador sobre la mesa. El sol del atardecer entraba por las ventanas e iluminaba su cuerpo. Resplandecía, cada centímetro de ella suplicando por mis labios. Los quería en todas partes. Sentir todo. Saborearla.

—Nico —susurró. Extendió la mano hacia mí.

—¿Qué necesitas?

—Todo.

Esa única palabra, cruda y arrancada de sus labios, le costó. Dudó al decirla, pero una vez que salió, no pude contenerme.

La agarré por detrás del cuello para que volviera a sentarse. Nuestros labios chocaron en el mismo momento en que introduje un dedo profundamente dentro de ella. Saltó ante la repentina intrusión y luego se derritió contra mí y gimió. Se deslizó hasta el borde de la mesa para darme más espacio y se aferró a mí.

Añadí un segundo dedo y su cuerpo se cerró alrededor de ellos. Presioné mi pulgar contra su clítoris y ella se dejó ir, quedándose rígida por un momento antes de que la tensión la abandonara y liberara su orgasmo.

—Oh, sí —gritó.

La sostuve mientras su cuerpo se quedaba lánguido. Su canal pulsaba alrededor de mis dedos. La provoqué, deslizándome dentro y fuera lentamente. Sus suaves maullidos de placer me hacían imposible parar. La recosté sobre la mesa y me arrodillé. Inhalé profundamente, casi corriéndome ante la hermosa visión de ella extendida y lista para mí. Para mí. Nunca imaginé que realmente sucedería.

Mi primera lamida hizo que arqueara la espalda. Sus manos se arrastraron por la superficie resbaladiza de la mesa, buscando agarrarse a algo. Sus piernas se estremecieron. Pulsé mis dedos dentro de ella y exploré su húmedo calor con mi boca. Quería conocer todo lo que le gustaba.

Gemía, temblaba y jadeaba. Respiraba entrecortadamente mientras se acercaba al borde. Y cuando finalmente se dejó llevar, gritó mi nombre de nuevo, haciéndome sentir como el mejor amante del mundo.

—Nico, te necesito. Por favor. ¿Tienes un condón?

—Tengo uno. Uno solo.

—Oh, Dios, por favor. —Gimoteaba y se retorcía mientras me suplicaba. Cuando me levanté y me desabroché los pantalones, ella se apoyó sobre sus codos y observó. Su mirada se clavó en mi erección. Se lamió los labios.

—Tienes que dejar de mirarme así —gruñí.

—No puedo evitarlo —dijo, sin apartar la mirada—, eres hermoso. Yo solo... nunca pensé que te fijaras en mí.

Me reí suavemente. —Siempre te vi. Cómo tus uniformes se estiran sobre tus hermosos pechos. Cómo tu trasero parece tan invitante cuando te inclinas. Cómo tu cabeza cae hacia atrás cuando te ríes. Cómo sonríes a los pacientes y los tranquilizas. Cómo te preocupas por ellos. Siempre te vi, Laura.

Se lamió los labios y mordió uno suavemente. Asintió y sorbió como si estuviera conteniendo las lágrimas.

—Todavía no puedo creer que estés conmigo. Sigo siendo el tipo friki con el que nadie quería ser amigo.

Ella negó con la cabeza y se puso de pie frente a mí. —Todos los que trabajan para ti te adoran. Tus pacientes te adoran. Ya no eres ese chico. Eres muy respetado y todos quieren conocerte. Ser friki es algo bueno cuando eres médico.

Me reí y asentí. —Supongo que es verdad.

—Sé que es verdad. Y realmente me importas, Nico.

Contuve la respiración. —Tú también me importas.

Sonrió y apretó su cuerpo contra el mío. Nos perdimos en nuestro beso y estábamos jadeando y gimiendo antes de que me pusiera el condón. Ella me rodeó con su mano y me acarició, y casi me corrí allí mismo.

—Joder, Laura.

—Ahora, Nico. Te necesito ahora mismo.

Me puse el condón mientras ella se sentaba en el borde de la mesa. Sonrió mientras me acercaba a ella. Me hundí en ella de una sola y fuerte embestida que nos hizo gemir a ambos y aferrarnos el uno al otro.

—Dios mío —susurró ella.

—Sí —coincidí. Tuve que mantenerme inmóvil para no terminar antes de realmente empezar. Estaba apretada, cálida y húmeda. Perfecta.

Me retiré suavemente y volví a entrar, sujetándola cerca de mí y usando solo mis caderas. Ella se estremeció mientras su orgasmo se construía lentamente en su interior. Cuando se reclinó sobre sus codos, perdí todo sentido de control y la embestí con fuerza.

—Nico —suplicó.

Estaba perdido, desesperado por llevarnos al límite. Su cabeza cayó hacia atrás y su cuerpo se sonrojó. La miraba fijamente, sus pechos rebotando con cada embestida de nuestros cuerpos, su pelo como una cascada, sus curvas temblando con la tensión que luchaba en su interior.

Entonces ella cayó. Su boca se abrió en un gemido. Se recostó sobre la mesa y arañó la superficie con sus uñas. Sus piernas se tensaron a mi alrededor. Y su interior pulsó con su liberación, arrastrándome con ella como una marea.

La repentina intensidad me sorprendió. La embestí con fuerza, el sudor brotando de mi cuerpo mientras sentía oleadas de calor y frío. Exploté dentro de ella, derramándome por completo. Ella me poseía. Me poseía por entero. Hasta la última gota de lo que me hacía ser quien era le pertenecía a ella.

Sabía que estaba perdido antes, pero en ese momento, supe que no había vuelta atrás. Laura era todo para mí. Era la única mujer que quería para el resto de mi vida. Era la perfección, y que yo considerara estar con alguien más resultaba absurdo. Era ella y punto.

Mi mente finalmente se aclaró después de un minuto y ella me observaba con una sonrisa somnolienta en su rostro.

—¿Qué?

—Me gusta observarte —admitió ella. —Te ves...

—¿Satisfecho?

Ella soltó una risita. —Sí, eso también. Pero es más que eso. Pareces como si este fuera el único lugar donde quisieras estar jamás.

Dejé escapar una risa. No podía decírselo. Aún no. No cuando era tan reciente. Ella no lo entendería. Así que simplemente asentí. —¿Cómo podría querer estar en cualquier otro lugar que no fuera aquí, contigo?

Ella sonrió. —Yo también.

Me incliné para besarla y mi estómago rugió ruidosamente. Ella se rio.

—Quizás deberíamos cenar. Ya que nuestros tacos probablemente estén fríos.

Asentí. —Probablemente sea buena idea. Y después, el postre.

Ella se rio. —Ya has tomado el postre.

—La vida es demasiado corta para tomar el postre solo una vez.

Ella aspiró aire con un temblor y atrapó su labio entre los dientes. Su cuerpo se sonrojó de nuevo. —No me importaría algo de postre.

Joder. Ahí va el tiempo de recuperación. Y la cena.

LAURA

Los tacos estaban fríos y blandos cuando por fin hicimos una pausa para comerlos. Seguían estando buenos, pero estoy segura de que habrían estado mejor calientes.

Nico y yo vimos la puesta de sol desde las ventanas del piso superior, sentados juntos sobre una manta que él cogió de la clínica de abajo. No era lo más suave del mundo, pero estaba limpia, que era lo más importante.

Disfrutamos perezosamente de nuestros cuerpos hasta que se puso el sol, y luego admitimos que necesitábamos dormir algo antes de que llegara la mañana. Consideré preguntarle si quería quedarse en mi casa, pero me contuve. Las cosas iban rápido. Muy rápido. Y aún no le había contado lo de mi pareja asignada. No me parecía correcto.

Todavía estaba pensando en eso la noche siguiente cuando me reuní con Elise y Sofia en O'Kelley's. Sofia estaba en una mesa hablando con Piper cuando llegué.

—Hola —dije mientras me sentaba.

—¡Hola! ¿Cómo estás? —preguntó Piper.

Me encogí de hombros. —Estoy bien, supongo.

—Eso no suena muy convincente —dijo Sofia. Se inclinó hacia delante.

—¿Qué está pasando? —preguntó Piper.

—Es solo que... las cosas van bien con Nico. Realmente bien. Es raro lo bien que están yendo.

—¿Pero? —preguntó Piper.

—Pero me emparejaron con alguien justo antes de que Nico y yo empezáramos... lo que sea que estemos haciendo. Mi pareja asignada es inteligente, divertido y disfruto hablando con él.

—Vale —dijo Sofia, con un tono que añadía una pregunta.

—No se lo he dicho a Nico —admití.

—¿No le has dicho qué a Nico? —preguntó Elise mientras se sentaba. —Y hola. Siento llegar tarde.

—Hola, y no llegas tarde —le dije. —Y no le he contado a Nico lo de mi pareja asignada.

—Colin era mi pareja asignada. Lo sabíamos antes de empezar a acostarnos —dijo Elise. —No hubo conversaciones incómodas. ¿Por qué necesitas contarle a Nico lo de tu emparejamiento?

Me encogí de hombros. —Siento que debería hacerlo. Anoche hablamos de acostarnos solo el uno con el otro, cosa que estoy haciendo, pero este otro chico...

—Estás esperando a que las cosas exploten con Nico —dijo Sofia.

Me reí suavemente y asentí. —Sí. Así es.

Sofia me ofreció una sonrisa comprensiva que, de alguna manera, solo me hizo sentir peor. —No soy la más indicada para disuadirte de eso, desafortunadamente. Sé que yo haría lo mismo.

—Yo también esperaba que todo explotara con Colin. Y luego me aseguré de que así fuera —dijo Elise. —Soy horrible con las relaciones. Le alejé de mí en cada oportunidad que tuve. Y casi se va. Debería haberse ido. Pero tuve suerte.

—Las cosas con Gavin tampoco fueron fáciles. Él sí que se fue. Realmente se marchó. Las cosas se volvieron demasiado cercanas y se fue. Pero luego volvió —dijo Piper.

—Las relaciones siempre van a ser difíciles —dijo Sofia.
—¿Realmente tienes miedo de que las cosas salgan mal, o es algo más?

Me encogí de hombros y solté un suspiro. Me miraron fijamente y esperaron, sin darme ninguna excusa para no decir exactamente lo que sentía. —Nunca he tenido una relación que funcionara bien. Y el ejemplo de amor que tuve mientras crecía fue debilitante. Mi padre amaba tanto a mi madre que no podía vivir sin ella. Literalmente no podía. Murió unos años después que ella. He vivido mi vida tratando de ayudar a la gente a evitar ese tipo de dolor, pero evitar ese dolor significa...

—Significa evitar ese tipo de amor —terminó Elise por mí. Sonrió y asintió. —Lo entiendo. Es por eso que me mantuve alejada de las relaciones durante mucho tiempo. El amor traía dolor. Pero eso no era amor. El amor te hace mejor. El amor te hace más fuerte. El amor te convierte en todo lo que nunca pensaste que podrías ser. Estar con Colin es... lo es todo para mí. Pensar en perderle me hace preguntarme si sobreviviría, pero también me hace feliz tenerle ahora mismo. Si todo lo que conseguimos son unos años juntos, quiero esos años.

—Yo también —dijo Piper. —Ninguno de nosotros sabe cuándo llegará nuestro momento. Sé que tú lo enfrentas mucho más que el resto de nosotros. Lo ves todo el tiempo, y creciste con ello, pero no todo el mundo sufre una pérdida trágica. Necesitas vivir sin remordimientos como dices que haces.

Me reí de ella. Asentí lentamente. —Tienes razón. Las dos. Les digo a mis pacientes que deben disfrutar cada minuto y vivir sus vidas al máximo, pero yo me contengo con la mía.

—Así que deja de contenerte, —dijo Sofia. —Yo crecí en el extremo opuesto, con un progenitor que se lanzaba a todo con todas sus fuerzas. Era temerario y aterrador, y me ha hecho ser excesivamente cautelosa con todo en la vida. Te propongo un trato.

Levanté una ceja mirando a Sofia. —¿Qué trato es ese?

—Si te entregas por completo con Nico, le cuentas lo de tu match y realmente le das una oportunidad a lo vuestro, yo haré algo que me da miedo.

—¿Como qué? —preguntó Elise. Sonrió, y sus ojos ámbar brillaron con emoción.

—Me apuntaré a En Busca del Galán de Papel—dijo Sofia.

Miré a Piper para ver cuán importante era eso. La mayoría de nosotras estábamos apuntadas y lo habíamos estado durante un tiempo. Suponía que Sofia también lo estaba, pero la expresión en la cara de Piper decía que nunca pensó que ocurriría.

—Sof, ¿estás segura? —preguntó Piper.

Sofia asintió. —Lo estoy. Me da miedo exponerme así, pero estoy dispuesta a hacerlo por Laura.

Sofia encontró mi mirada. —Sé que no lo entiendes, pero esto es enorme.

—¿Por qué no sales simplemente con Sebastian en vez de apuntarte a citas por internet? —preguntó Elise.

Sofia se rio y negó con la cabeza. —Porque Sebastian y yo no somos así. Y porque las citas me dan miedo, pero tampoco quiero estar sola para siempre.

—¿No sería la vida mucho más fácil si pudiéramos conocer a la persona con la que estamos destinados a estar para siempre y no tener que adivinar? Simplemente, bum, ahí tienes, almas gemelas —dijo Elise.

Todas asentimos.

—Entonces tú y Sebastian no tendríais que salir con otras personas —añadió Elise.

Sofia se rio y negó con la cabeza. —Algún día verás que te equivocas. Sebastian es como un hermano para mí, honestamente. Nunca ha sido alguien en quien piense de esa manera. Para nada.

—Trabajan muy bien juntos —añadió Piper—, pero discuten como hermanos. Es gracioso porque algunas de las conversaciones que tienen Gavin y Zoey son muy similares a las que tienen Sebastian y Sofia. Realmente son como hermanos.

Elise frunció el ceño.

—Tengo que volver al trabajo. Mi descanso ha terminado. Os traeré algo de beber y tomaré vuestro pedido en un minuto —dijo Piper.

Asentimos mientras ella se acercaba a la siguiente mesa y preguntaba si necesitaban algo.

—Lo haré —le dije a Sofia. —Se lo diré.

Ella forzó una sonrisa y tomó aire temblorosamente. —Bien. Ahora estoy aterrada, pero bien.

—¿Quieres ayuda para configurar tu perfil? —preguntó Elise con una sonrisa jubilosa. —Se me da muy bien eso.

Sofia se rio y negó con la cabeza ante la maliciosa sonrisa y el frotamiento villano de manos de Elise. —Creo que será mejor mantenerte bien lejos de mi perfil.

—Movimiento inteligente —le dije.

Elise me sacó la lengua.

Me reí. Era afortunada de tener amigas como ellas.

CONSEGUÍ EVITAR a Nico a la mañana siguiente ya que estaba trabajando en infusión y él estaba viendo pacientes, pero la tarde era para pasarla con él. Sabía que tenía que contarle lo de mi match, y cuanto antes lo hiciera mejor, pero eso no significaba que estuviera feliz por ello.

También estaba ansiosa por contarle a Dictador sobre Nico. Me gustaba, y terminar las cosas iba a ser difícil, pero tenía que hacerlo. Las citas por internet implicaban que muchas personas salían con varias personas a la vez, pero nunca me había sentido cómoda haciendo eso. No me importaba si Dictador estaba viendo a alguien más o no, pero yo no iba a malabarear con dos hombres.

Tomé mi descanso para comer después de que mi último paciente de la mañana terminara y se fuera a casa a descansar. La comida se hundió en mi estómago como un globo de plomo. Temía la tarde que me esperaba.

Mi teléfono vibró con una alerta, y abrí En Busca del Galán de Papel. Dictador me había enviado un mensaje.

DICTADOR

¿Tienes un minuto?

SIN ARREPENTIMIENTOS

Sí, claro. ¿Va todo bien?

DICTADOR

Sí y no.

SIN ARREPENTIMIENTOS

Mmm, genial. Suena bien.

DICTADOR

Jajaja. Lo siento. No intento ser críptico.
Mira, estoy saliendo con alguien.
Empezamos a quedar después de que tú y
yo comenzáramos a hablar, pero me parece
incorrecto continuar con esto cuando estoy
con ella.

Contuve la respiración y sonreí. Estaba un poco celosa, si era sincera, pero sabía que era lo mejor. Y esperaba que le fuera bien.

SIN ARREPENTIMIENTOS

Lo entiendo perfectamente. Yo iba a contactarte más tarde hoy por el mismo motivo. Es difícil, sin embargo, porque realmente disfruto hablando contigo.

DICTADOR

Siento lo mismo. Espero que te vaya bien.

SIN ARREPENTIMIENTOS

Gracias. Igualmente.

Él cerró sesión en la aplicación. Cerré los ojos y sonreí. Era algo bueno. Todavía iba a contárselo a Nico, pero era bueno.

Terminé lo que pude de mi comida y fui al baño antes de dirigirme a la recepción para atender al primer paciente de la tarde.

Tomé las constantes vitales y hablé con cada paciente antes de que Nico se uniera a nosotros para su examen y una revisión de los resultados de las pruebas. En su mayoría, mis pacientes estaban respondiendo bien al tratamiento. Siempre era un buen día cuando las cosas iban bien. A diferencia del lunes.

Para cuando mi último paciente se marchó, casi había olvidado hablar con Nico. Casi. En cuanto terminó el trabajo y pude encontrarlo, la ansiedad que había estado hirviendo bajo la superficie regresó.

—¿Estás lista? —preguntó Ally cuando me vio en la sala de descanso.

Negué con la cabeza. —Necesito quedarme unos minutos. Te veré mañana.

Asintió, se despidió con la mano y se dirigió hacia la puerta. Quería salir corriendo e ignorar la conversación que debía tener. Esperaba que fuera bien, pero era igual de probable que Nico terminara las cosas. Le había dicho hace apenas unos días que no estaba involucrada con nadie más, y ahora iba a admitir que había estado hablando con alguien a quien nunca había conocido.

Cogí mis cosas y me colgué el bolso al hombro para poder irme después de hablar con él. No quería quedarme más tiempo del necesario, especialmente si la conversación iba como yo pensaba que iría.

Estaba sentado en su escritorio cuando llamé a su puerta. Tenía la mirada perdida como si estuviera en un mundo diferente.

—¿Dr. Allison?— dije, captando su atención.

—Eh, hola. ¿Dr. Allison?

Me encogí de hombros. —Necesito hablar contigo sobre algo.

Él se reclinó y tomó aire. Se enderezó en la silla, con las manos apoyadas sobre la superficie de su escritorio. Un músculo palpitó en su mandíbula. —¿Qué puedo hacer por ti?

—Um, bueno, yo...he estado hablando con otro hombre —solté de golpe, forzando las palabras antes de que pudiera cerrar los labios y contenerlas.

Se quedó inmóvil por un segundo, todo su cuerpo perfectamente quieto. Entrecerró los ojos mirándome, luego inclinó la cabeza. —¿Qué?

Respiré hondo y cerré los ojos. Los abrí y me encontré con su mirada, sin querer esconderme de él. Si íbamos a estar juntos, realmente juntos, tenía que decirle la verdad. Podría significar el final, pero no me parecía correcto continuar nuestra relación sin hacérselo saber. Aunque las cosas habían terminado con Dictador, Nico debería saber sobre él.

—He estado hablando con otro hombre. Enviándonos mensajes, más bien. Hay una aplicación de citas, En Busca del Galán de Papel. Tengo un perfil allí, y he estado hablando con uno de los hombres con los que me emparejaron.

Normalmente hablo con ellos durante unas semanas o un mes y luego quedamos y decidimos si queremos seguir hablando. He estado hablando con este chico desde justo antes de que tú y yo... bueno, no nos hemos conocido en persona ni nada, y él terminó las cosas hoy porque está viendo a alguien en la vida real, pero yo iba a terminar las cosas con él por ti. Pero pensé que deberías saberlo porque el otro día hablamos de estar solo el uno con el otro y lo decía en serio, pero me gustaba este hombre. Y no me parecía correcto continuar lo nuestro sin que supieras sobre él. El vómito verbal estaba por todas partes, esparcido por toda la oficina entre nosotros. No podría limpiarlo ni aunque lo intentara.

—¿Cómo se llamaba? —preguntó Nico. No se había movido. De nuevo, estaba inmóvil.

—¿Su nombre?

Asintió. —¿Cómo se llamaba? El nombre del hombre con el que has estado hablando.

Negué con la cabeza. —No lo... no lo sé. Nunca intercambiamos nuestros nombres reales.

—¿Cuál era su nombre de usuario?

—¿Por qué?

—Por favor, dímelo.

—Era Dictador.

Se rio.

—¿Por qué te ríes de mí?

Negó con la cabeza y echó hacia atrás su silla. Se levantó y rodeó el escritorio hacia mí. Me entregó su teléfono.

—¿Por qué...?

—Léelo —dijo.

Leí la pantalla, confundida. —¿Por qué tienes mi conversación en tu teléfono?

—Porque antes rompí contigo porque me sentía mal por acostarme contigo y hablar contigo.

—¿Qué?

—Yo soy Dictador, Laura.

—¿Estás...? —Desplacé la pantalla por las conversaciones y solté una risa. —Vaya, así que estábamos... sí.

Se rio y recuperó su teléfono. —Supongo que no puedo enfadarme contigo, y tú no puedes enfadarte conmigo.

—Básicamente —dije. Me reí de nuevo. —Vaya. ¿Cuándo te diste cuenta?

—Justo ahora cuando me lo estabas contando. No tenía ni idea, te lo prometo. Sus ojos me suplicaban que le creyera.

Le acaricié la mandíbula y sonreí. —Yo tampoco, pero me alegro de ello. Tú... espera un momento, ¡me contaste esa horrible historia sobre la mujer que murió!

Movió las cejas juguetonamente. —Y tú fuiste operadora de sexo telefónico en la universidad.

Mis mejillas se encendieron ante el tono grave de su voz. —Yo... no te habría contado eso si hubiera sabido que eras tú.

—¿Por qué no? —preguntó. Me colocó un mechón rebelde detrás de la oreja.

Me encogí de hombros. —Es un poco embarazoso. No se lo cuento a mucha gente. No es que me avergüence porque no era un mal trabajo, pero no es algo de lo que hable.

—Me parece sexy —susurró en mi oído. Me lamió el lado del cuello. —Creo que deberías contármelo todo.

Gemí suavemente mientras subía besándome el cuello y mordisqueaba mi lóbulo.

—Creo que deberías decirme qué quieres que te haga. No hay nadie aquí, Laura. Solo tú y yo.

Me rodeó la espalda con un brazo y arrastró los dientes por mi garganta. Me lamió la clavícula. Me agarré a él, disfrutando de la sensación de tenerlo contra mí. —Te deseo, Nico.

—Yo también te deseo. Sin arrepentimientos, ¿verdad?

Sonreí y asentí. —No estoy tan segura sobre Dictador.

—Tú fuiste quien me puso ese nombre —dijo con una sonrisa contra mi cuello. —Me uní a esa aplicación pensando en ti. Sabía que estabas allí, pero nunca pensé que eras la mujer con la que estaba hablando. La mujer sexy y provocadora que me hacía reír.

Me llevó hacia su escritorio y se apartó cuando mis muslos tocaron el borde. Arqueó una ceja oscura.

—Quiero que me extiendas sobre este escritorio, Nico.

—Dime exactamente lo que quieres.

—Quiero verte quitarte toda la ropa —dije.

Se apresuró a seguir mis instrucciones.

—Ahora quítame la mía.

Me quitó de un tirón la parte superior del uniforme y lamió y besó mis pechos. Desabrochó mi sujetador y lo añadió a la pila de ropa descartada. Luego se arrodilló y bajó mis pantalones y mis bragas con él. Me miró desde el suelo, con ojos oscuros y peligrosos.

—Me gusta darte órdenes —admití.

Sonrió y agarró mis caderas. Lamió por debajo de mi ombligo. —Disfrútalo mientras dure.

Sonreí.

—Súbete al escritorio —ordenó.

No dudé en seguir sus instrucciones.

—Abre bien los muslos.

Puse los pies sobre el escritorio. Él gimió y abrió más mis caderas con sus grandes manos. Un escalofrío recorrió mi piel ante su suave caricia.

—¿Qué quieres que haga, Laura?

—Lámeme —dije. —Haz que me corra en tu lengua.

Se lanzó, lamiendo mi clítoris sin descanso. No pasó mucho tiempo antes de que me tumbara de espaldas sobre su escritorio, agradecida de que lo mantuviera despejado mientras me entregaba al placer.

Nico gimió y metió un grueso dedo dentro mientras

chupaba con fuerza mi clítoris. Me deshice, cada centímetro de mi cuerpo entregándose. Me rendí completamente a él, mi cuerpo, mi alma, incluso mi corazón en ese momento. Siempre me decía a mí misma que lo amaba, pero hasta ese instante, extendida en su escritorio después de compartir mis secretos más íntimos y sabiendo que los dos hombres que deseaba eran uno solo, supe que Nico era el definitivo para mí.

Solo esperaba no perderme a mí misma en él.

Empujó contra mi entrada y alargué la mano a ciegas para alcanzarlo. Él agarró mi mano, y abrí los ojos para verlo. La profundidad y oscuridad en sus ojos decían que estaba tan perdido como yo. No estaba sola.

Llevó mi palma a sus labios y la besó mientras se introducía en mí. Nuestras miradas se encontraron. Envolví mis piernas alrededor de sus caderas, manteniéndolo cerca. Jadeaba mientras entraba y salía de mí, su cuerpo tensándose. Mirarlo, ver todo lo que había dentro de él, me envió girando hacia arriba y arriba hasta que no pude contener otro orgasmo.

Grité, su nombre como una plegaria en mis labios. Él gruñó y embistió con más fuerza, moviendo el pesado escritorio con sus movimientos. Me penetró una última vez, mirándome y dejándome verlo, verlo de verdad.

—Nico —suspiré.

Temblaba mientras levantaba mi cuerpo del escritorio y nos apretaba juntos. Todavía respiraba con dificultad cuando besó mi cuello y dijo: —Sí, Laura. Yo también.

20

NICO

—¿Espera, dijiste 'yo también' cuando ella solo dijo tu nombre? —preguntó Veronica. Más bien chilló.

Hice una mueca. —Me salió sin pensar.

Veronica suspiró y se hundió en su asiento. Sacudió la cabeza y fijó la mirada en algún punto fuera de la cámara.

—No se me da bien tratar con la gente, especialmente con las mujeres. Nunca se me ha dado bien.

—No me vengas con esas, Nico. Te conozco mejor que nadie en este planeta. Ya no eres ese chico empollón al que pegaban. Eres un oncólogo muy solicitado con un historial de éxitos. Te invitan a dar conferencias y charlas. Eres increíble.

—No con las mujeres. Nunca se me han dado bien las mujeres.

—No —dijo con un suspiro. —No se te han dado bien. Excepto conmigo, pero sé que no me ves como una mujer. Solo soy Veronica.

Abrí la boca para decir algo, pero ella levantó la mano.

—No lo digo como algo malo. Lo entiendo. Eres mi mejor

amigo en el mundo. Y tú me ves de la misma manera. Nunca hubo incomodidad entre nosotros porque siempre fuimos iguales. Pero con Laura, y con todas las otras mujeres con las que has salido, las pones en una categoría diferente. Una que requiere un nivel de vulnerabilidad con el que tú luchas.

—Sí —admití.

—Lo que necesitamos es encontrar una manera para que puedas ser vulnerable. Lo he intentado, pero cuando la mayoría de nuestras conversaciones se centran en el duelo por la pérdida de pacientes, la vulnerabilidad quedó relegada. Si quieres mantener a Laura, necesitas mostrarle quién eres realmente. Invítala a la isla.

—¿Qué? —Veronica sabía lo que mi isla significaba para mí. Era mi santuario. Mi hogar. Era el único lugar donde sentía que podía ser realmente yo mismo. Convertí un dormitorio en biblioteca cuando me mudé para no tener que preocuparme por no tener algo que leer. Mantuve mi dormitorio exactamente como yo quería. Todo estaba como yo quería.

Una vez intenté dejar entrar a una mujer en mi mundo. No aquí, sino antes de mudarme a las Mil Islas. Estaba saliendo con una mujer, Amber, y la invité a mudarse conmigo. Fue...

—Esto no es como lo de Amber —insistió Veronica. —Amber era una mujer horrible. Solo quería una cosa de ti. Por todo lo que me has contado, Laura no es así.

Amber me había elegido como objetivo. Se cruzó en mi camino las veces suficientes para que me fijara en ella. Cuando empezamos a salir, era tímida y dulce. Me hizo creer que era alguien que me entendía. Era una manipuladora magistral. Estuvo jugando conmigo desde el principio, pero no me di cuenta hasta que me robó. Y mintió al respecto.

—No vi quién era realmente Amber. ¿Y si me estoy perdiendo algo sobre Laura?

Veronica se recostó y me dejó reflexionar sobre la pregunta. Era mi mayor temor. No, eso no era cierto. Mi mayor temor era...

—No amabas a Amber —dijo Veronica tras un momento. —Querías amarla, pero no la amabas. Amabas a tu madre, y su pérdida fue...imposible de soportar. Recuerdo cuando me lo contaste. No sé si lo recuerdas, pero estuviste casi catatónico durante semanas. Perder a alguien a quien amas te arranca un pedazo de ti. Tus pacientes te han herido, y has sentido sus pérdidas, pero te recuperaste en unos días, si no antes. La pérdida de tu madre es algo que sentirás para siempre. Pero ¿Amber? Nunca la amaste.

Tomé aire profundamente y lo solté despacio.

—Creo que sí amas a Laura, y pienso que eso te asusta más que cualquier otra cosa porque el amor es frágil. Pero no todo amor termina con dolor, Nico. Hay mucho más que eso.

—¿Y si ella no siente lo mismo?

Veronica me sonrió con tristeza. —Entonces sabrás que no es la adecuada para ti. Pero saber siempre es mejor que suponer. Saber significa que puedes empezar a sanar y seguir adelante, o decidir si estás dispuesto a esperar hasta que ella comparta tus sentimientos. No todos avanzamos al mismo ritmo. Tú siempre has ido por delante de los demás. En la escuela y en la vida, siempre has sido el que corría hacia el frente. Eras más inteligente y mejor que todos los demás en la facultad de medicina. Y ahora, te has enamorado profundamente. Si Laura no está ahí todavía, no lo tomes como una señal de que nunca lo estará. Pero solo tú puedes decidir si estás dispuesto a esperar y ver si ella te alcanza.

—¿Y si nunca lo hace? ¿Y si pierdo el tiempo esperando y ella nunca llega?

—Amar a otra persona nunca es una pérdida de tiempo. Es una bendición.

—¿Incluso en soledad?

Ella sonrió. —Incluso en soledad. Pero si la dejas entrar, si realmente la dejas entrar, puede que descubras que no estás solo.

Asentí. Sonaba bien. No estaba seguro de que tuviera razón, pero sonaba bien.

EL CONSEJO de Veronica estuvo dando vueltas en mi cabeza durante las siguientes semanas. Laura y yo caímos en una especie de rutina, pero de vez en cuando había una separación entre nosotros. Una tensión que no acababa de entender.

—Dr. Allison —dijo, entrando en mi consulta una tarde. Mantenía las cosas muy profesionales en el trabajo, y yo había dejado de preocuparme por lo que iba a decir cuando me llamaba así. Bueno, casi había dejado de hacerlo.

—¿Sí?

—Marie Kaufman está teniendo problemas hoy. ¿Podrías incluirla para una cita?

—¿Marie está aquí? —Había visto a Marie la semana anterior. No se suponía que estuviera en la agenda. —¿Está aquí para la infusión?

Laura negó con la cabeza. —Se supone que viene los viernes para la infusión. Simplemente se ha presentado. Está en la sala de espera. Tina acaba de llamarme.

Asentí y eché un vistazo a mi agenda. —Llévala a una sala de exploración. ¿Tienes tiempo para verla conmigo?

Laura asintió. —Tengo unos minutos. ¿Quieres que vaya a buscarla ahora?

—Por favor. Gracias.

Laura asintió y salió de mi consulta. Marie había sido un caso difícil desde el principio. Era de esos que sabía que podían dar un giro en cualquier momento. Estaba siguiendo los protocolos y manteniéndola bajo estricta vigilancia, pero su caso me hacía estar especialmente atento.

Y también lo hacía Marie. Me recordaba tanto a mi madre, y no solo porque compartieran diagnóstico. Ambas eran fuertes e independientes. Mi madre supo que estaba enferma durante mucho tiempo, pero fue desestimada por tantos médicos que llegó a creer que todo estaba bien. Para cuando descubrieron qué le pasaba, había muy poco que pudieran hacer. Marie no estaba tan avanzada como mi madre, pero sus posibilidades seguían siendo menores que si hubiera acudido cuando aparecieron sus primeros síntomas.

Fui a la sala de exploración y encontré a Marie hablando con Laura. A Marie parecía costarle mantenerse sentada en la silla de exploración. Su amiga de antes estaba con ella de nuevo.

—Hola, Dr. Allison —dijo Marie débilmente.

—¿Qué ocurre, Marie? ¿Cómo te encuentras?

—Estoy...

—Apenas puede levantarse de la cama —dijo su amiga. —No está comiendo mucho. Se queja de que le duele el estómago la mayor parte del tiempo. Sigue intentando decirme que esto es normal, pero nada de esto parece normal.

Examiné a Marie mientras su amiga detallaba sus síntomas. Nada era inesperado, pero eso no significaba que fuera normal. Su cuerpo estaba luchando contra sí mismo. Se había acostumbrado a la cosa mortal que tenía dentro. La había acogido, incluso mientras el cáncer la mataba lentamente. Ahora estábamos contraatacando. Estábamos diciéndole al cáncer que tenía que irse. Y al cáncer no le gustaba eso.

—¿Cuándo es peor? —le pregunté a la amiga. Marie no me diría la verdad, pero su amiga sí.

—El día después de la quimio siempre es el más duro para ella. Apenas se levanta de la cama. Poco a poco mejora, pero esta semana ha sido la peor. Está perdiendo peso, Dr. Allison. No está bien.

Laura me entregó la tableta con todos los últimos análisis y pruebas de Marie. Le tocaba otra exploración, pero no hasta dentro de unas semanas más. Podríamos hacer una, pero había algo más. Y si tenía razón, necesitaba más ayuda de la que yo podía darle.

—Marie, creo que es hora de que probemos algo diferente —le dije.

—¿A qué te refieres? —Su voz era rasposa y débil. La ropa le colgaba de los hombros. Nada en su forma de sentarse parecía natural. Estaba sufriendo, solo por estar sentada allí, estaba sufriendo. Me costó todo mi esfuerzo no reaccionar. Reconocí ese hundimiento. Mi madre lo tuvo.

—Voy a hacer algunas llamadas, pero me gustaría ingresarte. Tengo privilegios en el Hospital East Syracuse. Sé que está a una distancia, pero es donde siempre recomiendo que vaya la gente. Si podéis llegar hasta allí, me gustaría que fuerais ahora mismo.

—¿Ahora? —su amiga parecía asustada por primera vez. Había sido dura, la feroz, pero mis palabras le quitaron las ganas de luchar.

Marie, por otro lado, parecía aliviada.

Asentí. —Sí. Si no puedes llevarla, podemos organizar un vuelo médico, pero es un viaje caro. Si es posible, siempre recomiendo ir en coche. En el caso de Marie, ir en coche está bien. Si podéis.

—Llama a mi madre —dijo Marie, alcanzando la mano de su amiga. —Mis padres pueden venir a recogerme. Has hecho demasiado.

—No —dijo su amiga. —Yo te llevaré. Llamaré a tus padres para que nos encuentren allí. ¿Qué más necesitamos hacer, Dr. Allison?

—Laura puede darle copias de toda la documentación de

Marie, pero el hospital también tiene todos nuestros registros. Los tendremos listos para cuando lleguéis. Marie tendrá que firmar algunos formularios de ingreso, pero haré que uno de mis colegas os reciba en el hospital. Quiero nuevas pruebas y un examen completo. Necesitamos averiguar qué está pasando, Marie. Lo averiguaremos.

Su amiga contuvo un sollozo. Laura le dio unas palmaditas en la mano. —Lo sé, Janice.

Janice. Odiaba no haber podido recordar su nombre. Laura era buena con ese tipo de cosas. Con los pacientes. Era una cosa más que me encantaba de ella.

Capté su mirada y le sonreí. Ella me devolvió una triste sonrisa. Ambos sabíamos que no era bueno para Marie, pero nos negábamos a perder la esperanza.

Les dije que me pondría en contacto pronto y que bajaría a ver a Marie en cuanto pudiera. Janice empujó a Marie en una silla de ruedas que Laura consiguió para ellas. Esperé hasta que doblaron la esquina.

Seguí mirando, aunque ya se habían ido.

—¿Dr. Allison? —preguntó Bonnie.

Volví a prestar atención y me concentré en ella. Tenía una tableta en las manos. Otro paciente. Otra vida que necesitaba salvarse. Nunca se detenía.

LAS EXPLORACIONES de Marie mostraban que el tumor original en su páncreas se había reducido ligeramente, pero los de sus otros órganos no. Uno nuevo en el hígado le estaba causando dolor porque presionaba su estómago, y el crecimiento en tan poco tiempo mientras estaba en tratamiento me obligó a cambiar su plan terapéutico. Todavía estaba revisándolo cuando Laura entró en mi despacho después de que todos los demás se hubieran marchado por el día.

—¿Alguna novedad?

—El tratamiento no está funcionando. Vamos a probar otra cosa.

Laura no respondió. No estaba seguro de si seguía allí hasta que levanté la vista y la encontré observándome.

—¿Qué?

—Nunca había notado este lado tuyo.

—¿Qué lado?

Se encogió de hombros. —El lado que se preocupa tanto que ignora tu propia salud.

—Mi salud puede recuperarse. La de Marie quizás no.

—Es cierto, pero si te matas trabajando, hay muchas otras personas que no sobrevivirán. ¿Has encontrado otro oncólogo? La segunda planta estará terminada en ¿qué? ¿Una o dos semanas?

Asentí. —Sí. Y no. No he tenido tiempo de buscar a alguien más todavía.

—¿Has cenado? —preguntó tras otro largo momento.

Suspiré. —No. Tengo algunas comidas congeladas bajo mi escritorio. Probablemente comeré una de esas.

—Nico —suspiró, con un tono que me imploraba que me detuviera y mirara hacia arriba.

Inclinó la cabeza hacia un lado, su pelo rubio como una cortina sobre su hombro. El uniforme azul que llevaba estaba arrugado pero aún limpio. Tenía el peso sobre un pie. Una ceja levantada.

—Lo siento. Me concentro demasiado y... debería prestarte atención.

Resopló. —Eso ni siquiera está en mi mente. Estoy preocupada por ti.

—Y yo estoy preocupado por Marie.

—Lo sé. ¿Por qué no vienes a mi casa esta noche? Prepararé la cena mientras tú te obsesionas con su caso. Podemos relajarnos y ver Ciencia Loca o algo así.

No pude evitar sonreír.

—Mañana será un día mejor.

Su sonrisa me desafiaba. No porque ella lo pretendiera, sino porque podía dejar el trabajo a un lado. Yo nunca había sido capaz de hacer lo mismo. Un caso era un problema, y tenía que resolverlo. Pero tenía razón, y también tenía que comer. Y la comida casera de verdad era algo que no disfrutaba a menudo.

—Vale —finalmente acepté.

Laura sonrió y esperó pacientemente mientras yo empaquetaba la mitad de mi oficina. Estaba seguro de que no podría dormir, así que cogí todo lo que pensé que podría querer o necesitar para tener mucho trabajo que hacer.

Laura se ofreció a conducir hasta su casa y dejar mi todoterreno en la oficina. Lo dudé pero acepté cuando dijo que podría leer correos electrónicos o revisar notas mientras ella conducía.

Una parte de mí se sorprendió de que no me regañara cuando me instalé en su mesa de la cocina y extendí todo lo que había traído conmigo. En su lugar, se movió por la cocina como si yo no estuviera allí. Cantaba junto con la música suave que sonaba a través de un altavoz que no pude encontrar y cocinaba algo que de repente me impactó y me recordó lo hambriento que estaba.

—¿Estás en un punto donde puedes tomar un descanso? —preguntó.

Asentí y me estiré. —Sí. Siento no prestarte atención.

—No te pedí que vinieras para que me prestes atención. Te lo prometo. Mi mejor amiga es una mujer poderosa. Trabaja constantemente y se mete en su cabeza. Se concentra tanto que el mundo entero desaparece, incluidos su marido y sus hijos. Me dijo, antes de conocer a Wyatt, que nunca pensó que encontraría a un hombre que entendiera cómo se sentía. La manera singular en que su mente se centraba en una cosa y el resto del mundo desaparecía.

—¿Y lo hace?

Laura se rio y asintió. —Así es. Tanto que dejó su trabajo como alcalde del pueblo para ser un padre a tiempo completo. Quería que ella tuviera la oportunidad de centrarse en el trabajo y no sentir que no podía hacer su trabajo por tener también una familia. Les funciona a ellos, y sé que no funcionaría para todos, pero solo quiero que entiendas que lo comprendo.

—Gracias—, dije. La atraje hacia mí y le di un beso en los labios. Un beso no fue suficiente y llevó a más. Gemí y me abrí paso con la lengua dentro de su boca, olvidándome por completo de la cena que había preparado para poder tenerla a ella en su lugar.

Ella me apartó ligeramente. —Necesitas comer. Los dos necesitamos hacerlo. Sé que estás preocupado por Marie, así que necesito saber que has comido algo.

—¿No puedo comer más tarde?

Ella se rio. —No. Comida ahora. Porque si tenemos sexo ahora, vas a saltarte la cena y volver directo a tu investigación. Come algo. Te ayudará.

La miré con mala cara, pero ella solo se rio. Sabía que tenía razón. No iba a admitirlo, pero sabía que tenía razón.

La cena sabía tan bien como olía. No me di cuenta de lo hambriento que estaba hasta que di el primer bocado. Antes de darme cuenta, había vaciado mi plato y estaba sirviéndome más.

Cuando finalmente me recliné en mi asiento y cerré los ojos, Laura dijo, —¿Te sientes mejor?

Asentí. —Sí. Gracias. No debería haber discutido contigo.

Ella se rio. —¿No vas a discutir? Imposible. Te conozco desde hace demasiado tiempo como para pensar que podrías estar de acuerdo sin intentar explicarme todas las formas en que tu opinión es la correcta.

—¿Soy realmente tan malo?

Ella sonrió. —No es algo malo. Es quien eres. Piensas las cosas. Te formas una opinión cuando crees que la necesitas y una vez que decides algo, nada puede hacerte cambiar de opinión. No te dejas influir por muy convincente que sea la otra parte porque has considerado todas las opciones. La mayoría de las veces, acabo entendiendo tu proceso de pensamiento y estando de acuerdo contigo antes de que termines un argumento.

—Vaya, realmente sueno como un dictador.

Laura se rio. —Tienes tus momentos.

Asentí. Mi mirada volvió a mi ordenador.

—¿Quieres hablar sobre algo relacionado con Marie? Sé que no he investigado tanto como tú, pero puedo ser un buen punto de apoyo si no otra cosa.

Lo consideré y asentí. —Probablemente sea una buena idea. Este caso definitivamente me ha descolocado. No sé si es por el tipo de cáncer que es o si está siendo especialmente complicado, pero no es un caso fácil para mí.

—El cáncer de páncreas no es sencillo. Sé que es especial-mente difícil para ti por lo de tu madre. Todos los casos que he leído hablan de lo complicado que es. Es una mierda, pero tú siempre tomas la mejor decisión posible para tus pacien-tes. Sé que lo harás esta vez también. Y si no, aprenderás y lo mejorarás para el siguiente y el siguiente. Siempre va a haber otro caso.

Asentí. Tenía razón. Estaba emocionalmente involucrado porque no solo luchaba por Marie. Era por mi madre. No podía separar a las dos y ver a Marie como a cualquier otra paciente. Ella era diferente, y no quería fracasar. No podía fracasar. Pero no sabía cómo ganar.

21

Me estiré y bostecé. Me sentía...descansado, lo que era muy inusual en mí. Una mano se deslizó por mi pecho y sonreí. —Buenos días.

—Buenos días —dijo Laura. —¿Quieres desayunar?

Agarré su mano y la atraje encima de mí. Ella me había cuidado la noche anterior, asegurándose de que comiera y dándome espacio para pensar. Nunca había estado con una mujer que comprendiera mi forma de ser, pero Laura sí. No estaba fingiendo para que yo no terminara la relación. Realmente lo entendía.

—Quiero algo.

Ella sonrió mientras nos acercábamos el uno al otro. Nuestros labios se rozaron mientras mis manos acariciaban su espalda. Separó los muslos y gimió suavemente cuando mi erección se alineó con su centro.

—No voy a oponerme —susurró.

Nos apresuramos a desnudarnos. Me puse un condón y volví a tener a Laura encima de mí en menos de un minuto. Se incorporó y se colocó para recibirme, centímetro a centímetro.

Ver su rostro mientras nuestros cuerpos se unían era una experiencia erótica por sí sola. Cerró los ojos, permitiéndome estudiar la curva de sus labios y el rubor de su piel. Se elevó antes de hundirse de nuevo, recibiéndome más profundamente. Su cuerpo se arqueó con el movimiento. El mío pulsaba con anticipación.

Sujeté sus caderas hasta que estuvo lista para moverse. Tomó todo lo que necesitaba y quería de mí sin que yo protestara. Verla perderse en el placer era mejor que cualquier fantasía que pudiera haber imaginado. Estaba impresionante. Sus pechos rebotaban con su ritmo, su boca se torcía de placer. Sus manos se extendían sobre mi pecho, usándome como punto de apoyo. Y cuando se hundía, apretaba su interior y casi me llevaba al límite cada vez.

Llegó al orgasmo con un gemido suave y un fuerte suspiro que me estimuló aún más. La embestí y me dejé llevar, estallando dentro de ella. Se derrumbó sobre mí, todavía sin decir palabra, y nos quedamos así, con nuestros cuerpos unidos.

—Mejor que el desayuno —le susurré al oído.

Soltó una pequeña risa y suspiró. —Gracias por esto. No pretendía perder el control.

—Ha sido perfecto —le dije con sinceridad. —Todo en ti es perfecto.

Ella se rio pero no dijo nada más. Se levantó de la cama y fue al baño. Cuando oí la ducha encenderse, me pregunté si le importaría que me uniera a ella.

Después de la ducha, desayunamos rápidamente y recogí todas mis cosas. Tenía un traje extra en la oficina, así que salimos temprano para que tuviera tiempo de cambiarme antes de que llegaran los demás.

El día pareció volar. Apenas tuve tiempo de comer mi almuerzo, y mucho menos de visitar a Marie mientras veía a mis otros pacientes.

La Dra. Elliott me dejó un mensaje sobre Marie diciendo que parecía estar mejorando. Era demasiado pronto para saber si el nuevo tratamiento estaba ayudando, así que recomendó mantenerla ingresada unos días, quizás hasta una semana para vigilarla.

—¿Cuál es tu plan para esta noche? —preguntó Laura desde la puerta de mi despacho.

Negué con la cabeza. Lo que quería hacer era conducir hasta Siracusa y comprobar cómo estaba Marie. Ver con mis propios ojos que estaba mejorando. Pero no era mi única paciente. Irme significaba perder las citas del día siguiente.

—¿Vas a ir a ver a Marie?

—No lo sé —respondí. —No puedo ir y volver esta noche. Y volver mañana lo suficientemente temprano es complicado.

—¿Qué citas tienes por la mañana? ¿Hay algo que puedas perderte? ¿O algo que alguien más pueda atender por ti?

Negué con la cabeza. Nunca podía faltar a las citas. Era el único oncólogo. No sería responsable por mi parte no presentarme.

—Sé que no quieres —dijo Laura—, pero también sé que todos los demás pacientes lo entenderían y se sentirían reconfortados al saber que eres así de dedicado con todos ellos. Si te hará sentir mejor ver a Marie, entonces deberías ir.

—Es que yo...

—Mira tu agenda, Nico —insistió Laura.

Abrí la agenda del día siguiente y descubrí que estaba más ligera de lo que esperaba. Mi primera cita era a las once, y antes de eso, tenía tiempo reservado para...Veronica y trabajo de oficina.

—No recuerdo esto.

—¿Qué ocurre?

—¿Has reorganizado mi agenda?

Laura negó con la cabeza. —No. Jamás lo haría.

—Ally —dije con una risa. —Cree que sabe lo que es mejor para mí.

Laura sonrió. —Parece que así es. Ahora no tienes ninguna razón para no ir. Quizás puedas quedarte con Veronica esta noche. De ese modo tendrás un poco más de tiempo mañana con Marie.

Asentí y empecé a recoger mis cosas en la oficina. —Buena idea. Tengo que pasar por casa a coger algunas cosas. Después me pondré en marcha. Gracias.

Ella sonrió. —Eres un médico increíble, Nico. Todos tenemos suerte de tenerte.

Dejé lo que estaba haciendo y me acerqué a ella. No me detuve hasta tenerla entre mis brazos y sus labios sobre los míos. La besé como un soldado que parte a la guerra, como si nunca fuera a volver a verla. Necesitaba que supiera lo que sentía, aunque todavía no pudiera decir las palabras.

Cuando finalmente me aparté, sus mejillas estaban sonrojadas y le faltaba el aliento. Quería atraerla de nuevo hacia mí y no volver a respirar, pero tenía un trabajo que hacer. Tenía una vida que salvar. Y por primera vez en mi vida, creí que ella lo entendía y lo apoyaba.

—Te veré mañana —dijo Laura cuando nos detuvimos junto a su coche. —Conduce con cuidado. Y si tienes oportunidad, hazme saber cómo está Marie cuando llegues allí.

—Lo haré. Gracias. Que pases buena noche.

Sonrió y entró en su coche. La vi alejarse y luego me concentré en lo que tenía que hacer.

EL HOSPITAL de East Syracuse estaba tranquilo cuando llegué a la planta de Marie. El personal la estaba cuidando de manera excelente, y ella descansaba. Miré su historial y luego fui a verla. Se veía mejor que cuando acabó en mi consulta, pero su color seguía apagado y claramente había perdido peso.

—Dr. Allison —dijo Marie con una débil sonrisa. —No sabía que vendría esta noche.

Asentí y me acerqué a ella. Sonreí a la mujer sentada en la silla junto a ella y supe que tenía que ser su madre. —Quería ver cómo está, Marie. ¿Se siente mejor?

Ella asintió. —Creo que sí. La Dra. Elliott comenzó el nuevo tratamiento hoy. Piensa que es una mejor opción en este momento.

—Sí, hablamos sobre ello. Estuve de acuerdo con ella.

—¿Por qué no comenzó con eso desde el principio? —preguntó la Sra. Kaufman.

—Mamá —siseó Marie. —Lo siento, Dr. Allison.

Negué con la cabeza. —No hay razón para disculparse. Es una pregunta válida. —Me dirigí a su madre—. El cáncer de su hija es agresivo. Cuando se detectó, ya estaba en un punto donde sabíamos que sería difícil de tratar. El curso de tratamiento que elegí es el estándar de atención. Es lo que ha sido más efectivo con menos efectos secundarios para la mayoría de los pacientes. Desafortunadamente, no todos los pacientes responden de la misma manera a los tratamientos. En el caso de Marie, el tratamiento solo fue parcialmente efectivo, pero los efectos secundarios fueron numerosos. Cambiar el curso del tratamiento es la mejor opción, pero este tratamiento puede ser mucho más duro para el cuerpo. Los efectos secundarios serán peores. Necesitará más cuidados para funcionar. Estará débil y tendrá dificultades para realizar actividades normales. Comenzar con este tratamiento no es común debido a lo duro que es para los pacientes. Abordamos cada caso esperando interrumpir lo menos posible la vida del paciente, pero no siempre es una opción.

La Sra. Kaufman tragó con dificultad y se volvió hacia

Marie. Tomó la mano de su hija mientras las lágrimas resbalaban por sus mejillas. —Todo esto es culpa mía. Debería haber pedido una excedencia para poder quedarme contigo.

—Mamá...

—La culpa es del cáncer —le dije con firmeza. —El cáncer es el culpable. No había forma de saber que el tratamiento original no sería suficiente hasta que lo intentáramos. Incluso si Marie hubiera tenido a alguien viviendo con ella, habríamos comenzado con el tratamiento que usamos. Por favor, no se culpe a sí misma.

La Sra. Kaufman asintió, pero era obvio que aún dudaba de sí misma. Se secó una lágrima y forzó una sonrisa.

Los ojos de Marie se cerraban poco a poco y ya era tarde. Les di las buenas noches y les dije que volvería por la mañana antes de regresar a Cala MacKellar, y luego conduje hasta casa de Veronica.

Veronica y Jeff vivían en una casa adosada en el centro de Syracuse. El barrio había experimentado un renacimiento durante la última década, y ellos habían comprado en el momento justo para aprovechar el auge. Su hogar era acogedor y confortable, pero también estaba preparado para una elaborada cena si fuera necesario. A Jeff le encantaba cocinar y tenía una cocina de chef como pieza central de la casa.

—Tienes un aspecto horrible —dijo Veronica cuando me abrió la puerta. Todavía llevaba una camisa abotonada y una falda de tubo, pero sus pies estaban en unas zapatillas azules peludas y su pelo estaba recogido en una coleta.

—Me alegro de verte a ti también —respondí.

—¿Viaje largo?

Negué con la cabeza. —No estuvo mal.

—¿La paciente?

Asentí.

—Jeff ya está cocinando y tiene una bebida lista para ti. Vamos.

La seguí por las escaleras hasta el primer piso. La sala de estar tenía ventanales con vistas a la calle flanqueada por árboles. Conectaba con la cocina, con el comedor en la parte trasera de la casa. El primer piso también tenía un aseo para invitados y el despacho de Veronica, ya que ella trabajaba principalmente desde casa.

—Nico, me alegro de verte. ¿Tienes hambre? —preguntó Jeff. Parecía que no había llegado a casa hacía mucho tiempo, pues aún llevaba sus pantalones de vestir y una camisa abotonada. Tenía las mangas remangadas, dejando ver los tatuajes de sus antebrazos.

Asentí y tomé asiento en la isla. Sacó una jarra con algo de la nevera y me sirvió un vaso muy lleno. Lo levanté en señal de agradecimiento y di un largo trago.

—Vaya, más despacio. Hay como cuatro tipos de licor ahí —dijo Jeff con una risita. Volvió a guardar la jarra en la nevera y negó con la cabeza.

—Le dije que debería haber usado cinco para que supiéramos que no hay que beber tan rápido —dijo Veronica.

—El Sediento Teddy —dijimos al mismo tiempo.

—Vosotros dos y vuestras historias de la facultad de medicina —Jeff se rio. Se había acostumbrado a nuestras historias a lo largo de los años y las había escuchado tantas veces que casi parecía que él también había estado allí.

—Si quieres que la gente beba despacio —dijo Veronica.

—Tienes dos opciones —continué.

—Licor barato o mucho de él —terminamos juntos.

Teddy era dueño de un bar de mala muerte cerca de nuestro apartamento. Íbamos allí a estudiar muchas noches porque también tenía los mejores macarrones con queso de la ciudad, que siempre fueron la comida favorita de Veronica.

Llegamos a conocerle y compartió su secreto con nosotros. Siempre usaba bebidas caras y las hacía saber tan bien que la gente quería más. Seguían bebiendo, y él seguía ganando dinero. Los taxistas locales esperaban fuera del Thirty Teddy's para asegurarse de que todos llegaran a casa sanos y salvos.

De ahí viene mi gusto por las bebidas dulces. Me ayudaron a pasar por la facultad de medicina.

Jeff se reía de Veronica y de mí mientras nos poníamos al día. Cuando la conversación giró hacia Laura, Jeff mostró más que un poco de interés en lo que estaba pasando.

—No sabía que estabas con alguien —dijo Jeff.

Miré a Veronica. —¿No se lo contaste?

—Me hablaste de ella durante una sesión. No voy a compartir eso. Incluso si pensaba que no te importaría.

Puse los ojos en blanco. —Podrías habérselo dicho. En fin, sí. Laura es una de mis enfermeras. Ha trabajado para mí durante años, pero no ha sido hasta hace poco que...

—Sacó la cabeza de su culo y le dijo cuánto la deseaba —añadió Veronica.

—Es mi empleada —dije con firmeza.

Veronica abrió la boca para discutir, pero Jeff la interrumpió. —No, lo entiendo. Si le hubieras pedido salir, podría haber sentido que tenía que decir que sí o arriesgarse a perder su trabajo. Y en un sitio como el tuyo donde no hay departamento de recursos humanos, es un riesgo enorme. Es una faena, pero la estabas protegiendo.

—Exactamente.

—Creo que podría haber dicho algo sin que fuera un problema. Y ella está tan interesada en él como él en ella, así que obviamente todo habría ido bien. Excepto que él no tiene nada de juego.

—¿Nico? Ni hablar —dijo Jeff.

—Ni un poquito. Se puso todo ostentoso en su primera cita y casi lo arruina todo. Ella es auténtica. No le gustan esas cosas. Pero tuvo suerte y encontró algunos amigos que le dieron un excelente consejo y consiguió una segunda oportunidad.

—Oh, ¿eres tú esa amiga? —bromeó Jeff.

Veronica se rio. —No. Pero soy la lista que le dijo que contactara con esos amigos. Necesita gente. Solo nos tiene a nosotros, y hasta que pueda convencerte de mudarte al medio de la nada, necesita más personas.

—¿Os mudáis? —pregunté, con bastante esperanza.

—No —ladró Jeff con una mirada fulminante a su esposa.

Veronica le sonrió radiante y negó con la cabeza. —No, no nos mudamos. Pero me gusta tomar el pelo a mi maravilloso marido con eso. Quizás una casa de verano.

Jeff puso los ojos en blanco. —La cena está lista, pero no estoy seguro de si voy a dejar que comas.

Veronica sonrió y se acercó contoneándose a su marido. Lo distrajo con un beso y no tuvo ningún problema para robar un plato de detrás de él.

Él simplemente se rio.

Nos sentamos, hablamos y nos pusimos al día sobre el trabajo. Jeff estaba lidiando con una crisis importante y se estaba frustrando con ello. Veronica dijo que no pasaba nada nuevo con ella, pero iba a ser entrevistada para un segmento local. Les conté sobre mi trabajo y el progreso de la ampliación.

Hablamos y bebimos y dejamos pasar las horas sin pensar más allá de la velada. Cuando Jeff anunció que tenía que levantarse temprano y se iba a la cama, Veronica dijo que subiría pronto. Él la besó al pasar y me dio las buenas noches antes de subir las escaleras hacia el dormitorio principal en el piso superior.

—¿De verdad estás bien con este caso? —preguntó Veronica.

Ella había estado allí para mí en el quinto aniversario de la muerte de mi madre. Los anteriores no me habían afectado, pero estando en la facultad de medicina y estudiando todas las cosas que pueden salir mal, me di cuenta de que la muerte de mi madre podría haberse evitado si la hubieran tomado en serio. No era una garantía, pero era posible.

—No lo sé. Marie me recuerda a mi madre, pero es difícil sin importar quién sea. La observo y me pregunto si los médicos de mi madre estaban intentando todas las cosas que estoy intentando yo. Sé que el cáncer existe, pero...

—Quieres detener tanto como sea posible. ¿Cómo lo lleva Laura?

Me encogí de hombros. —Está bien. Ella también perdió a su madre, pero también perdió a su padre y dice que no quiere que nadie experimente el dolor que él pasó, así que elige ser feliz. Ver el lado bueno de todo.

—Vaya. Eso es muy...

—¿Una locura?

Veronica se rio. —Iba a decir poco común. O impresionante. La mayoría de nosotros nos hundimos en las profundidades de la desesperación. Incluso cuando el dolor no es nuestro. Que ella sea capaz de ver el lado positivo, podría ser justo lo que necesitas en tu vida.

Bufé. —Siempre que no lo estropee.

—¿La has dejado entrar ya? ¿Como te dije?

Negué con la cabeza. —Todo esto pasó y...

—Cuando vuelvas, invítala a tu isla para el fin de semana. Por lo que parece, ambos necesitáis un tiempo lejos de todo.

—Sí, quizás.

—¿Te quedas aquí este fin de semana?

La miré. —Debería.

Veronica negó con la cabeza y se puso de pie. —No, en realidad, no deberías. La mayoría de los médicos no se quedan junto a la cama de sus pacientes cuando están en el hospital. Tú también necesitas vivir tu vida, y la gente lo entiende. —Suspiró profundamente. —Sé que crees que eres una isla, Nico, pero no deberías serlo. Tienes personas que se preocupan por ti. Tu isla es increíble, pero no debería ser una fortaleza donde esconderte para no enfrentarte a las cosas que no quieres ver.

—¿Qué significa eso? —pregunté.

Sonrió y dijo, —Significa que te quiero y me preocupo por ti. Significa que quiero verte feliz, y creo que Laura te hace feliz, pero no quiero que lo estropees porque te estás conteniendo con ella. Las mujeres necesitamos sentirnos conectadas. Necesitamos saber que la persona con la que estamos se encuentra en el mismo lugar que nosotras. Si ella está aportando más a la relación que tú, pensará que es unilateral. Tienes que estar dispuesto a dejarla entrar.

—Lo haré. Solo necesito superar este caso.

Veronica frunció el ceño. —Siempre habrá otro caso, Nico. Siempre habrá otro paciente, otro tratamiento, otra conferencia. Me dices constantemente que el cáncer y la salud mental son iguales. Es una batalla constante para tener éxito. Si pospones dejar entrar a Laura, o a otra mujer si las cosas no funcionan con Laura, entonces la perderás. Solo intento ayudarte.

Se marchó antes de que pudiera formular una respuesta, dejándome solo en el salón brillantemente iluminado. Tenía razón. Si quería a Laura en mi vida, no podía ocultarme de ella. Le debía eso. Nos lo debía a ambos.

¿Tienes planes para este fin de semana?

No. ¿Está todo bien? ¿Necesitas que vaya a
Syracuse?

Marie está bien. Necesito que vengas conmigo a casa este fin de semana. Quiero enseñarte mi isla.

Gracias.

LAURA

En los cuatro años que había vivido en Cala MacKellar, nunca había estado en ninguna de las islas privadas. Me parecía ostentoso ir a una isla privada, pero era la isla de Nico. Doc Rock. Era...

Intenté no pensar en todas las cosas que esperaba que significara. Nico no era el tipo de hombre que dejaba entrar a la gente, pero me había invitado a su casa. Sabía que tenía un lugar en el pueblo, pero también sabía que su isla era el lugar donde se sentía más cómodo.

Lo que en parte explicaba por qué estaba tan condenadamente nerviosa.

Preparé una bolsa para el fin de semana y la dejé en mi coche por si quería que saliéramos directamente desde el trabajo. No sabía cuánto tiempo nos llevaría llegar a su isla, así que intenté estar preparada para cualquier cosa.

No había visto mucho a Nico durante todo el día. Llegó al trabajo cerca del mediodía y atendió pacientes toda la tarde mientras yo administraba quimioterapia. Estaba en su despacho cuando fui a buscarlo al final del día, mirando fijamente su ordenador con el gesto fruncido.

Llamé al marco de la puerta y esperé a que levantara la mirada. Me hizo un gesto para que entrara y apartó el ordenador, recostándose en su silla y extendiéndome la mano mientras me acercaba. Tiró de mi mano y me senté en su regazo, abrazándome con fuerza.

Le acaricié el pelo y me aferré a él, necesitando esa conexión tanto como parecía necesitarla él. Me besó el hombro y giró mi cara para poder besarme los labios. Un beso suave y rápido.

—¿Estás bien? —pregunté.

Asintió. —Estoy mejor ahora.

—¿El viaje?

Volvió a asentir. —Marie está mejor, pero es duro para mí.

—Lo sé. Lucas tiene cáncer de pulmón como mi madre, y a veces me afecta. Si no estuviera tan bien como está, sería más difícil. Pero se han logrado muchos avances en los tratamientos contra el cáncer de pulmón. El cáncer de páncreas es diferente, incluso ahora.

Me sonrió y asintió.

—Si necesitas tiempo este fin de semana, no tenemos que... quiero decir, no tengo que ir contigo.

Negó con la cabeza. —Te quiero allí. Te quiero en mi casa y en mi cama y conmigo todo el fin de semana. Si sigues dispuesta.

Una ola de calor me recorrió mientras asentía. Su voz era áspera por la falta de sueño y el exceso de emociones, y sus bordes irregulares rozaron todos mis nervios, dejándome con ganas de curarlo de la única manera que conocía.

—¿Necesitas ir a casa? —preguntó.

Negué con la cabeza. —He preparado algunas cosas por si querías salir desde aquí.

—Gracias. Eso sería genial. Tengo que subir y comprobar el progreso de la clínica, pero aparte de eso, estoy listo.

—¿Puedo ir contigo?

Se rio suavemente. —Esperaba que lo hicieras.

Nico me cogió de la mano durante el trayecto en el ascensor. Todavía había algunas personas trabajando cuando llegamos arriba, pero el lugar estaba prácticamente desierto.

—Vaya —suspiré. Se había transformado completamente desde la última vez que estuve allí. Las habitaciones del fondo se habían dividido y estaban cerradas excepto por las puertas que faltaban. Las paredes estaban pintadas de un suave color azul. Las luces colgaban del techo. Cables sobresalían del suelo donde estaría cada estación. Ya no parecía el espacio de oficinas que fue una vez. Parecía tranquilo y relajante. Un buen lugar para acurrucarse con un libro.

—Peter —dijo Nico, arrastrándome a través de la habitación hacia el otro hombre. —Todo se ve genial.

Peter asintió. —Están haciendo un buen trabajo. ¿Es lo que imaginaba?

Nico negó con la cabeza. —No, definitivamente es mejor. Gracias.

—De nada. Deberíamos terminar a finales de la semana que viene como muy tarde. Puede que acabemos a mediados de semana, pero no quiero comprometerme con eso todavía.

—Aun así es pronto —dijo Nico. —Es increíble.

Miré hacia atrás en dirección al ascensor para contemplar todo el espacio desde nuestra posición junto a la ventana y vi el gran cartel sobre el ascensor. —Nico.

Me miró y luego siguió mi mirada. Me apretó la mano cuando vio el cartel. —Eso es...

—Llegó a principios de esta semana. Eddie lo encargó para usted. Lo hizo un amigo mío. ¿Le parece bien?

Nico sonrió y asintió, incapaz de formar palabras al ver el nombre de su madre en la pared.

—Es perfecto, Peter. Gracias. Y gracias a Eddie también.

Peter asintió y finalmente comprendió. Le dio una

palmada a Nico en el brazo y se alejó para hablar con uno de sus chicos. Nico seguía mirando fijamente.

—Va a estar bien.

—¿Quién? —pregunté.

—Marie. Tengo que confiar en eso. Mi madre se asegurará de que esté bien.

Sonreí mientras me preguntaba si ella se aseguraría de que Marie estuviera bien en la tierra o en el cielo.

—Vámonos. Dejemos que estos chicos terminen. Podemos irnos ya.

Asentí y me despedí de Peter antes de seguir a Nico fuera del edificio hasta su todoterreno. Dejamos mi coche en la clínica y recorrimos la corta distancia hasta el puerto deportivo donde estaba amarrado su barco. Cogió mi bolsa y la suya y me tomó de la mano otra vez durante nuestro camino hacia su embarcación.

El trayecto hasta su isla fue tranquilo. Contemplé las vistas y me maravillé de lo pacífico que era estar en el agua. Una suave brisa agitaba mi pelo, pero dejé que los mechones me rozaran las mejillas mientras respiraba el aire fresco y disfrutaba del viaje. Entendía perfectamente por qué alguien querría vivir allí.

Nico atracó en un muelle en el lado oeste de una pequeña isla rocosa. Amarró el barco y lanzó nuestras bolsas al muelle antes de tenderme la mano para ayudarme a mantener el equilibrio al salir. Cogió nuestras bolsas de nuevo y se dirigió hacia la puerta corredera de cristal en la amplia terraza.

—Este lugar es precioso, Nico.

Él asintió. —Me encanta estar aquí. Es... es mi hogar.

Le sonreí y esperé mientras abría la puerta y nos dejaba entrar. Desactivó una alarma, luego abrió completamente las correderas y encendió las luces mientras se movía por su casa. Me tomé mi tiempo, absorbiendo todo lo que podía sobre él.

Su cocina era elaborada pero parecía apenas usada. Los armarios cubrían una pared y se curvaban para crear una L en una esquina de la casa. El salón estaba abierto a la cocina con una isla que los separaba. Tres sofás formaban una U en el salón, todos orientados hacia una chimenea y un gran televisor que permanecía apagado en la pared. El otro lado de la estancia abierta era una biblioteca con estanterías del suelo al techo. Las baldas estaban mayormente llenas de libros con lomos coloridos que, en muchos casos, estaban bien gastados y con pliegues. Una chaise longue descansaba en la esquina de la habitación con una lámpara, creando el rincón de lectura perfecto.

Nico salió de una habitación en el extremo más alejado de la casa y se detuvo. Me miró. Echó un vistazo a su hogar y esperó.

—Me encanta... estar aquí. Es precioso —dije.

—Te quiero, Laura —respondió. Contuvo la respiración, casi como si no hubiera querido decir esas palabras. —Yo... quizás no debería decirte esto tan pronto, pero nunca he invitado a una mujer aquí. Nunca he querido a una mujer aquí. Pero verte ahí de pie... no podía contenerlo más.

Me acerqué a él lentamente. Me observaba, sin retroceder pero tampoco encontrándome a medio camino. Sin embargo, ya se había expuesto ante mí. Tenía que encontrarle. —Te quiero, Nico. He querido decírtelo desde hace tiempo, pero...

Me atrajo a sus brazos y presionó todo su cuerpo contra el mío. Apenas podía respirar con él sujetándome tan fuerte, perfectamente. Se giró y nos dirigió hacia la habitación de la que había salido. Su dormitorio.

Una gran cama dominaba el espacio. Amplias ventanas en la pared opuesta a la cama mostraban una impresionante vista de la Cala MacKellar y la costa. Pero el pueblo era lo último en mi mente con el hombre que amaba mirándome como si fuera lo más hermoso de su paraíso.

—Laura —gimió.

Tomé aire y entendí lo que me estaba pidiendo. Él me necesitaba tanto como yo a él. Nuestras miradas se encontraron y mantuvieron mientras nos quitábamos rápidamente toda la ropa y nos reuníamos en su cama. Separó mis muslos y me volvió loca con sus manos y su lengua antes de finalmente hundirse en mí, repitiendo *te quiero* hasta que ambos nos deshicimos y nos derrumbamos desnudos con el suave resplandor de la luz del atardecer bailando sobre nuestra piel.

Cuando desperté, la habitación estaba oscura y la cama vacía. Oí a Nico moviéndose por la cocina. Encontré su camisa y me la puse, sonriendo para mis adentros cuando vi que me cubría el trasero y me quedaba holgada.

Nico llevaba unos pantalones de chándal grises caídos en las caderas, con el pecho al descubierto. La música sonaba suavemente desde el televisor y a través de unos altavoces que no podía ver. Parecía que venía de fuera.

—Hola —dijo cuando me vio caminar hacia él. —Intentaba no despertarte.

—No lo has hecho —le dije. Me acerqué y me metí entre sus brazos, dejando que me abrazara. —¿Qué estás haciendo?

Se rio. —Iba a preparar algo de cenar. No cocino mucho, pero me gusta usar la barbacoa. ¿Te parece bien un filete?

Asentí. —Me encanta el filete. ¿Hay algo en lo que pueda ayudarte?

Negó con la cabeza. —No. Iba a salir a la terraza si quieres acompañarme.

—Por supuesto.

Le ayudé a llevar cosas a la terraza y me senté en una silla mirando al agua. Luces parpadeaban en la distancia. Un resplandor rodeaba su isla, y me di cuenta de que el resplandor provenía de las luces que ayudaban a los barcos a saber dónde estaban las islas.

Nico asó filetes y verduras mientras bebía la bebida que había sacado de una bolsa del congelador. Yo disfruté de mi bebida y sonreí para mis adentros. Nunca le había visto tan relajado.

Cuando la cena estuvo lista, nos sentamos en las tumbonas y comimos. Le pregunté a Nico sobre vivir en una isla.

—También tengo un sitio en el pueblo. Es donde viví primero, pero tenía problemas para dejar de ser el Dr. Allison. Veía pacientes en el pueblo y me encontraba con familias y... tenía que ser el Dr. Allison. Aquí fuera, soy solo Nico.

Sonreí. —Creo que ambos son hombres increíbles. Cuando encontré tu clínica por primera vez, me impresionó la forma en que funcionaba. No sabía mucho sobre oncología, pero por lo que sí sabía, podía decir que eras diferente. Hablabas de tratar al paciente completo, no solo el cáncer. He visto eso en ti. Es lo que me ha hecho quererte.

—¿Alguna vez te sientes culpable? —preguntó.

—¿Culpable de qué?

Se encogió de hombros y miró al agua. —Veronica me dijo que necesitaba dejarte entrar. Fue ella quien me animó a invitarte aquí. Yo quería hacerlo, así que no quiero que pienses que ella me obligó, pero tenía miedo. Nuestra primera cita... me preguntaba si sentirías lo mismo que entonces.

Negué con la cabeza. —Eso fue diferente. Eso era mantenerme alejada. Esto es... todo lo contrario.

—No, no lo es —dijo. Se levantó de su tumbona y se acercó a mí. Se estiró a mi lado, empujándome y haciendo que ambos riéramos mientras intentábamos caber juntos en la silla.

—No estoy segura de que podamos caber.

—Lo haremos funcionar —insistió. Se puso boca arriba y me atrajo hacia él para que quedara de lado. Me rodeó con el brazo y me sujetó cerca. Puse mi pierna sobre la suya y me acurruqué contra su pecho. —¿Ves?

—Me alegro de que Verónica sugiriera esto.

Él se rio. —Estará encantada de que hayas dicho eso.

Sonreí y deslicé mi mano sobre su pecho. —¿De qué te sientes culpable?

Inspiró rápida y bruscamente y exhaló despacio. —Cada día vemos personas enfermas. Personas que se están muriendo. Personas que tienen que centrarse en lo más básico para vivir. Tengo dos casas gracias a esas personas. Te conocí gracias a esas personas. Tengo cosas que muchas personas no tienen, y no solo gente con cáncer, sino personas en general. Es solo que...

—No creo que podamos pasar por la vida pensando que es un juego de suma cero. Siempre habrá personas que tengan más y siempre habrá personas que tengan menos. Creo en hacer todo lo que pueda para ayudar, ya sea con mi dinero y donaciones económicas o con mi tiempo o mi trabajo. Pero el dinero no es lo único que importa en el mundo. He estado sin mis padres durante mucho tiempo. Nunca he tenido una relación seria ni me he casado. Nunca he tenido hijos. Tengo deudas, aunque no tantas como algunas personas. Todos vivimos nuestras propias vidas, y hay personas que no han tenido las mismas oportunidades que yo. Trabajé mientras estudiaba, pero tuve la oportunidad de ir a la universidad. Mis padres están muertos, pero los tuve cuando crecía. Siempre he vivido en lugares donde me sentía segura. Sé que tengo privilegios que muchas otras personas no tienen. No puedo arreglar eso por mi cuenta, pero soy consciente de ello e intento hacer lo que puedo para cambiarlo. No debería ser así, y sí, me siento culpable por tener oportunidades que deberían estar disponibles para todos. Siempre me sentiré culpable por eso. Pero no puedo sentirme culpable por quererte hoy porque otra persona esté perdiendo al amor de su vida. A todos nos pasará algún día. Y siempre será horrible, pero nunca querría que alguien eligiera ser infeliz porque se sintiera culpable de que yo lo fuera.

Me abrazó con más fuerza contra su costado y me besó en la cabeza. —Olvido que tú ves el lado positivo de todo. Me cuesta dejar entrar esa luz. Aceptar que estar triste un día no significa que una persona esté triste todos los días. Vemos a la gente en sus peores días. Les doy las peores noticias de sus vidas. E incluso cuando puedo decirles que todo va bien, sé que nada es normal para ellos. Vuelven a mí año tras año, esperando que caiga la siguiente bomba. Me cuesta pensar en las cosas buenas de sus vidas entre medias.

—Especialmente si te mantienes alejado de los demás —dije suavemente. —Sé que mis amigos me ayudan a recordar que siempre hay cosas buenas. Mi madre era una persona positiva, y eso destrozó a mi padre, pero yo intenté aferrarme a ella. Para él, no quedaba nada bueno en la tierra sin ella aquí. Para mí, buscaba lo bueno. Algunos días era una flor creciendo a través de una grieta en la acera. Algunos días era una sonrisa de un extraño. Algunos días era una moneda en un aparcamiento. El bien está en todas partes, pero tenemos que estar dispuestos a verlo. Estar rodeada de otros siempre me ayuda a ver lo bueno.

—¿Crees que debería vender mi isla? —preguntó Nico en voz baja.

—No. Este lugar es parte de ti. Eres tú. ¿Por qué la venderías?

—Acabas de decir que estoy cerrado al mundo.

—Eso no significa que vendas tu casa. Significa que invites a gente aquí. Significa que te hagas amigo de Ian y de los otros chicos. Significa que te abras a la gente para que sepan quién eres. Sé Nico cuando estés en la ciudad, y deja que la gente vea que no solo eres el Dr. Allison. Porque el Dr. Allison es estupendo, pero Nico… a mí me gusta mucho más Nico.

Me incorporé y me subí a su regazo. Él se apartó en la tumbona para que pudiera sentarme a horcajadas sobre sus caderas. Deslizó sus manos por mis muslos y gimió cuando se dio cuenta de que no llevaba nada debajo de su camisa.

—Joder, Laura.

Se endureció debajo de mí, presionando contra mi centro, con solo sus pantalones de chándal como barrera entre nosotros. —¿Hay alguna posibilidad de que hayas traído un condón aquí fuera?

Sonrió y sacó uno de su bolsillo antes de atraerme para besarme. Empujó hacia arriba contra mí, haciéndome gemir. Deslizó la mano entre mis muslos y metió un dedo dentro de mí.

—Estás húmeda —dijo con un gemido. —Te sientes tan bien.

—Tú me haces sentir bien. —Palpité alrededor de sus dedos y dejé que las sensaciones me recorrieran. Añadió un segundo dedo y luego acarició mi clítoris con el pulgar, haciéndome gritar. —Alguien va a oírme.

—No me importa. Estoy reclamando mi felicidad aquí y ahora mismo. Con la mujer que amo en mi propia maldita isla.

Me reí y gemí cuando acarició mi clítoris de nuevo. Mis caderas se balancearon y todo mi cuerpo se tensó, y luego me solté, llegando intensamente al orgasmo entre sus brazos.

Me besó y lamió el cuello y dio unos golpecitos en mi muslo para que me moviera a un lado. Se bajó los pantalones, se puso el condón y me colocó sobre él otra vez.

—Nico —suspiré mientras me hundía sobre él.

—Te quiero, Laura —dijo. Me apartó el pelo de la cara y

mantuvo mi mirada mientras nos movíamos juntos. Cada embestida en mi interior me llevaba más y más alto. Él apretó la mandíbula y tensó los músculos, esperándome. —Laura.

—Te quiero —dije, dejando ir todos mis miedos y permitiendo que mi orgasmo y mi corazón tomaran el control. Le pertenecía. Lo había hecho durante mucho tiempo, pero no iba a luchar contra ello ni un minuto más. Yo era suya, y él era mío, e íbamos a conseguir nuestro final feliz.

NICO

No podía recordar la última vez que me había sentido tan bien. La última vez que había reído y sonreído tanto. Tener a Laura en mi casa era como abrir una puerta que había estado cerrada para siempre y encontrar dentro todo lo que me había estado faltando.

El sábado salimos a dar un paseo en barco, pero por lo demás, nos quedamos en mi isla durante todo el fin de semana. Cocinamos, bebimos, hicimos el amor y le dije que la amaba una y otra vez. Ella me repetía las mismas palabras. Me reí mientras hacíamos las maletas el domingo por la tarde para nuestro viaje de regreso. No sabía que la vida podía ser así.

—Creo que me faltan unas bragas —dijo Laura. Estaba de pie en medio de la biblioteca, mirando por toda la habitación. —Juraría que las llevaba puestas antes de entrar aquí.

Me acerqué y rodeé su cintura con mi brazo. Ella sonrió y abandonó su búsqueda para derretirse contra mí.

—Hola —dijo con una sonrisa.

—Hola.

—¿Sabes dónde están mis bragas?

Negué con la cabeza. —Puedes cogerlas la próxima vez si las dejaste aquí.

—¿La próxima vez? Suena como si fueras a invitarme otra vez.

Asentí. —Te quiero aquí siempre que quieras estar.

Sonrió y apoyó la cabeza en mi pecho. Nos quedamos allí, simplemente abrazados, durante mucho tiempo. La idea de marcharnos no era algo en lo que quisiera pensar. Quería quedarme aquí con Laura, abrazarla con fuerza y olvidar que existía un mundo más allá de mi isla.

—¿Cuánto tiempo crees que podríamos sobrevivir sin salir de aquí? —preguntó Laura.

Me reí. —Justo me estaba preguntando algo parecido.

—No estoy preparada para romper la burbuja todavía.

—¿La burbuja?

Laura asintió. —Sí, ya sabes. Cuando una relación comienza y estás en esta pequeña burbuja donde nada puede tocarte y sientes que nada puede salir mal. Hemos estado aquí, aislados del mundo exterior, durante dos días. Teníamos nuestra propia burbuja. Pero en cuanto volvamos a Cala MacKellar, volverás a ser mi jefe y tendremos otras responsabilidades además de los orgasmos.

Me reí y la abracé con más fuerza. —Podría dejar mi trabajo y dedicarme a darte orgasmos para siempre.

Ella contuvo la respiración y se quedó inmóvil, solo por un segundo. Me di cuenta de lo que había dicho y consideré retractarme, pero no quería hacerlo. Lo dejaría todo por Laura.

—Te quiero, Laura. Nada va a cambiar cuando volvamos.

Ella asintió. —Te quiero, Nico.

La besé suavemente, manteniendo mi deseo bajo control y dejando que simplemente sintiera mis emociones. Lo nuestro no era solo sexo. Era amor. No quería que ella dudara de eso jamás.

Recogimos el resto de nuestras cosas en silencio y cerramos la casa. Ella nunca encontró las bragas que creía haber perdido. Le prometí que podríamos perder más bragas suyas la próxima vez.

Estábamos a punto de arrancar el barco cuando sonó mi teléfono. El servicio de contestador. Se me encogió el estómago. Siempre me pasaba cuando recibía una llamada de ellos. —Dr. Allison al habla.

—Hola, Dr. Allison. Tenemos un mensaje para usted del Hospital de East Syracuse sobre una paciente, Marie Kaufman. El mensaje dice que su situación es crítica y que podría no pasar de esta noche. Están haciendo todo lo posible.

Me dejé caer en un asiento y agaché la cabeza. —Gracias. ¿Hay algo más?

—No. Ese es el único mensaje. Lo siento, señor.

—Gracias.

Colgué el teléfono y me quedé allí sentado. Marie. Se suponía que ella sería mi segunda oportunidad. Se suponía que ella sería a quien yo salvaría. Se suponía que sería mi historia de éxito, la que demostraría que si hubiera podido, habría salvado a mi madre.

Pero se estaba muriendo.

—¿Nico? —dijo Laura, poniendo su mano en mi brazo.

Di un respingo. Había olvidado que estaba allí. Presenciando cómo me derrumbaba. Causando este dolor. Si no me hubiera involucrado tanto con ella, quizás habría salvado a Marie. Quizás todo habría terminado de forma diferente.

Pero no, egoístamente decidí que era hora de que tuviera algo de felicidad.

—Tenemos que irnos —dije bruscamente, sin mirarla. Cogí la última bolsa del muelle y desaté la barca. La arranqué y partí a una velocidad mucho mayor de la que solía usar, el agua y el viento golpeándome sin piedad. Castigándome.

Llegamos al puerto deportivo en un tiempo récord. Mi

cabeza bullía con pensamientos sobre Marie y cómo le había fallado mientras amarraba la barca. Nunca debería haberme ido de Syracuse el jueves. Debería haberme quedado allí durante el fin de semana para vigilarla personalmente. Sabía que las enfermeras estaban sobrecargadas de trabajo y que un médico de guardia no siempre sabría qué buscar. Eran buenos, pero nunca podrían sustituirme a mí.

—Nico, dime qué ha pasado —dijo Laura. Puso su mano en mi brazo. Me aparté.

—Marie va a morir.

—Oh, Nico, lo siento mucho.

—¿Lo sientes? ¿En serio?

—Sí, lo siento. Sé que significaba mucho para ti. Y lo siento por su familia.

—¿No sientes nada más que eso?

Se encogió de hombros y me estudió detenidamente. —Ambos sabemos que su cáncer era agresivo y tenía una baja tasa de éxito. Sabíamos que era probable que este fuera el resultado. Sé que no es lo que queremos, pero podemos aprender de ello. Quizás la muerte de Marie ayude a que algún día otra persona pueda vivir.

Solté una risa seca. —¿Eso es lo que piensas? ¿En serio? ¿Vas a decirle a su madre que está bien que su hija esté muerta porque algún día podríamos ser capaces de salvar a la hija de otra persona gracias a que Marie murió? ¿Crees que eso le dará consuelo?

Laura negó con la cabeza. —Nunca diría algo así a la familia de un paciente. Sería insensible y cruel. Pero sabes que tenemos que seguir adelante. Sabes que tenemos más pacientes que salvar. No podemos dejar que uno termine con la lucha.

—¿Quieres saber lo que pienso?

Laura asintió. —Por supuesto.

—Creo que esto fue un error. Nosotros. Este fin de

semana. Si no estuviéramos juntos, habría estado con Marie. Habría podido salvarla. Pero en vez de eso, estaba contigo. Y una joven va a morir por ello.

Laura abrió y cerró la boca. La mantuvo cerrada y me miró con furia. Asintió una vez y luego se dio la vuelta y se marchó.

Y la dejé ir porque estar con ella solo traía dolor.

Cuando llegué a Syracuse, Marie apenas se aferraba a la vida. Su madre me vio y se apresuró hacia mí.

—Gracias por venir, Dr. Allison. Sé que tiene una vida, pero mi hija es mi vida. Es la única hija que he tenido jamás y no puedo quedarme aquí y ver cómo muere. Gracias. Sé que usted la salvará.

—Yo... haré todo lo posible, Sra. Kaufman. Se lo prometo.

Encontré a la enfermera jefe y ella consiguió al médico de guardia para mí. La Dra. Elliott no estaba disponible, así que el médico de guardia había estado tomando todas las decisiones sobre Marie durante el fin de semana. No sabía lo que estaba haciendo. Seguía el protocolo, pero el protocolo cambiaba constantemente con los pacientes de cáncer.

Mientras me explicaban todo lo que habían hecho en las últimas cuarenta y ocho horas, supe que habían tomado todas las decisiones correctas. Quería encontrar algún fallo en ellos, pero sin haber estado allí para ver las cosas por mí mismo, no podía saber si habría visto o hecho algo diferente.

—Gracias —les dije a ambos. Cogí la tableta de la enfermera para poder revisar todo sobre el caso de Marie y le pedí que me mostrara una oficina que no estuviera en uso.

Me senté allí durante horas, examinando todo. Mis registros, los historiales hospitalarios de Marie, estudios de casos, todo. Me dije a mí mismo que tenía que haber una respuesta, pero no podía encontrarla. Revisé todo, pero no había solución.

—¡Joder! —arrojé un expediente al otro lado de la habitación. Se abrió y los papeles se esparcieron por todas partes. Contemplé el desorden, viendo cómo los papeles flotaban y se asentaban sobre la mesa, el suelo y contra la pared.

No era justo. Nada de esto era justo. Marie debería estar bien. Era joven y saludable antes de esto. Su médico de familia ignoró sus quejas. O no las entendió. Era muy tarde cuando llegó a mí.

Pero yo debería haber sido capaz de salvarla.

Recogí todo lo que se había dispersado por la habitación y lo metí de vuelta en el expediente mientras me odiaba a mí mismo. Nunca debería haber escuchado a Verónica. Nunca debería haber dejado que Laura entrara en mi vida. Debería haber permanecido como una isla. Debería haber mantenido alejados a todos los demás porque estaba en mi mejor momento cuando estaba solo.

Mis emociones no importaban allí, así que las reprimí y metí todos los papeles en mi bolsa y salí de la habitación. Quería hablar con la madre de Marie. Intentar ayudarla. Si no otra cosa, estar ahí para ella, porque necesitaría a alguien a quien culpar.

Marie estaba sonriendo cuando entré, pero era una sonrisa soñadora, de esas que tiene la gente cuando se tambalea entre la vida y la muerte. Estaba viendo cosas que el resto de nosotros no podíamos ver. Cosas que no eran de nuestro mundo.

—¿Dónde ha estado? —preguntó la Sra. Kaufman cuando entré. —Pensé que iba a ayudarla.

Respiré profundamente y asentí. —Desafortunadamente, hemos hecho todo lo que se puede hacer por Marie.

—¿Qué? No. No puede hablar en serio. Ni siquiera ha estado aquí. Ha estado en esta cama durante días y usted pasó por aquí diez minutos. No puede estar renunciando a ella. Ella dijo que usted sabía lo que estaba haciendo.

Asentí y asimilé sus palabras. Las necesitaba. Las quería. Me las merecía. —Lo siento, Sra. Kaufman. Debería haber estado aquí para Marie. No debería haberme marchado el viernes.

—No, no debería haberlo hecho. Mi hija se está muriendo porque usted fue egoísta. Espero que lo que tuviera que hacer este fin de semana fuera lo suficientemente importante como para matar a mi hija, porque eso es lo que ha hecho. ¡La ha matado!

Un hombre entró precipitadamente en la habitación y nos miró. Miró a Marie, que sonreía a la nada, y luego a la Sra. Kaufman. Se acercó a ella y la estrechó. —Creo que debería irse —me dijo.

—Ha matado a nuestra niña —lloró la Sra. Kaufman. —La ha matado. Debería haber estado aquí, y ahora es demasiado tarde.

El hombre, obviamente su marido, se volvió hacia ella y la abrazó. Yo salí lentamente de la habitación, sabiendo que cada palabra que ella había dicho era correcta.

Regresé a la oficina abandonada y me senté. Miré fijamente la pared y esperé. No había nada más que pudiera hacer sino esperar. Quería estar en la habitación con Marie, pero no me lo merecía. Me merecía estar solo. Y lo estaba.

MARIE MURIÓ a las cuatro y tres de la mañana siguiente. Sus padres estaban con ella. Yo no.

Una enfermera me encontró y me habló de Marie. Preguntó si quería verla a ella o a la familia antes de que se llevaran su cuerpo. Le dije que no y pregunté si los padres de Marie seguían allí.

—Sí, están aquí. Vamos a traer a un orientador para que hable con ellos. Necesitan a alguien que les ayude a entender esto.

—¿Podrías pedirle al orientador que me busque antes de que los vea?

—Por supuesto.

La enfermera me dejó solo de nuevo. No pasó mucho tiempo antes de que sonara un golpe en la puerta y Verónica asomara la cabeza.

—¿Qué haces aquí?

—Soy la consejera de guardia. No sabía que estabas aquí.

—La familia es la de Marie.

Verónica alzó las cejas. —¿Tu paciente a la que viniste a ver el jueves? ¿La que tiene—

—Sí. Quería hablar con el consejero para ponerle al día de todo, pero supongo que ya lo sabes. Sin embargo, no deberías hablar con ellos.

—¿Por qué no?

—Porque eres en parte culpable de la muerte de Marie.

Verónica se echó hacia atrás como si le hubiera abofeteado. —¿Perdona?

—Yo habría estado aquí si no me hubieras dicho que me fuera. Habría estado a su lado vigilando todo y haciendo cambios en cuanto fuera necesario. En cambio, la dejé en manos de personas que solo la revisaban cada pocas horas.

—Nico —suspiró.

—No. Sabes que tengo razón. Sabes que debería haber sobrevivido. Podría haberla salvado. Debería haberla salvado.

—No podemos salvarlos a todos.

—Esta sí se podría haber salvado.

Verónica respiró hondo. —Es fácil culparnos cuando sentimos que nos hemos quedado cortos. Cuando anteponemos nuestra felicidad a la de los demás. Pero no podemos dejar que la oscuridad del mundo se imponga a la luz.

Tenemos que dejar entrar la luz. Tenemos que encontrar la alegría.

Solté una risa sarcástica. —¿Para qué? La alegría es fugaz. La alegría es inútil. La alegría no puede hacer que Marie vuelva de entre los muertos.

—No, pero la alegría es lo que hace que el dolor exista. Hemos perdido la alegría. Necesitas encontrarla otra vez. ¿Viste a Laura durante el fin de semana?

La miré con el ceño fruncido.

—¿Es por eso que estás así? ¿Porque por una vez has tomado lo que querías?

—Una mujer ha muerto, Verónica. Una mujer joven, sana y amable está muerta. Y está muerta porque yo estaba demasiado ocupado follando con mi enfermera como para que ninguno de los dos le prestara atención. Es culpa mía.

—Nico

—No. Simplemente... Basta, Verónica.

Su teléfono vibró en el bolso y lo sacó. —Tengo que irme. Quédate aquí, Nico. Hablemos después de que vea a los padres de Marie. Por favor.

Me levanté y negué con la cabeza. —Tengo que irme. Necesito largarme de aquí. No puedo estar aquí ni un minuto más. Solo... necesito irme.

Abrí la puerta de golpe y salí a grandes zancadas, ignorando sus llamadas para que me detuviera. Sabía que Verónica tenía un trabajo que hacer y que lo haría en vez de perseguirme, así que pude marcharme. Dejar el hospital. Dejar Siracusa. Dejarlo todo.

Le envié un mensaje a Ally diciéndole que me tomaría el resto de la semana libre y que no estaría disponible. Le dije que revisaría los análisis y las exploraciones, pero que por lo demás no iría a la consulta ni atendería llamadas. También le dije que lo mío con Laura había terminado, por si Laura le preguntaba algo.

Aparqué el barco junto a mi embarcadero y lo amarré. Miré hacia mi casa, lo que solía ser mi santuario, y vi a Laura. Nunca debería haberla invitado allí. Podríamos haber pasado tiempo juntos en la ciudad, en mi otro piso o en el suyo. Podría haberla dejado entrar sin darle acceso a cada centímetro de mí.

Pero no podía retroceder en el tiempo. Tenía que aceptar que Laura había estado allí.

Abrí las correderas y juré que oía su risa. Sacudí la cabeza y entré. Su aroma persistía en el aire. Era una presencia viva y respirando en mi casa.

Lo primero que hice fue quitar las sábanas de la cama y reemplazarlas por unas limpias que no olieran a ella. Lo segundo que hice fue prepararme una copa grande. No importaba que ni siquiera fuera la hora de comer todavía. Necesitaba una copa.

Abrí todas las ventanas de la casa para ventilar el lugar. Necesitaba deshacerme de su aroma. Las sillas del exterior terminarían oliendo al agua en lugar de a Laura, así que solo tenía que evitar sentarme allí y recordar cómo se subió encima de mí y se dejó llevar.

Aparté a la fuerza los recuerdos de Laura y me concentré en Marie. Le había fallado a ella y a su familia. Les dije que confiaran en mí y les prometí que haría todo lo que estuviera en mi poder para ayudarla. En cambio, dejé que muriera.

Igual que los médicos de mi madre hicieron con ella.

La luz del sol entraba por todas las puertas y ventanas abiertas haciendo que mi casa pareciera luminosa y alegre. No había nada luminoso ni alegre en aquel día. Era un día de pérdida.

La biblioteca era el único lugar que no estaba iluminado. El único lugar donde no predominaban las ventanas que mostraban el paisaje. Quizás podría perderme en un libro.

Negué con la cabeza sabiendo que no lo haría. Necesitaba

procesarlo. Cada pérdida anterior dolía, pero esta... necesitaba procesar esta. Encontrar una manera de seguir adelante y recordar a Marie.

Me hundí en la chaise longue de la biblioteca. Un destello de azul brillante llamó mi atención. Busqué entre el brazo y el cojín y lo saqué.

Unas bragas azules. Las bragas de Laura. Esas que juró haber perdido.

El recuerdo de quitárselas cuando estaba recostada en el sillón me asaltó. La sonrisa en su rostro y la forma en que gemía cuando se corrió con mi lengua.

Me llevé las bragas a la nariz e inhalé profundamente, luego las arrojé al otro lado de la habitación y grité.

Me odiaba por seguir deseándola, pero así era.

Laura.

LAURA

*P*asaron los días sin noticias de Nico. Ally dijo que estaba bien y que se estaba tomando unos días libres, pero tenía una mirada que decía que sabía algo más, algo que no podía, o no quería, contarme.

Le llamé y le envié mensajes y esperé, pero en respuesta solo obtuve silencio absoluto. Me estaba ignorando. Mi novio, mi jefe, me estaba ignorando.

Mi lado egoísta se preguntaba si esto significaba que iba a perder mi trabajo. Mi lado humano se preguntaba si la familia de Marie estaba bien. Y mi lado emocional, vulnerable y enamorado se preguntaba si Nico se recuperaría de esta.

Aquel primer día que Marie vino, supe que su caso iba a ser difícil. Los jóvenes, por lo demás sanos, siempre lo eran. Rebusqué en mis recuerdos e intenté recordar otra ocasión en que Nico hubiera desaparecido como ahora y supe que esta vez era diferente a las demás. Esta le había dolido más. No estaba segura de si era porque se trataba del mismo cáncer que tuvo su madre o si era por algo más.

Evidentemente, también me culpaba por la muerte de

Marie. Nunca habíamos estado unidos cuando perdíamos a un paciente, pero pensé que se apoyaría en mí. Que me llamaría. Que me dejaría estar ahí para él. En su lugar, me vi obligada a sufrir en silencio, preguntándome cómo estaría.

Forcé una sonrisa y llamé a Damien para su cita. Su historial estaba marcado como aprobado para tratamiento, así que procedí con todo, charlando con él mientras preparaba las cosas.

—¿Viene Lucas hoy? —me preguntó Damien.

Asentí. —Estará aquí en breve.

—Gracias de nuevo por presentarnos. De verdad me ha ayudado a superar todo lo de Beth.

—Por supuesto. Encantada de ayudar. Esto ya es bastante duro con apoyo. Sin él es... —Mi voz se apagó mientras pensaba en Marie. Damien podría haber acabado igual. Diferente cáncer, situación similar. Solo. Derrotado.

—¿Estás bien?

Sonreí de nuevo. —Sí. Perdimos a una paciente durante el fin de semana. Siempre es duro.

—Vaya, lo siento. ¿Era una de sus pacientes?

—Sí, lo era. Veintitantos años, lo que siempre es más difícil por alguna razón.

—Qué duro. Cuando alguien muere, siempre es difícil, pero parece que hay una línea en algún sitio que dice demasiado joven y lo bastante mayor. En realidad no existe porque todos vamos a irnos en algún momento, y nadie sabe cuándo le tocará, pero se siente diferente. Lo siento.

—Gracias. Me alegro de haberla conocido durante un tiempo, y espero que lo que aprendimos de su tratamiento nos ayude con otros casos similares, pero es duro saber que fracasamos.

Damien me apretó la mano. —No fracasasteis. Espero que lo sepa. Si yo no sobrevivo a esto, no la culparía a usted ni al

Dr. Allison ni a nadie que haya intentado salvarme. Cuando nos llega la hora, nos llega la hora.

—Gracias, Damien. Normalmente puedo recordar eso, pero esta vez ha sido difícil.

—¿Es por eso que el Dr. Allison no está aquí?

Mi pecho dolió con la brusca inhalación. Me dije a mí misma que solo había aspirado demasiado aire, pero incluso yo podía admitir que eso era mentira. Era la mención de Nico. Como si no fuera gran cosa que no me hubiera hablado en días. Desde que recibió la llamada de que Marie estaba peor y le necesitaban.

—Supongo que sí. Él... fue difícil.

—Lo siento. Se nota que ustedes dos son cercanos. Ya volverá.

Forcé otra sonrisa, con la cara tan tensa que dolía. Mis mejillas estaban doloridas de fingir que todo estaba bien. Y el resto de mí... era una persona horrible. Una mujer estaba muerta, y yo estaba más preocupada por el estado de mi relación.

Quizás sería mejor si perdiera mi trabajo. Me lo merecía.

Actué como un autómata durante el resto del día, sonriendo y hablando con los pacientes como si mi corazón no estuviera desbordándose como un volcán de chocolate. Sobreviví. Apenas, pero sobreviví.

Me desplomé en una silla del salón y me quedé allí sentada un minuto. Necesitaba un minuto. Quizás más, pero un minuto era todo lo que iba a concederme. Tenía que recomponerme. El hombre que amaba me había dejado. Se había acabado. Terminado. Y dolía como el puto infierno, pero sabía. Sabía lo que era ser amada por él, amarlo a él. Pasar el resto de mi vida sin eso sería doloroso, pero no podía, no iba a arrepentirme del tiempo que habíamos tenido.

—Tienes una llamada telefónica.

Levanté la mirada y encontré a Ally frente a mí. Me observaba como si hubiera estado allí más que unos pocos segundos. Sus cejas estaban fruncidas y sus ojos confesaban todas las cosas que no podía decir en voz alta.

—¿Sabes qué está pasando entre nosotros, verdad?

Movió los pies nerviosamente y asintió. —Me lo contó hace un mes.

—Vaya. De acuerdo.

—Sufrí acoso en mi trabajo anterior, y... fue muy duro. Él lo sabía, y quería asegurarse de que todo quedara documentado... para protegerte. Es un buen hombre. Solo que ahora está sufriendo y su decisión de terminar contigo...

—¿Te contó eso?

Se mordió el interior del labio, lo que me dijo todo lo que necesitaba saber. No quería creer que había terminado, incluso después de lo que él había dicho, pero ya no podía enterrar la cabeza en la arena.

Dolía.

—Lo siento —dijo Ally.

—No pasa nada. Atenderé la llamada.

Me levanté de la silla y seguí a Ally por el pasillo. Al final, ella giró hacia su despacho en lugar de llevarme a la zona de recepción.

—Te daré algo de privacidad —dijo Ally suavemente. Señaló el teléfono en su escritorio y luego se retiró, cerrando la puerta.

Miré el teléfono como si fuera una serpiente a punto de atacar. Sabía que él estaba al otro lado. Estaba tentada de colgarle. No quería escuchar lo que fuera que tuviera que decir porque si me llamaba a través de Ally significaba que estaba siendo cobarde. Despidiéndome sin dar explicaciones.

Respiré hondo y me armé de valor. Era buena en mi trabajo, pero no quería estar aquí si él no me quería aquí, así que aceptaría el despido y exigiría una excelente carta de recomendación. O quizás simplemente llamaría a Peyton y le preguntaría si podía trabajar para ella otra vez. Volver corriendo a Winterville para lamerme las heridas lejos de Nico Allison.

Me aclaré la garganta y levanté el teléfono. —¿Hola?

—¿Laura Kempis?

—Eh, ¿sí? —No esperaba una voz de mujer.

—Me llamo Veronica Charles. Soy...

—La terapeuta —solté de golpe.

Hizo una pausa, el silencio extendiéndose entre nosotras aunque estaba segura de que solo duró segundos.

—Sí, y su amiga.

—Perdón, sí. Eso también lo sé. Eh, él no está aquí.

—Lo sé. Por eso te estoy llamando a ti. He estado intentando contactarle durante días. No devuelve mis llamadas. Ally dice que está revisando expedientes de pacientes y respondiendo por correo electrónico, así que sé que está vivo, pero se ha encerrado en su maldita isla y no habla con nadie.

Asentí aunque sabía que no podía verme.

—Necesito tu ayuda, Laura.

—Yo... No estoy segura de qué puedo hacer.

—Sé lo de vuestra relación. Me lo contó. También me dijo que se culpa por la muerte de Marie. Yo fui la consejera de su familia después de su muerte, así que conozco la situación. Nico... ¿Sabes lo de su madre?

—Sí.

—Vale, bien. Sabes que esto le ha afectado mucho. Necesito que vayas a hablar con él. Oblígale a ver que esto no fue culpa suya. Los pacientes mueren. Pasan cosas. Es una mierda, pero nunca va a cambiar.

—Lo siento, pero no quiere verme. No ha respondido a ninguno de mis mensajes y le dijo a Ally que lo nuestro se había acabado.

—Nico cree que el amor puede serle arrebatado. Lo ve como un privilegio, no como un derecho. Piensa que puede ser un buen médico o tener amor en su vida. Nunca ha intentado tener ambas cosas, hasta que llegaste tú. Y cree que amar te causó la muerte de Marie.

—Entonces soy la última persona que va a querer ver.

—Creo que es lo contrario. Creo que eres la única que podrá hacerle entrar en razón. La única a quien escuchará. Tú has perdido pacientes antes. Los dos perdisteis a vuestras madres. La gente muere todos los días. Y ninguno de ellos murió porque otra persona viviera. No funciona así. Pero Nico siente que ha decepcionado a todos. Especialmente a Marie y a su familia.

—Verónica, yo solo...

—Laura, escucha. No me conoces. Siento como si te conociera porque Nico lleva años hablándome de ti. Al principio, eran cosas pequeñas. Mencionaba tu nombre y sonreía. Me contaba algo que habías hecho de pasada, como si fuera simplemente parte de su día. Pero durante el último año más o menos, ha hablado de ti cada vez más. Está enamorado de ti. Lo ha estado durante mucho tiempo. Quiero mucho a Nico. Ha sido mi mejor amigo durante muchos años. Nunca le he visto así. Te estoy pidiendo mucho, pero no te lo pediría si no creyera saber cuál sería su reacción. Te necesita, Laura. Necesita saber que no está solo ahora mismo. Aleja a todo el mundo, y si dejas de insistir, se dice a sí mismo que es porque nunca te importó realmente.

—Le quiero —solté de golpe, las palabras brotando de mí como un zumo en manos de un niño pequeño.

—Me lo imaginaba. No dejes que te aleje. Insiste.

Abrí la boca para decir algo más, pero ella ya se había ido. Cerré los ojos y sentí la dolorosa forma en que mis pulmones se expandían. Todo dolía. Todo había dolido durante días. Él me había estado alejando, justo como dijo Verónica, y yo se lo había permitido.

Se acabó.

Agradecí a Ally por dejarme usar su despacho y volví a la sala. Me cambié mientras enviaba un mensaje y me sentí mejor cuando recibí una respuesta. Nico Allison había terminado de esconderse de mí.

LA BARCA que Ian me prestó era rápida. Saltaba sobre el río, enviando agua detrás de mí mientras volaba hacia la isla de Nico. La luz del sol se estaba desvaneciendo, pero no estaba preocupada. Por primera vez en días, sabía exactamente lo que estaba haciendo y no estaba preocupada en absoluto.

Vale, de acuerdo. Estaba aterrorizada, pero no iba a centrarme en esa parte. Iba a confiar en Verónica y creer que Nico se alegraría de verme.

Llegué a su embarcadero y aparqué la barca. No era algo que hubiera hecho a menudo, así que me llevó varios intentos hacerlo bien. Cuando me disponía a atar la barca al embarcadero, él estaba de pie sobre mí.

—¿Qué haces aquí? —exigió. Su voz recorrió mi columna y se asentó en todas las partes expuestas.

—He venido a verte —mantuve mi voz ligera como si fuera normal que tomara prestada una barca y me presentara en su isla privada como si hubiera estado por la zona.

—No te pedí que vinieras.

—He venido de todos modos —terminé de atar la barca como Ian me mostró y salí. Nico me bloqueaba el camino a su casa. Tenía los brazos cruzados, los pies separados. El ceño fruncido en su cara me habría hecho correr de vuelta a la orilla si no fuera por el ánimo de Verónica de que me necesitaba.

Vacilé por un momento. ¿Estaba equivocada?

Negué con la cabeza y enderecé la espalda. No iba a echarme atrás. No ahora. Las sombras en sus ojos y la tensión en su rostro me decían que no estaba bien.

—¿Por qué estás aquí, Laura?

—Porque te quiero. Y puede que me odies ahora, y puede que me odies para siempre, pero te quiero. Te he querido durante mucho tiempo, y quererte nunca me ha costado un paciente. Quererte ha sido una bendición para mí. Ha sido frustrante a veces porque eres terco y un dolor de cabeza, pero todo ha merecido la pena por el tiempo que tuve cuando tú me querías también.

—Amar a Marie le costó la vida.

Sus palabras me atravesaron. Su ira caló hondo. Iba a ser una lucha conseguir que entendiera que el amor no era el culpable de la muerte de Marie.

—El cáncer le costó la vida a Marie. Igual que a tu madre, a la mía y a innumerables personas.

—Debería haber estado con Marie.

—Nunca se está las veinticuatro horas con los pacientes. No es práctico.

—¡Yo debería haber estado! Marie no tendría que haber muerto.

—No voy a discutir ese punto contigo. No voy a decirte que se lo merecía, porque no es así. No debería haber muerto. Lo que hacemos cada día es difícil. Nunca los salvaremos a todos. Es una mierda, pero es verdad. Y si no podemos encontrar una manera de seguir adelante, ¿para qué hacemos esto?

—Para salvar a tantos como podamos —escupió.

Me recliné y me crucé de brazos. Sabía que lo entendería en un segundo. Esperé.

—Marie no debería haber muerto —suspiró.

Asentí. —Lo sé. Pero tú y yo sabemos que necesitaba más

apoyo. No es culpa de sus padres, ni de sus amigos, ni de Marie. Estaba muy enferma cuando llegó a nosotros. Si hubiéramos empezado su tratamiento hace un año...

—Necesitamos formar a los médicos de atención primaria para que detecten estos signos antes —dijo Nico.

—Sí, es cierto.

—Para poder salvar a más personas.

—Estoy de acuerdo.

Suspiró. —Aun así no debería haber muerto.

—Lo sé.

—Me culpo a mí mismo.

—No puedes. Tenemos una consulta llena de pacientes que te necesitan. Que necesitan tu ayuda. Uno de ellos me dijo hoy que si no sobrevivía, sabe que es su momento y no culpa nuestra.

—¿Es por eso que has venido? ¿Para decirme eso?

Negué con la cabeza y me acerqué más a él. Mis pechos rozaron sus brazos, tentándole a descruzarlos. Inspiró profundamente. —He venido a decirte que te quiero. Y a decirte que no voy a irme a ninguna parte. Excepto a casa, porque técnicamente estoy allanando tu morada y podrías hacer que me detuvieran. Pero voy a estar aquí para ti, siempre que me necesites.

—Laura...

—Y si no me necesitas, y necesitas a otra persona, me apartaré. Quiero que seas feliz, Nico. Te mereces ser feliz. Si yo no te hago feliz, lo aceptaré, pero amarte me ha hecho feliz a mí.

—Eres lo único que me hace feliz. —Su voz sonó gutural, dolida, como si admitirlo le hubiera dejado sin fuerzas. Lo miré fijamente, casi esperando que se desplomara. —Odio quererte tanto porque significa que podrías destruirme. Si te fueras...

—No voy a irme a ninguna parte. Ya te lo he dicho.

Puedes apartarme todo lo que quieras, pero no me voy a ir. He intentado durante años dejar de quererte. No ha funcionado. No va a funcionar. Me rindo. Te quiero. Solo a ti. Y tengo que aceptar el hecho de que eres el único para mí.

Gruñó y por fin bajó los brazos, solo para rodearme con ellos. —Tú también eres la única para mí. Nunca he deseado a ninguna mujer como te deseo a ti. Has superado todos los obstáculos que he puesto en nuestro camino. Tú... me haces querer dejar de esconderme.

—Entonces deja de esconderte. Deja de culparte. Deja de castigarte por algo que está fuera de tu control. Y hagamos las cosas mejor.

—Realmente eres una optimista, ¿verdad?

Sonreí. —No. Simplemente tengo mucha fe en las personas que quiero.

—¿Personas?

—Mis amigos y compañeros de trabajo.

—¿Cuál de los dos soy yo?

Negué con la cabeza. —Ninguno. Tú eres algo completamente distinto. Eres el hombre que amo. El único hombre que he amado en mi vida.

—No sé cómo he tenido tanta suerte.

—Fuiste lo suficientemente listo como para contratarme. Así de simple.

Se rio. —Gracias a Dios por eso.

Sonreí y di un paso atrás. —Bueno, ahora que todo está aclarado, te veré mañana.— Me dirigí hacia el barco de Ian.

Nico me cogió por la cintura. —¿Adónde crees que vas?

Me encogí de hombros. —Todavía no me has invitado a quedarme. Pensé que debería irme antes de que llames a la policía.

—No vas a alejarte nunca de mi lado. Eres mía, Laura. Y yo soy tuyo.

—¿Eso significa que quieres que me quede?

—Si me aceptas.

Sonreí y me giré entre sus brazos. —Como si tuvieras que preguntarlo.

Sonrió mientras acercaba su cabeza a la mía. Nuestros labios se rozaron y todo el dolor de la semana se disolvió en el agua que nos rodeaba. Siempre habría pérdidas en nuestras vidas, pero juntos encontraríamos la manera de darles sentido.

Por ahora, íbamos a celebrar la vida. Desnudos.

SEBASTIAN

Levanté mi botella junto con los demás y dije: —Por la señora Georgia.— Todos se movieron alrededor del grupo, chocando botellas y vasos. Me uní a ellos, fingiendo que era parte del grupo ya que estaba allí.

Había conocido a la señora Georgia antes de que falleciera, como todos los demás en el pueblo, pero nunca había formado parte de la celebración en el pasado. Me quedaba en el faro donde pertenecía, lejos del bullicio de la multitud.

Me reí para mis adentros. Bullicio no era una palabra que describiera a Cala MacKellar. Apenas presumíamos de dos mil residentes permanentes. Pero abandonar la soledad de mi faro y mi cabaña para estar en O'Kelley's con unos cientos de personas se sentía como un verdadero bullicio para mí.

—Eh, oye, tengo buenas noticias— dijo Gavin.

Captó la atención del resto de la gente. El anillo que compró hace meses le estaba quemando en el bolsillo, así que estaba seguro de que iba a decirnos que por fin había reunido el valor para pedirle matrimonio a Piper.

—¡Mi hermana se viene a vivir aquí durante el verano!

Joder. Mierda. Maldita sea. Si no fuera por el rugido de la

multitud, habría jurado que caí muerto en ese mismo instante. Pero no tuve tanta suerte. Seguía vivo.

Joder. Mierda. Maldita sea.

La hermana de Gavin era Zoey Holbrook, la primera y única mujer que había amado. Ella lo fue todo para mí en otro tiempo. Incluso cuando sabía que estaba prohibida, alimentaba mis deseos. Intenté olvidarla, joder, lo intenté, pero no era el tipo de mujer de la que te olvidas en una vida o dos.

Cuando regresó por Navidad el año pasado, quería odiarla. Quería alegrarme de que su matrimonio hubiera implosionado dejándola como madre soltera. Quería celebrar que estuviera herida y sola como yo había estado durante tantos años.

Hasta que la vi.

Entonces quise reclamarla como mía una vez más.

Unas pocas semanas por Navidad era una cosa. Era temporal. Me mantuve alejado de ella tanto como pude. Pero ¿el verano?

—¿Va a venir solo para el verano?— preguntó Blake. Blake y Zoey tenían una conexión. No es que me sorprendiera. Todo el mundo conectaba con Zoey. Era...Zoey.

—Por ahora. Me costó mucho convencerla para que viniera durante el verano. Espero que cuando esté aquí podamos convencerla de que se quede— dijo Gavin. Me estaba observando, juzgando mi expresión. No tenía nada que ofrecerle. Podía fingir que no me molestaba, pero eso no serviría de nada. Estaba cabreado. No con Gavin o Piper. Ni siquiera con Zoey. Estaba cabreado con su marido. El gilipollas que tuvo la osadía de enamorarse de ella, prometerle la luna y firmar su renuncia a ella cuando se cansó.

Joder. Mierda. Maldita sea.

Quería matar al tipo. No tenía ni idea de lo que tenía. La dejó ir. Y ahora no solo estaba libre de él, sino que se iba y se llevaba a sus hijos. No solo la rechazó a ella, rechazó a sus hijos. Su propia sangre. Personas por las que debería haber dado su vida para protegerlas. Pero ese capullo tuvo el privilegio de amar a Zoey y a esos niños y luego se largó cuando se cansó.

La muerte era demasiado benévola para él. No es que realmente fuera a matarlo, pero no derramaría una lágrima si un edificio se le cayera encima o algo así.

La habitación se hinchó a mi alrededor y la necesidad de aire fresco me inmovilizó como si un luchador de sumo se hubiera sentado sobre mi pecho. Necesitaba salir. Ya.

Dejé mi cerveza en la mesa y obligué a mis pies a llevarme fuera. El aire era como sopa, demasiado espeso para meterlo en mis pulmones. Empecé a caminar, apoyándome en los edificios para sostenerme mientras me alejaba de la escena del crimen.

—¡Sebastian!

La palabra sonaba amortiguada, como si estuviera bajo el agua.

Cerré los ojos y esperé por ella.

—¿Qué estás haciendo?— preguntó Sofia.

—Tenía que salir de ahí.

—¿Estás bien?

—Ni lo más mínimo.

—Mierda. Lo siento. ¿Quieres que te lleve a casa?

Asentí y seguí a Sofia hasta su camioneta. Ella me miró de reojo todo el tiempo que condujo, pero yo solo me apoyé contra la ventanilla, rezando para que la puerta se abriera y saliera rodando para no tener que pensar más en este día.

Sofia aparcó frente a mi casa y apagó el motor. —¿Necesitas ayuda para entrar?

Respiré hondo y me recosté en el asiento. —No sé si puedo hacerlo.

—Lo sé. Si hubiese sabido...

—Gracias, Sof. No creo que hubiera sobrevivido estos últimos meses sin ti.

Ella se rió. —Para eso están los amigos.

Amigos. Ella hacía que la palabra sonara tan simple, pero Sofia no era solo una amiga. Era algo más. Como una parte de mí que nunca supe que me faltaba. Se había convertido en mi amiga más cercana del mundo. Le contaba cosas que nunca había admitido a nadie más. Y ella guardaba mis confidencias. Le debía mucho.

—¿Estás seguro?

—Si me preguntas una vez más si estoy segura de que puedes hablarme de Zoey, puede que cierre las puertas con llave y empuje la camioneta al agua. Te he dicho que no me importa. No es diferente a cuando Piper me habla de Gavin. Puso los ojos en blanco y negó con la cabeza.

—Supongo que todavía me estoy acostumbrando a esto de ser amigo de una mujer.

Sofia se rio. Habíamos hablado muchas veces sobre cómo nuestros amigos mutuos suponían que había algo más que amistad entre nosotros. También ambos estuvimos de acuerdo en que estaban locos. —Sé que este verano va a ser duro.

—No sabes ni la mitad —admití entre dientes.

—¿Qué quieres decir? —Sofia se giró hacia mí en su asiento, con el ceño fruncido.

—Gina me acorraló ayer. Tiene un proyecto especial en el que quiere que trabaje.

—¿Qué proyecto?

—Quiere que arregle el jardín.

—¿Y bien?

—Ese jardín... es donde Zoey y yo...

—Oh. ¿Crees que ella lo sabe?

—¿La conoces? Gina lo sabe todo.

—Vaya mierda.

Sí, eso lo resumía perfectamente.

Gracias por leer la historia de Laura y Nico! Quería contar esta historia durante mucho tiempo, y sabía que iba a ser difícil para mí. Mi propia batalla contra el cáncer fue difícil pero muy, muy fácil en comparación con la de muchas personas, y espero que esta historia ayude a honrar a aquellos que nunca se rinden y nunca dejan de luchar para salvar vidas.

El siguiente libro de la serie es el de Zoey y Sebastian. Ella se enamoró de él cuando apenas tenía edad para entender el amor, pero se marchó antes de darle una oportunidad real. Ahora, ha vuelto a Cala MacKellar con sus dos hijos y una confianza destrozada que quizás nunca pueda reparar. Zoey y Sebastian luchan contra su atracción, pero cuando dos personas están destinadas a estar juntas, nada impedirá que el amor lo conquiste todo. ¡Lee *Su Ex Curvilínea* hoy mismo!

¿Quieres más de Laura y Nico? ¡Todavía tienen que celebrar la inauguración de la Clínica Conmemorativa Margaret Allison! Epílogo adicional disponible solo para suscriptores. ¡Regístrate ahora!

ACERCA DEL AUTOR

USA TODAY La autora superventas Mary E Thompson pasó la mayor parte de su infancia deseando tener algunas curvas menos. Se escondía entre las páginas de los libros porque a sus personajes favoritos nunca les importaba qué talla de ropa usaba. Ahora, a Mary tampoco le importa, y escribe historias que celebran a mujeres como ella. Mujeres reales que tienen curvas, persiguen sueños y encuentran el amor, porque todas merecemos ser felices, sin importar nuestra talla.

Mary pasa su tiempo fuera de la escritura con su esposo y sus dos hijos, viendo demasiada televisión, animando a su equipo local de fútbol americano (¡Vamos Bills!) y escondiendo chocolate de su familia.

Suscríbete ahora al boletín de Mary. ¡Los suscriptores reciben libros electrónicos gratuitos y otras cosas divertidas, como contenido exclusivo solo para miembros y sorteos, además de ser los primeros en conocer los nuevos lanzamientos y ofertas!

www.ingramcontent.com/pod-product-compliance
Lightning Source LLC
Chambersburg PA
CBHW020743310726
48969CB00002B/389